Der Fluch der Mary Tudor

Im Econ & List Taschenbuch Verlag sind von Ann Dukthas
außerdem lieferbar:

Maria Stuarts dunkles Geheimnis (TB 27342)

Der Schwur der Marie Antoinette (TB 27593)

Das Mysterium von Mayerling (TB 27559)

Zum Buch

England 1558. Gegen Königin Mary, von ihrem Ehemann Philip von Spanien allein in London zurückgelassen, ist eine Verschwörung im Gange. Die Vergiftung ihres Leibarztes scheint nur eine Warnung gewesen zu sein. Droht nun auch ihr der Tod durch ein schleichendes Gift? Die Zahl der Verdächtigen ist groß, denn viele würden von dem frühen Ableben Mary Tudors profitieren.
Nicholas Segalla, ein geheimnisvoller und unnahbarer Gelehrter, bahnt sich seinen gefährlichen Weg durch die Intrigen am englischen Hof, um den Fall aufzuklären. Doch zunächst steht er vor einem scheinbar unlösbaren Rätsel: Was bedeuten die verschlüsselten Botschaften, und wer verbirgt sich hinter den mysteriösen Drohbriefen, die von den »Vier Evangelisten« unterzeichnet sind?

Zur Autorin

Ann Dukthas ist das Pseudonym einer anerkannten Historikerin. Die Meisterin des historischen Kriminalromans lebt in London.

Ann Dukthas

Der Fluch der Mary Tudor

Historischer Kriminalroman

Aus dem Amerikanischen
von Ursula Walther

Econ & List Taschenbuch Verlag

Econ & List Taschenbuch Verlag 1999
Der Econ & List Taschenbuch Verlag ist ein Unternehmen
der Verlagshaus Goethestraße GmbH & Co. KG, München
Deutsche Erstausgabe

Titel des amerikanischen Originals: In the Time of the Poisoned Queen
(First published by St. Martin's Press, New York)
Aus dem Amerikanischen übersetzt von Ursula Walther
Umschlagkonzept: Büro Meyer & Schmidt, München – Jorge Schmidt
Umschlaggestaltung: Init GmbH, Bielefeld
Titelabbildung: AKG, Berlin
Lektorat: Lothar Strüh
Gesetzt aus der Garamond, Linotype
Satz: Josefine Urban – KompetenzCenter, Düsseldorf
Druck und Bindearbeiten: Ebner Ulm
Printed in Germany
ISBN 3-612-27447-3

Für meine Schwester Mary Ladyman
und ihren Mann Peter

Historische Anmerkungen

Heinrich VIII. starb 1547. Er hinterließ drei Kinder: Mary, Elizabeth und Edward. Edward VI. folgte Heinrich auf den Thron und war König, bis er 1553 im zarten Alter von fünfzehn starb. England stand am Rand eines Bürgerkrieges. Mary forderte den Thron für sich, doch der Herzog von Northumberland, Lordprotektor Edwards VI., unternahm alle Anstrengungen, seinem Sohn Guildford, der mit der Urenkelin Heinrichs VII., Lady Jane Grey, verheiratet war, zur Krone zu verhelfen. Mary ging als große Siegerin aus diesen Auseinandersetzungen hervor, verfolgte jedoch eine repressive Politik, um England wieder dem katholischen Glauben zuzuführen. Ihre Bischöfe, besonders Bonner von London, begannen, Protestanten systematisch zu verfolgen. Marys Regentschaft erwies sich als glücklos und verhängnisvoll. England verlor Calais an Frankreich, während das Volk zu Hause alle Hoffnungen darauf setzte, daß Mary einen frühen Tod sterben und ihre Halbschwester Prinzessin Elizabeth die Thronfolge antreten würde.

Mehrmals stand Elizabeth unter Verdacht, ein Komplott gegen Mary zu schmieden, aber ihr Motto lautete: »Viel Argwohn, wenig Beweise.« 1558 machten auch im Ausland Gerüchte die Runde, Mary erläge bald einem verfrühten Tod. Der anklagende Finger deutete auf Elizabeth, auf die Franzosen und sogar auf Marys spanischen Gemahl, Philip II. Mitten in diesem Strudel politischer Kontroversen betrat Nicholas Segalla die historische Bühne …

Die wichtigsten historischen Persönlichkeiten in diesem Roman

Peter (Gian Pietro) Carafa: Papst Paul IV.
Heinrich II.: König von Frankreich
Caterina de' Medici: Heinrichs italienische Gemahlin
Diane de Poitiers: Mätresse Heinrichs II.
Michael Nostradamus: Astrologe und Weissager im Dienste von Caterina de' Medici
Heinrich VIII.: König von England (1509–1547)
Katharina von Aragonien: erste Frau Heinrichs VIII.
Mary Tudor: Heinrichs und Katharinas einziges überlebendes Kind
Anne Boleyn: zweite Frau Heinrichs VIII.; hingerichtet wegen angeblichen Ehebruchs mit ihrem Bruder George und Mark Smeaton
Catherine Howard: vierte Frau Heinrichs VIII.; hingerichtet wegen angeblichen Ehebruchs mit Thomas Culpepper
Jane Seymour: dritte Frau Heinrichs VIII.
Edward VI.: Heinrichs und Jane Seymours einziger überlebender Sohn
Lordprotektor Somerset: erster Regent Edwards VI.
John Dudley, Herzog von Northumberland: Er ersetzte Somerset als Regent, verlor jedoch die Macht und wurde 1553 hingerichtet, als Mary den Thron bestieg.
Elizabeth Tudor: Tochter von Anne Boleyn; spätere Elizabeth I. von England
William Cecil: Elizabeths Privatsekretär und größter Befürworter
Kardinal Reginald Pole (oder de la Pole): führender katholischer Kirchenmann; Königin Marys Ratgeber

Philip II. von Spanien: Sohn von Kaiser Karl V.; Mary Tudors abwesender Gemahl

Mary Stuart: schottische Prinzessin; Großnichte Heinrichs VIII.; verheiratet mit Francis, Dauphin von Frankreich

Prolog

Essex, Juni 1995

Ann Dukthas betrat die Lounge des Roebuck Hotels. Sie bestellte einen trockenen Weißwein und setzte sich in einen bequemen Sessel vor dem lodernden Kaminfeuer. Außer ihr befand sich in der Lounge nur noch eine Familie, die auf ihrer Besichtigungstour durch London und Süd-Essex mitten in der Woche in diesem Hotel abgestiegen war und sich nun über den raschen, saisonal bedingten Wetterumschwung beklagte. Kein Wunder, dachte Ann – von einem Moment auf den anderen war das Wetter gräßlich geworden. Jetzt peitschte der Wind den Regen gegen die vergitterten Fenster, und Ann war froh, im Haus zu sein. Die Autofahrt von Central-London hierher war hektisch gewesen: Hektischer Verkehr auf den Straßen, und praktisch alle fünf Meilen war es zu einem Stau gekommen. Das Roebuck war eine wahre Wohltat, und wie gewöhnlich kam ihr rätselhafter Freund Nicholas Segalla für die Kosten auf. Ann wußte nicht, wo er lebte oder was er tat. Segalla war zweifellos ein wohlhabender Mann und konnte sich das Beste leisten. Obwohl er immer nur die feinsten Anzüge, Hemden und Schuhe trug, war er überhaupt nicht prahlerisch. Im Gegenteil: Er scheute das Rampenlicht, war stets allein und wahrte Distanz. Aus unerfindlichen Gründen hatte er Ann dazu auserkoren, ihr sein großes Geheimnis anzuvertrauen. Zunächst war es Ann schwergefallen, ihm Glauben zu schenken. Er behauptete, ein Mann zu sein, der nicht sterben konnte, der mit den bedeutendsten historischen Persönlichkeiten zusammengekommen war und für sie gearbeitet hatte. Aber im Lauf der Zeit war Ann immer wieder auf Hinweise gestoßen, die seine Behauptungen bewiesen: Verstreute Anmerkungen in geschichtlichen Dokumenten aus ganz Europa belegten, welche Dienste Segalla für Prinzen, Herzöge, Könige, Premierminister und Päpste geleistet hatte. Einmal hatte Segalla Ann erklärt: »Wenn man die Macht in Händen hält, muß man sie ausüben, um sich selbst zu schützen. Die Regierungen tun das mit Hilfe des CIA, des MI5 oder des KGB. Die Zeiten mögen sich ändern, Ann, Modeströmungen kommen und gehen, aber die menschliche Natur bleibt immer dieselbe. Ob Prinzen oder Päpste – sie alle brauchen Mittelsmänner, Geheimagenten, auf die sie sich voll und ganz verlassen können. Ich bin, und war, einer von ihnen.«

Bei einer Gelegenheit hatte Ann ihn um eine Erklärung gebeten. Segalla, geheimnisvoll wie immer, hatte erwidert, daß ihn ein uralter Fluch dazu verdammte, auf dieser Erde umherzuschweifen. Er konnte nicht altern und nicht sterben. Abgesehen von diesem einen kleinen Einblick in sein Leben hatte Segalla nie wieder etwas über sich selbst preisgegeben. Dennoch erbrachte er immer wieder überzeugende Beweise für den Wahrheitsgehalt seiner Behauptung, während Ann, eine Historikerin, eigene Nachforschungen anstellte – unauffällig, um die Aufmerksamkeit der Kollegen nicht zu erregen. Dabei waren ihr etliche Belege für Segallas Taten untergekommen – ob im Archiv in der Chancery Lane, in den vatikanischen Archiven in Rom, im Nationalarchiv in Paris oder in den Schriftstücken des Escorial-Palastes in Spanien. Überall fanden sich Andeutungen auf einen Nicholas Segalla, der einmal als Mönch, einmal als Priester, Jesuit oder Soldat in Erscheinung getreten war. Ein geheimnisumwobener Mann. Er wurde als »hochgeschätzter«, »bemerkenswert zuverlässiger« und »treuergebener« Mann beschrieben. In manchen Dokumenten war von ihm als Übermittler von Botschaften oder als Agent in geheimer Mission die Rede. Ein erfolgreicher Mann, der das Vertrauen derer gewann, denen er diente, und von ihnen nicht mit Landbesitz, sondern mit Gold, Silber und wertvollen Juwelen belohnt wurde.

Ann hatte gelernt, Segalla niemals auszufragen. Zwar war er überaus großzügig und charmant, aber auch schwermütig. Ann überlegte manchmal, ob sie sich jemals von einem Mann angezogen fühlen könnte, über den sie so wenig wußte. Es war, als würde man eingehend ein faszinierendes Ölgemälde in der National Gallery betrachten: Sie bekam einen Eindruck, sah die Farben, die Struktur, aber letzten Endes weckte das alles eher ihre Neugier, als daß es Aufschlüsse gab. Segalla kam und ging, wie es ihm gefiel. Nur ein einziges Mal hatte er angedeutet, warum er gerade sie auserwählt hatte:

»Es ist etwas im Gange«, vertraute er ihr an. »Der Lauf der Geschichte verändert sich in einer Weise, die Sie sich nicht vorstellen können.« Er lächelte scheu. »Aber das habe ich früher auch schon gedacht. Vielleicht ist der Grund dafür, daß ich mit Ihnen spreche, ein ganz prosaischer. Ich bin ein einsamer Mann geworden. Ich möchte mich mitteilen, mich von den Geheimnissen befreien, die ich mit mir herumtrage. Ich gehe in Buchläden und kaufe geschichtswissenschaftliche Abhandlungen über große Mysterien. Ich verspüre den Drang, mich an die Autoren zu wenden und ihnen zu erklären, welche ihrer Schlußfolgerungen falsch und welche richtig sind.« Er musterte sie eingehend, als wollte er sich vergewissern, ob er ihr trauen konnte. »Und natürlich träume ich wie jedermann: von den Menschen, denen ich begegnet bin, denen ich gedient habe. Ich hatte intensive Beziehungen zu ihnen: Mary von Schottland, Elizabeth von England, Caterina de' Medici, Marie Antoinette, Victoria. Sie waren Menschen aus Fleisch und Blut, Menschen mit Hoffnungen und Träumen. Sie haben mir vertraut. Manchmal sprachen sie sich mit mir aus, als wäre ich ihr Beichtvater. Die Jahre mögen vergehen, aber meine Erinnerungen verblassen nicht. Der Tod und das Fortschreiten der Zeit haben keine tiefe Linie in den Staub gezogen. Die Verbundenheit zwischen Menschen kann das Grab überdauern.« Er tippte sich an die Schläfe. »Manchmal fühle ich mich wie – ein Haus, in dem es spukt.«

»Und ich soll die Gespenster vertreiben?« wollte Ann wissen.

Segalla lächelte und strich sich mit den schlanken Fingern durch das dichte, schwarze Haar. Ann kannte ihn seit drei Jahren. Die

Zeit hinterläßt an allen ihre Spuren, aber nicht an Segalla. Er konnte wie alle anderen an einer Erkältung oder Grippe leiden, aber sein Äußeres veränderte sich nie.

»Wie ist das möglich?« fragte Ann. »Sie sind ein Mensch und nicht gegen Gift, ein Stilett, ein Schwert oder einen Dolchstoß in der Dunkelheit gefeit. Sicher hat man Armbrustpfeile oder Gewehrkugeln auf Sie abgefeuert.«

Segalla lachte, zog sein Jackett aus, löste die goldenen Manschettenknöpfe und schob den Ärmel seines Seidenhemdes hoch. Sein Arm war von der Schulter bis zum Handgelenk dunkel und schwielig von den vielen Narben. »Der Tod ist nicht die einzige Pein, Ann.« Er fuhr mit den Fingern über die Narben. »Es gibt ein schlimmeres Schicksal. Oh, man hat auf mich geschossen und mich mit Klingen durchbohrt. Ich hatte das Eisen der Garotte um den Hals. Man hat mich in den Sumpf und ins Moor gelockt, man hat mich vom Bord eines Schiffes in einen eisigen Fluß außerhalb von Moskau geworfen. Ich habe die Folter des Feuers und des Schwertes erfahren, habe rattenverseuchte Kerker und die grauenvolle Dunkelheit in Verliesen kennengelernt, aber ich bin nie gestorben. Ich komme bis an die Grenze. Schon oft war ich in dem dämmrigen Bereich zwischen Leben und Tod. Ich bin zwischen Paradies und Hölle geschwebt, zwischen Himmel und Erde, und ich habe die große Finsternis gesehen, aber ich bin nie in sie eingetaucht.«

»Und Sie möchten in sie eintauchen?« fragte Ann.

»Manchmal, ja. Besonders, wenn ich sehe, wie diejenigen, die ich liebe, die mir ans Herz gewachsen sind, abtreten müssen. Ich habe gelesen, daß Forscher Mittel herstellen, die das Leben verlängern sollen.« Segalla lachte leise. »Aber ist ein längeres Leben gleichbedeutend mit Glück?«

»Sind Sie glücklich?«

»Ich bin glücklich, meiner Erlösung näherzukommen«, erwiderte er ausweichend. »Aber wie jeder Mann und jede Frau habe ich Ängste. Ich besitze keine übernatürlichen Kräfte. Ich habe Alpträume, in denen ich jahrelang und von allen vergessen in einem Kerker sitze.«

»Sicherlich haben einige der Menschen, denen Sie in den vergangenen Zeiten begegnet sind, Ihr Geheimnis erahnt?«
»O ja«, bestätigte Segalla. »Es gab Meister der Schwarzen Magie, Prinzen und Mächtige, die mich liebend gern ergriffen und mir mein Geheimnis gewaltsam entlockt hätten.«
Ann nahm ihr Weinglas in die Hand und starrte ins Feuer. Diese Unterhaltung hatte sie mit Segalla geführt, als sie von Wien zurückgeflogen waren, und es war eine der ganz seltenen Gelegenheiten gewesen, bei denen er über seine Vergangenheit und sein großes Geheimnis gesprochen hatte. Segalla hatte ihr ein so großes Vertrauen entgegengebracht, daß Ann, eine Katholikin, einen heiligen Eid geschworen hatte, daß sie mit niemandem über sein Geheimnis reden oder es gar publik machen würde. Zudem hegte sie den Verdacht, daß Segalla sie auf seine ihm eigene verstohlene Art genau im Auge behielt und sicherstellte, daß sie das, was er ihr enthüllt hatte, für sich behielt.
Segalla trat immer auf dieselbe Weise in ihr Leben. Ann bekam eine Einladung in diese oder jene Stadt und ein Manuskript, das in Romanform große Geheimnisse der Geschichte offenlegte. In London war es der Mord an Lord Darnley, Mary Stuarts Gemahl, gewesen. In Paris das Schicksal des verschwundenen Dauphin, Ludwig XVII. In Wien die Wahrheit über den angeblichen Selbstmord des Thronfolgers Rudolph im Jagdschloß von Mayerling.
Ann trank einen Schluck Wein. Warum Essex? Was hatte sich hier ereignet? Was war an Essex so Besonderes? Sie war Historikerin, konnte sich aber beim besten Willen an kein ungeklärtes historisches Ereignis von Bedeutung erinnern. Es gab die Stadt und weiter im Norden den Tudor-Palast von Hatfield – aber sonst…«
»Mundet der Wein?«
Ann erschrak und sah sich um. Segalla saß an einem Tisch zu ihrer Rechten. Er erhob sich, ging auf sie zu und schüttelte ihr die Hand.
»Wie lange sind Sie schon hier?«
Ann sah die Regentropfen auf seinem schwarzen Wollmantel und einen triefenden Regenschirm im Schirmständer.

»Nur ein paar Minuten«, verteidigte er sich.
»Trauen Sie mir nicht, Nicholas?«
Segalla knöpfte seinen Mantel auf, warf ihn auf einen Stuhl und setzte sich neben Ann.
»Alte Gewohnheiten sind schwer abzulegen, Ann. Wo ich auch hingehe, ich stehe oder sitze immer gleich neben der Tür. Ist es hier sicher? frage ich mich. Wenn ich verschwinden will, wie bewerkstellige ich das am besten? Hält sich hier ein Widersacher oder Feind auf? Es ist wie ein Spiel.« Er hob die Hand und winkte dem Kellner.
»Haben Sie schon zu Mittag gegessen?«
Ann nickte.
»Dann nehme ich wie Sie ein Glas Wein.«
Segalla öffnete seine kleine lederne Aktentasche, nahm einen wattierten Umschlag heraus und schob ihn ihr über den Tisch zu. Dann zog er seine linke Manschette zurück und sah auf seine Rolex.
»Es ist zwei Uhr. Wir dinieren um acht. Ja?«
Ann war einverstanden.
Segalle tippte auf den großen Umschlag. »Dann haben Sie genügend Zeit, das hier zu lesen.«
»Worum geht es?« Ann nahm das Kuvert in die Hand.
Segalla schwieg, während der Kellner ihm den Weißwein servierte.
»Um einen Mord.«
»An wem?«
»Mary Tudor.«
Ann sah erstaunt auf. »Aber sie wurde von Krankheit, Ängsten und Phobien zermürbt. Bis ihr Verstand und ihr Körper den Kampf schließlich aufgegeben haben!«
»Mary Tudor war eine bemerkenswerte Dame«, entgegnete Segalla. »Eine große Königin, die mit dem falschen König verheiratet war. Eine Frau mit außerordentlicher Courage und Zielstrebigkeit. Sie war kaum älter als vierzig, als sie ermordet wurde. Und ...«, er nahm sein Weinglas, »sie wurde auf besonders subtile und gerissene Weise umgebracht.«

»Aber wieso haben Sie mich hierher bestellt?«

Segalla hob das Glas, als wollte er einen Toast aussprechen, dann holte er eine zusammengefaltete *Times* aus der Tasche und legte sie vor Ann auf den Tisch. In dem von ihm angestrichenen Artikel wurde berichtet, daß Archäologen in Sinistrel Manor in Essex einen geheimen Raum und ein Skelett darin gefunden hatten. Augenscheinlich gab es Hinweise, daß die Leiche vor vierhundert Jahren einem Mord zum Opfer gefallen und in diesem geheimen Raum versteckt worden war.

»Morgen früh«, sagte Segalla, »untersuchen Pathologen die sterblichen Überreste. Ich möchte dabeisein.«

»Sie kannten das Opfer?« fragte Ann.

»Ja, aber anders als *Hamlets* Yorick habe ich keine süßen Erinnerungen. Dies sind die sterblichen Überreste von Mary Tudors Mörder.«

Kapitel 1

Das Jahr 1558 war nach Angaben der Chronisten, Briefeschreiber und Klatschbasen ein unheilvolles Jahr. Nachts erhellten Kometen mit Feuerschweif und glühende Sterne den Himmel; sie wurden als Vorboten von Krieg, Hungersnot und Pestilenz angesehen. Das Jahr begann mit einem eisigen Winter, der so lang dauerte, daß die Menschen Gott anklagten, er habe den Frühling vergessen. Es war eine Zeit der Veränderungen: Die Engländer waren aus Calais vertrieben worden, und die Spanier kämpften um die Herrschaft über die Niederlande. Könige und Prinzen kamen und gingen. Von den Grenzen zu Schottland bis zu den reißenden Strömen in Deutschland herrschte große Unzufriedenheit. Die Religion verbreitete keinen Frieden mehr, sondern wurde zur Kriegsursache. Jedermann glaubte, Gott habe zu ihm gesprochen. Im westlichen Europa waren Scheiterhaufen und der Gestank von brennendem Fleisch, der sich in die sonstigen Stadt-Gerüche mischte, zur Gewohnheit geworden. In England verbrannten Katholiken die Protestanten. In Deutschland verbrannten Protestanten diejenigen, die radikaler waren als sie selbst. In Spanien verbrannten Katholiken andere Katholiken, die sich ihren Ansichten nicht anschließen wollten. Ganz Europa war im Aufruhr, und die Menschen warteten ab, welche Schrekken noch auf sie zukommen würden.

Caterina de' Medici lag in ihrem geheimen Gemach im Palast von Fontainebleau mit dem Gesicht nach unten auf dem Boden, schob eine Diele beiseite und beobachtete, wie ihr Gemahl Liebesspiele mit der wollüstigen Diane de Poitiers trieb. Caterina, eine blonde, blasse Frau, sah zu, wie ihr königlicher Gatte und der Vater

ihrer Kinder seinen Samen an eine Frau vergeudete, die ihrer Ansicht nach nicht besser als eine Hure war. Mit angehaltenem Atem betrachtete Caterina die ineinander verschlungenen, sich windenden Leiber, bis der Akt vollendet war. Heinrich lag auf dem Rücken und starrte an die Decke, ohne auch nur zu ahnen, daß seine italienische Gemahlin jede seiner Bewegungen verfolgte. Nach einer Weile drehte sich Heinrich auf die Seite und griff in Dianes lange, seidige Haare. Caterina schob das Brett wieder vor das Guckloch. Die Königin wußte nicht, was sie mehr schmerzte – der Liebesakt oder die anschließenden Tändeleien. Heinrich war ein Tier von einem Mann, der die Freuden des Lebens in vollen Zügen auskostete. Mit der Zeit hatte Caterina gelernt, das hinzunehmen. Je mehr sich Heinrich in seidenen Tand vertiefte, um so mehr Macht spielte er ihr in die Hände. Caterina erhob sich seufzend und klopfte den Staub aus ihren Kleidern. Sie schenkte den sechs Hofdamen, ihren Mitverschwörerinnen, ein Lächeln – sie hatte die Damen wegen ihrer Schönheit und ihrer Ergebenheit auserwählt.
»Wenn ich meinen Gemahl ausspioniere«, bemerkte sie trocken, »erwarte ich zumindest, daß der Boden sauber ist.«
Sie durchquerte das Zimmer, ließ sich auf einem geschnitzten Stuhl mit hoher Lehne nieder und warf einen Blick auf die Stundenkerze.
»Er wird bald hiersein«, murmelte sie. »Seht, die Flamme hat schon beinahe den vierzehnten Ring erreicht.«
Caterina betrachtete die flackernde Flamme. Ihr Gesicht war als fromm beschrieben worden – sie hatte große, strahlende Augen, eine glatte, weiche Haut und sinnliche Lippen, aber ihre Züge verrieten nichts über ihre Gefühle. Caterina de' Medici, die Königin von Frankreich, war ein Buch mit sieben Siegeln. Ihr weiblicher Verstand war ständig mit Komplotten und Gegenkomplotten beschäftigt. Aber zu den verborgenen Gefühlen gehörte auch Angst. Caterina war Italienerin: Heute mochte sie die Herrschaft innehaben, aber was würde morgen sein? Sie hatte Ideen, Ambitionen und Träume für sich selbst, für ihren Sohn,

die Kirche und Frankreich. Aber sie forderte Sicherheiten. Sie mußte den Vorhang zur Zukunft beiseite schieben, um einen Blick auf das zu werfen, was ihr das Morgen bringen würde. Caterina erstarrte, als sie draußen Schritte und ein leises Rütteln an der Tür hörte. Eine der Hofdamen erhob sich und ging zur Tür. Sie knickste, als eine schwarz gekleidete, verhüllte Gestalt ins Zimmer kam.

Michel de Notredame – oder Michael Nostradamus, wie Caterina de' Medici ihn nannte – war weder ein Kirchenfürst noch ein Prinz von Adel, doch die Damen wußten, daß ihre Herrin diesen Mann als Propheten verehrte.

»Madame.« Nostradamus verbeugte sich.

»Ihr könnt gehen«, verabschiedete Caterina ihre Damen. Die sechs standen auf, knicksten und verließen den Raum. Sobald sich die Tür hinter ihnen geschlossen hatte, winkte Caterina den Propheten zu einem der freigewordenen Stühle. Er nahm Platz und schob die große Kapuze zurück. Nostradamus hatte ein ansprechendes Gesicht, das Caterina faszinierte. Sein Haar war kurzgeschnitten, er hatte eine große, breite Nase, hohe Wangenknochen und einen ordentlich gestutzten Bart. Aber es waren seine Augen, die Caterina gefangennahmen: Sie waren groß und dunkel, manchmal hart wie Stein und dann wieder voller Leben. Er war vierundfünfzig Jahre alt, sah aber nicht älter als vierzig aus. Auf den Doktor und Sohn eines jüdischen Konvertiten war Caterina nicht nur deshalb aufmerksam geworden, weil er in allen Städten, in denen er tätig gewesen war, die Pest überlebt hatte, sondern weil er die unheimliche Gabe besaß, die Zukunft vorauszusagen.

»Ihr sucht meinen Rat, Madame?«

»Ich baue auf Eure Ratschläge, Michael.« Die Königin beugte sich vor. »Habt Ihr den Spiegel befragt?«

Nostradamus nickte. »Letzte Nacht, Madame. Ich zündete eine Kerze an und beobachtete, wie die Flamme größer wurde.«

»Und was habt Ihr gesehen?«

»Große Veränderungen, Madame. In Frankreich und in England.«

»Für mich?« erkundigte sich Caterina eifrig.
»Für Euch, Madame, kommt eine Zeit der großen Macht.«
»Erzählt mir Genaueres«, drängte Caterina.
»Der junge Löwe wird den älteren bei einem einzigen Kampf auf dem Schlachtfeld überwältigen. Er wird ihm in seinem goldenen Käfig die Augen ausstechen. Zwei Wunden auf einmal, dann stirbt er einen grausamen Tod.«
»Und das bringt mir eine Zeit der Macht?«
»Ja, Madame, aber Ihr müßt sehr vorsichtig sein.«
Caterina hob die Hand zum Mund und küßte den magischen Stein an ihrem Ring. Nostradamus offenbarte ihr seine Prophezeiungen, aber er erklärte ihr nie die wahre Bedeutung. Er war diplomatisch und schlau genug, die Interpretation seiner Worte ihr zu überlassen. Dennoch war Caterina außer sich vor Erregung, als sie diese Weissagung hörte. Tief in ihrem Herzen war sie überzeugt, daß der alte Löwe ihr Gemahl war: Immerhin hatte Heinrich in seinem persönlichen Wappen einen aufgerichteten Löwen. Und der junge Löwe, der ihn töten würde? War das einer seiner Söhne? Wäre sie allein gewesen, hätte Caterina die Augen geschlossen und vor Wohlbehagen gestöhnt. Ihre Söhne hatte sie unter Kontrolle. Sie war ihr König, ihr Vater, ihre Mutter, ihr Lehrer und Beichtvater.
»Und das geschieht bald?« hakte sie beharrlich nach.
»In einigen Monaten«, antwortete Nostradamus. »Ich kann jedoch nicht sagen, in wie vielen, Madame.«
»Und was habt Ihr sonst noch gesehen?« wollte Caterina wissen.
»Wie ich bereits sagte, Madame, große Veränderungen. Innerhalb von zwei Jahren werden alle Herrscher Europas stürzen.«
Caterina preßte die Hände fest zusammen.
»Alle?« flüsterte sie.
»Alle, Madame, nur Ihr nicht.«
Caterina schloß die Augen und stieß einen langen Seufzer aus. Wenn Nostradamus recht behielt – und es gab keinen Grund, an seinen Prophezeihungen zu zweifeln –, was bedeutete das dann?

Das Ende für diesen alten Fanatiker in Rom, Papst Paul IV.? Wenn er starb, wer würde sein Nachfolger werden? Ein Franzose? Jemand, den sie beeinflussen konnte? Und Kaiser Karl V.? Dieser königliche Mönch, der in den düsteren Gemächern eines Klosters hockte und seinen Uhren lauschte, statt sein ausgedehntes Reich zu regieren? Und in Frankreich? Heinrich II.: Wenn er starb, würde sein ältester Sohn Francis den Thron besteigen; Francis war mit der schottischen Prinzessin Mary verheiratet, der einzigen Frau in Europa, die Anspruch auf drei Kronen erheben konnte: auf die von Frankreich, England und Schottland.

»Und Englands Herrscherin?« Caterina öffnete die Augen. »Mary Tudor?«

Nostradamus gestattete sich ein schwaches Lächeln.

»Madame, ich bin ebenso Arzt wie Prophet. Ich muß nicht die Zukunft vorhersehen, um Euch zu sagen, daß Mary bei schlechter Gesundheit ist.«

Caterina nickte. Mit Mary Tudors Gesundheit hatte es noch nie zum Besten gestanden. Wie hatte Noailles, der französische Botschafter in London, sie beschrieben? Eine kleine Kreatur – ja, das hatte er gesagt: dünn und zart, mit rötlichem Haar und hagerem Gesicht, aber freundlichen Augen. Eine vom Unglück gezeichnete Frau. Caterina empfand Mitleid mit Mary. Mary war die Tochter von Heinrich VIII. und Katharina von Aragonien. Sie war von ihrem Vater, dem korpulenten englischen König, verstoßen worden, aber zu guter Letzt hatte sie doch, als ihr stets kränkelnder Bruder Edward VI. gestorben war, den Thron von England wieder bestiegen. Sie verfolgte ein einziges Ziel: Sie wollte die Zeit zurückdrehen und England wieder dem Katholizismus zuführen. Sie war mit Philip von Spanien verheiratet – für sie war es eine Liebesheirat gewesen, aber Philip war die Ehe aus Vernunftgründen eingegangen. Er war immer abwesend – er hielt sich entweder in Spanien auf oder schmiedete Pläne, wie er die Niederlande der Herrschaft Karls V. entreißen konnte; er brachte die Ketzer auf den Scheiterhaufen und bedrohte die nördlichen Grenzen Frankreichs. Caterina hatte die Nachrichten aus England eingehend studiert: Mary war auf allen Seiten von Feinden umgeben. Die Londoner waren empört über ihren katholischen Glauben, spotteten über ihren spanischen Gemahl und machten sich lustig über Marys erbärmliche Versuche, einen Erben zu gebären. Die unaufhörlichen Proklamationen der englischen Königin, sie sei guter Hoffnung, wurden an den europäischen Höfen längst mit großem Gelächter quittiert. Sie war unfruchtbar und kraftlos wie eine getrocknete Feige. Erst kürzlich hatten neue Gerüchte den Hof in Paris erreicht: Mary war erkrankt, diesmal ernsthaft. Einige behaupteten, ihr Verstand und ihr Körper seien gebrochen. Andere tuschelten, sie würde langsam vergiftet.

Caterina rutschte auf ihrem Stuhl hin und her. Sie drehte den Ring an ihrem Finger so, daß er das Licht einfing. Und wenn Mary starb? Wenn sie in das Fegefeuer kam, an das sie so inbrünstig glaubte – wer würde dann die Krone von England erben? Elizabeth? Die Tochter von Anne Boleyn und Heinrich VIII.? Die grünäugige, katzengesichtige, rothaarige Elizabeth, die für ihre Halsstarrigkeit und Geheimniskrämerei bekannt war? Aber sie war zum Bastard erklärt worden. Heinrich VIII. höchstpersönlich hatte sie verstoßen, als er ihre Mutter Anne Boleyn wegen Ehebruchs aufs Schafott geschickt hatte. Und um welches große Geheimnis ging es jetzt? Caterina bückte sich, schloß die kleine Kassette auf, die auf dem Tisch neben ihr stand, und nahm ein cremefarbenes, dickes Pergament heraus. Die Handschrift war akkurat und gestochen: der Brief eines gelehrten Höflings. Sie las zum wiederholten Mal die drei Zeilen:

Ave Maria sepulta. Gegrüßt sei Maria (begraben).
Welchen Preis hat die Krone von England?
Markus 15, 34

Caterina kniff die Augen zusammen. Sie nahm das kleine Augenglas aus ihrem dunklen, burgunderroten Kleid und studierte die rätselhafte Botschaft. Noailles, ihr Botschafter, hatte sie in seinem Haus in London erhalten. In dieser Stadt brodelte es von Proklamationen, Balladen und skurrilen Nachrichtenblättern, aber dieses spezielle hatte augenscheinlich Noailles' Interesse geweckt. Das Pergament war kostbar, die Handschrift verriet den Gelehrten, aber was noch wichtiger war, der Brief spielte auf zwei bedeutende Dinge an: Zum einen, daß Mary bald tot und begraben sein würde, zum anderen, daß die Krone von England käuflich war. Aber was bedeutete der Hinweis auf die Bibelstelle des Evangelisten Markus Kapitel 15, Vers 34?

»Madame?«

Caterina hob den Kopf.

»Madame, ist die Unterredung mit mir beendet? Soll ich mich zurückziehen?«

»Nein, nein, Michael, bleibt noch.« Caterina lächelte. »Ich habe Euch gern um mich. Eure Anwesenheit hilft mir beim Nachdenken.«

Nostradamus senkte als Antwort auf dieses großzügige Kompliment den Blick.

Caterina las den Brief noch einmal. Noailles hätte ihn ihr von sich aus gar nicht geschickt, aber in seinem Begleitschreiben stand, er habe von seinen Spionen erfahren, daß ähnliche Schriften die spanische Botschaft, Prinzessin Elizabeth in Hatfield und die Königin in Greenwich erreicht hätten. Laut Noailles war der Brief bei den Spaniern auf großes Interesse gestoßen, während Hatfield und Greenwich mit Bestürzung reagiert hatten. Caterina betrachtete die Signatur am unteren Rand des Briefes: die Vier Evangelisten. »Matthäus, Markus, Lukas und Johannes«, murmelte sie.

»Madame?«

Caterina schüttelte den Kopf. »Ich denke laut, Michael, ich denke über diesen Brief von unserem Abgesandten in London nach.« Sie reichte ihm das Pergament. »Ich habe ihn Euch schon einmal gezeigt.«

»Ja, Madame.«

»Und was haltet Ihr davon?«

»Wenn ich Euren Gedanken folge, Madame, dann würde ich sagen, es handelt sich um ein gerissenes Spiel der Erpressung.«
»Wir denken dasselbe, Michael«, erklärte Caterina triumphierend. »Jemand in England oder – wenn man dem Wortlaut Glauben schenken kann – vier Personen in England teilen unseren englischen Vettern auf sehr kluge Weise mit, daß sie ein Geheimnis kennen. Aber welches? Noch wichtiger ist die Frage nach dem Wann. Mary Tudor ist erkrankt. Was geschieht, wenn sie stirbt, Michael? Was, wenn sie vergiftet wird? Von wem? Von Philip, ihrem umherirrenden Ehemann? Ist er ihrer überdrüssig? Denkt er daran, Prinzessin Elizabeth zu ehelichen? Oder...«
Caterina verstummte. Verabreicht Elizabeth ihrer Halbschwester Gift? überlegte sie. Ist sie das Warten leid? Fürchtet sie, die Königin könnte sie noch vor ihrem Tod an einen ausländischen Prinzen verheiraten und sich ihrer so entledigen? Oder spielt eine andere Gruppe, eine, die noch im Schatten steht, ein tödliches Spiel? »Wenn ein solches Spiel gespielt wird«, flüsterte sie, »muß Frankreich auch einen Anteil daran haben. Michael, was wird, wenn Mary Tudor tot ist? Die Engländer würden Philip von Spanien niemals als Herrscher akzeptieren.«
»Prinzessin Elizabeth, Madame?«
»Elizabeth ist illegitim und noch ein halbes Kind.«
»Ihr wart jünger, als Ihr Königin wurdet.«
»Ja«, räumte sie ein. »Aber ich bin ich, und Elizabeth...« Caterina zuckte mit den Schultern, als hätte sie genug gesagt. »Was geschieht, wenn Elizabeth nicht Königin wird? Wenn Mary Stuart, unsere kleine goldene Prinzessin, als wahre Königin von England, Schottland und Frankreich in den Vordergrund tritt?«
Nostradamus blinzelte. Er wußte, worauf Caterina hinauswollte.
»Eine solche Monarchin würde umsichtige Ratgeber und eine kluge Führung brauchen, Madame.«
Caterina de' Medici nickte und verbarg ihre Erregung. Das ist meine Bestimmung, dachte sie. Ich bin dazu geboren, zu herr-

schen, zu konspirieren, Komplotte zu schmieden, Maßnahmen und Gegenmaßnahmen zu ergreifen. Und warum auch nicht? Andere Monarchen hatten auch ihre Träume. Mary, ihre Schwiegertochter, Königin von England, Schottland und Frankreich – und Caterina de' Medici übte Einfluß auf sie aus! War das ein zu absurder Traum?
Caterinas Gedanken eilten der Zeit voraus. Eine de' Medici als gekröntes Haupt von England, Irland, Schottland und Frankreich. Die Königin erhob sich und reichte Nostradamus die Hand. Er sank auf ein Knie und küßte ihre Finger. Sie strich ihm übers Haar.
»Bleibt in meiner Nähe, Michael. Haltet enge Verbindung zu mir! Diese Prophezeiung mit den beiden Löwen – ist sie eine Angelegenheit nur zwischen uns beiden?«
»Ihr habt mein feierliches Ehrenwort, Madame.«
Caterina wartete, bis er das Gemach verlassen hatte. Dann durchquerte sie den Raum, nahm das Bild von der Wand und öffnete einen kleinen geheimen Tresor dahinter – hier bewahrte sie unterschiedliche Phiolen und Fläschchen mit Gift auf. Gift, das einen Menschen innerhalb von Sekunden oder Monaten töten konnte. Caterina betrachtete die Tinkturen eine Weile, dann schloß sie den Tresor und hängte das Bild wieder auf. Anschließend kniete sie sich vor den Hausaltar, betete zu Gott und flehte um seine Führung bei ihren Plänen, ehe sie sich erneut auf den Boden legte und ihren abtrünnigen Ehemann beobachtete.

Elizabeth, die Tochter von Heinrich VIII. und Anne Boleyn, saß im königlichen Herrenhaus in Hatfield auf der gepolsterten Bank vor dem Fenster und überblickte den Park. Ein Bussard mit verletztem Flügel hatte ein Kaninchen in seine Fänge bekommen, wurde jedoch von Krähen bedrängt und gezwungen, die Beute fallenzulassen. Die Krähen scharten sich um die Beute und krähten triumphierend. Elizabeth wartete.
»Es wird geschehen«, murmelte sie.
Und tatsächlich tauchte eine grau gefiederte Gestalt über den

Krähen auf und ließ sich mit der Windströmung treiben. Der männliche Bussard bekam Hilfe von seiner Gefährtin. Sie ließ sich wie ein Stein fallen, packte den Kaninchenkadaver und flog siegesgewiß mit ihm davon.

»Ein faszinierendes Schauspiel, nicht wahr, Mylady?«

Elizabeth klappte das Neue Testament zu, das sie – im griechischen Urtext – studiert hatte, und bedeutete ihrem persönlichen Sekretär, Master William Cecil, sich neben sie zu setzen. Cecil sah sich in dem schönen, glänzenden kleinen Saal um. Am anderen Ende des Raums wischten Diener die Tische ab und polierten die Kelche nach dem Mittagsmahl.

»Ich frage mich, wer von denen ein Spion ist«, raunte er.

»Oh, zerbrecht Euch darüber nicht den Kopf.« Elizabeth lachte, ohne den Blick von dem Bussard zu wenden, der in der Ferne verschwand. »Sie sind alle Spione.«

»Woher wißt Ihr das?« fragte Cecil neugierig.

Elizabeth musterte das kleine, glatte Gesicht ihres Sekretärs, die rosigen Wangen und den ordentlich gestutzten Bart. Mit seinem sorgfältig frisierten Haar und der nüchternen Kleidung eines Schreibers erinnerte Cecil sie an einen kleinen Vogel. Aber Elizabeth hatte gelernt, Menschen nicht nach der äußeren Erscheinung zu beurteilen.

»Ihr seid ein scharfsinniger Mann, William. Sie müssen Spione sein!«

»Warum?«

»Weil sie alle käuflich sind. Jeder hat seinen Preis – das habt Ihr mich gelehrt, William.«

»Sogar ich, Mylady?«

»Ihr habt auch Euren Preis, William.«

Cecil musterte seine Herrin: ihr kleines, schmales, blasses Gesicht und das wundervolle rote Haar unter der juwelenbesetzten Haube. Der Schleier, der ihr Gesicht auf beiden Seiten umrahmte, ließ sie aussehen wie die Madonna, die er auf seinen Reisen auf einem Gemälde gesehen hatte. Ihr dunkelblaues Kleid mit den weißen gestärkten Manschetten und ebensolchem Kra-

gen verstärkte noch den jungfräulich reinen Eindruck. Nur die schalkhaften, seegrünen Augen, die ihn kokett anblitzten, paßten nicht in dieses Bild.
»Vielleicht habe ich Euch zu gut unterrichtet, Mylady.«
»Viel Argwohn, wenig Beweise« erwiderte sie. »Das ist Euer Werk, William. Mary kann in London sitzen und mich dieser oder jener Untat verdächtigen, aber sie kann nichts beweisen, es sei denn, sie kauft Euch.«
Cecils Miene wurde ernst, und Elizabeth warf den Kopf zurück und lachte schallend.
»Mylady«, keuchte Cecil, »das ist keineswegs lustig.«
»Master Cecil, es ist die Wahrheit. Aber Ihr habt mich nicht gefragt, was Euer Preis ist. Ich bin Euer Preis!«
Cecil lächelte und entspannte sich.
»Ich bin das einzige, womit man Euch bestechen kann.« Elizabeth klopfte spielerisch mit dem Neuen Testament auf sein Knie.
Cecil kaschierte seine Verwirrung mit einem entschuldigenden Lächeln und fahrigen Handbewegungen. Sie ist so klug, hellwach und unbeständig, dachte er. Im stillen gestand er sich ein, daß Elizabeth jetzt, mit vierundzwanzig Jahren, die Herrin war. Er wußte nie, in welcher Stimmung sie in der nächsten Stunde sein würde.
»Ich habe diese Krähen beobachtet«, fuhr sie fort. »William, das ist ein Gleichnis für Politik. Man muß das, was man besitzt, gut festhalten, und man muß auf seine Stärke vertrauen, sich das zurückholen zu können, was einem geraubt wurde.« Elizabeth lächelte, obwohl ihr Blick hart wie Glas war. Sie beugte sich näher zu ihm. »Lächelt, William, wenn ich mit Euch rede, damit der Diener, der sich auffallend lange Zeit nimmt, die Tische zu säubern, denkt, wir würden uns miteinander vergnügen. So, und jetzt laßt uns über diese Hausfrau sprechen, die krank in London sitzt.«
»Bei genauerer Überlegung«, Cecil sprang auf, »wenn er uns belauscht, wird er sich fragen, was so interessant an einer Hausfrau sein könnte. Laßt uns lieber im Park spazierengehen.«

Sie verließen den Saal und gingen eine gewundene Treppe hinunter. Cecil ließ die Hand über die Balustrade gleiten und betrachtete die Kruzifixe und Statuen, die das Treppenhaus und die Eingangshalle zierten. Wenn Mary stirbt, dachte er, wenn Elizabeth Königin wird, werde ich das alles ändern. Ich werde Hatfield zum Monument für die Zielstrebigkeit meiner Herrin machen.
Sie schlenderten über die Rasenflächen; nur das Gurren einer Waldtaube und der gelegentliche Schrei eines Pfaus aus dem nahen Wassergarten störten die Nachmittagsruhe.
»Also«, Cecil atmete tief durch, »die Lage ist folgendermaßen: Die Krone von England, Madam Elizabeth, gehört Euch. Ihr seid Heinrichs Erbin.« Er tippte auf den Rosenkranz, der um seinen Hals hing. »Obwohl Ihr wie ich ein Verfechter der protestantischen Kirche seid, müßt Ihr vorläufig mitspielen. Wir beide müssen unsere Rolle bis zu Marys Tod überzeugend spielen.«
»Wann wird sie sterben?« erwiderte Elizabeth. »William, sie muß bald das Zeitliche segnen! Ich bin vierundzwanzig. Eine Anhängerin des reformierten Glaubens wie meine Mutter.« Elizabeth schwieg eine Weile und richtete den Blick in die Ferne. »Mary mag krank sein«, fuhr sie schließlich fort, »aber sie ist erst zweiundvierzig Jahre alt. Sie könnte noch gut und gern zwanzig Jahre regieren, und sie wird mich die ganze Zeit im Auge behalten wie diese Krähen den Bussard. Bei jeder kleinsten Schwäche und jeder Verfehlung wird sie über mich herfallen, genau wie sie es nach Wyatts Rebellion getan hat.«
Elizabeth unterdrückte ein Schaudern und wünschte, sie hätte einen Umhang mitgenommen. Sie würde die Nachwirkungen von Wyatts Rebellion niemals vergessen, da sie selbst davon betroffen gewesen war: die Ankunft von Marys Soldaten und Kommissaren, die grausige Fahrt in dem mit schwarzen Tüchern verhüllten Flußkahn zum Traitor's Gate und Tower, dann die endlosen Verhöre. Für ein paar Stunden hatte Elizabeths Leben an einem seidenen Faden gehangen.
»Ich möchte eine solche Fahrt nie wieder erleben«, murmelte sie.

»Mary muß sterben.« Elizabeth umklammerte Cecils Handgelenk. »Wird sie sterben, William?«
Ihr Sekretär verzog das Gesicht. Obwohl sie im Freien mitten auf der Wiese standen, war er nach wie vor nervös. Wenn irgend jemand dieses Gespräch mit anhörte, würden sie beide in den Tower wandern. Sogar jemand, der sich den Tod der Königin nur vorstellte, konnte als Verräter angesehen und verurteilt werden. Caterina drückte Elizabeths schlanke Finger: Er empfand freudige Erregung, als er sich ausmalte, wie diese Finger nach dem Reichsapfel und dem Zepter griffen. Cecil war sich noch nicht über die wahre Natur seiner Beziehung zu Elizabeth im klaren. War er der Sekretär einer Prinzessin? Ihr engster Ratgeber? Vater? Bruder? Gefolgsmann? Oder vielleicht sogar ihr Geliebter? Cecil lächelte vor sich hin: Das war Elizabeths Gabe – sie könnte ihn in jeder dieser Rollen an sich binden und ihm im Gegenzug gar nichts sein. Sie war eine Frau, die sich zu Männern hingezogen fühlte und Männer für sich einnahm, aber keinen zu nahe an sich heranließ. Aber auch dessen konnte man sich nicht sicher sein – nicht einmal Cecil, der sie so gut kannte.
»Mary wird sterben«, flüsterte er.
»Das habt Ihr schon vor zwei Jahren gesagt. Erinnert Ihr Euch, William? Wir waren auf der Reise nach Richmond zur Königin. Sie hat uns sogar ihr eigenes mit Girlanden und künstlichen Blumen geschmücktes Schiff ausgeborgt. Es hatte einen grünen Seidenbaldachin.« Elizabeth schloß halb die Augen. »All ihre Bediensteten waren in goldenen Damast und königsblauen Satin gekleidet. Meine Schwester empfing uns in einem prachtvollen Pavillon, den man vor dem Schloß in einem Labyrinthgarten errichtet hatte.« Elizabeth hielt kurz inne. »Ja, ich erinnere mich an Schachbrettmuster, silberne Lilien und goldene Granatäpfel. William, ich träume immer noch davon. All dieser Reichtum, all der Glanz. Meine Schwester Mary, die in dieser Pracht saß, war sehr krank und elend. Ich knickste vor ihr, dachte jedoch dabei: Gott möge mir vergeben, aber warum stirbst du nicht? All das sollte mir gehören.

Dann wieder gab es auch andere Zeiten – solche wie an diesem Morgen, als ich ein Milchmädchen singen hörte und wünschte, ich wäre so frei wie sie.« Sie deutete in Richtung Haus. »Ein hübsches Heim, William, mit irischen Eichenbalken, holzgetäfelten Wänden und Bleiglasfenstern.« Ihre Stimme hob sich besorgniserregend. »Aber trotz allem ist es ein Gefängnis.«
Cecil zupfte an seinen Manschetten. Er ging unter die weitausladenden Äste eines Eichenbaums und spähte in die belaubte Krone, um sich zu vergewissern, daß dort oben niemand saß, um sie zu bespitzeln.
»Setzt Euch. Setzt Euch«, raunte er. »Schlagt Euer griechisches Testament auf.«
»Warum?« fragte sie.
»Weil ich sicher bin, daß Sir Thomas Pope, den die Königin hierher nach Hatfield geschickt hat, uns vom Fenster aus beobachtet.« Cecil spähte angestrengt zur Tür. »Ich setze ein Goldstück...«
»Ich wette nie, wenn etwas ganz gewiß ist«, scherzte Elizabeth.
Eine Gestalt erschien an der Tür. Elizabeth kicherte hinter vorgehaltener Hand. Sir Thomas Pope, prächtig anzusehen in rotem Brokatwams und hellgelber Hose, watschelte über den Rasen. Seine Satinschuhe waren gänzlich ungeeignet für einen Spaziergang im feuchten Gras. Mit seinen weißen Haaren, dem fröhlichen Gesicht und der stolzgeschwellten Brust erinnerte er an ein plumpes, munteres Täubchen. Elizabeth hatte sich insgeheim geschworen, daß sie ihn für seine Sanftmut und Freundlichkeit belohnen würde, wenn sie erst den Thron bestiegen hatte.
»Ob er wohl ausrutscht?« fragte sie leise.
Sir Thomas jedenfalls hatte seine Würde der Sicherheit geopfert. Er watschelte langsamer als zuvor auf sie zu und nahm seinen Hut ab.
»Ich hörte Eure Stimme laut werden. Ist alles in Ordnung?« Popes wäßrige Augen musterten die Prinzessin mit besorgtem Blick.

»Sir Thomas, Sir Thomas«, erwiderte Elizabeth beschwichtigend. »Ich war in eine ernste Diskussion mit Master Cecil über die wahre Bedeutung des griechischen Wortes *kalos* vertieft. Er behauptet, es könne nur mit *schön* übersetzt werden. Ich hingegen glaube wie Dean Colet, daß es gleichbedeutend sein kann mit *agathos – gnädig.*«
Sir Thomas starrte sie mit offenem Mund an. Elizabeth stupste Cecil verstohlen mit dem Schuh, um ihn zu warnen, bloß nicht zu lächeln oder gar zu lachen: Sir Thomas Pope verstand von der griechischen Sprache in etwa soviel wie ein Hund vom Fliegen.
»Es ist eine sehr wichtige Frage, Sir Thomas«, beharrte sie. »Und eine, die Ihrer Majestät sehr am Herzen liegt.«
Sir Thomas, der eine Autorität war, wenn es um Pferde und guten Rotwein ging, nickte heftig. »Wegen Ihrer Majestät bin ich hier«, brach es aus ihm heraus.
Elizabeths Herz setzte einen Schlag aus.
»Morgen feiert sie den Gründonnerstag. Sie wünscht, daß Ihr dem Festakt und der großen Pontifikalmesse, die später stattfindet, beiwohnt.«
Elizabeth schüttelte den Kopf. »Sagt Ihrer Majestät, daß ich ihre überaus große Güte zu schätzen weiß. Aber ich fühle mich nicht gut genug, um ihrer Bitte zu entsprechen, Sir Thomas.« Elizabeths Hand preßte sich auf das Brokatmieder. »Ich leide unter Magenschmerzen und bin nicht imstande, die Reise auf mich zu nehmen. Ich bitte Euch, Ihrer Majestät mein tiefstes Bedauern zu übermitteln.«
»Selbstverständlich, selbstverständlich«, versicherte Sir Thomas. »Aber, Mylady, wenn Ihr krank seid, wäre es nicht angebracht, einen Arzt...«
»Nein, nein!« Elizabeth winkte ab. »Ich hatte immer eine robuste, gesunde Natur, Sir Thomas, bis ich mit Ärzten in Berührung kam!«
Pope erkannte, daß dies möglicherweise eine geistreiche Bemerkung war, und lächelte dementsprechend.

»In diesem Fall, Mylady...« Er trat zurück, wobei er beinahe ausrutschte, und verbeugte sich. »Ah, Master Cecil«, rief er und richtete sich wieder auf.
Sir Thomas war es schon immer leichter gefallen, mit Männern zu sprechen. Sie waren wie Pferde, und er konnte immer erahnen, was in ihren Köpfen vor sich ging. Aber Frauen, besonders diese rothaarige Prinzessin, von der niemand wußte, was er von ihr halten sollte... Für Pope war sie ein ebenso großes Mysterium wie die griechische Sprache, die sie erlernte.
»Ja, Sir Thomas?« fragte Cecil höflich zurück.
»Ein Mann wartet in der Küche. Stephen Orslett. Er sagt, er ist mit Euch bekannt.«
»Ah, ja, Orslett! Sir Thomas, bittet ihn, noch ein paar Minuten zu warten, und schickt ihn dann zu mir heraus.«
Pope, der endlich das Gefühl hatte, etwas von dem, was geäußert wurde, zu verstehen, lächelte und watschelte davon.
»Ich möchte nicht zur Messe gehen!« zischte Elizabeth. »Ich will nicht stundenlang stillsitzen und mich von Mary und ihren Bischöfen mit Argusaugen beobachten lassen – und diese dunkel gekleideten Spanier warten doch nur darauf, daß ich einen Fehler mache oder etwas sage, was ich besser nicht sagen sollte.« Sie faßte nach der Hand des Sekretärs. »William, Mary könnte noch jahrelang am Leben bleiben. Ihr Bauch wächst, aber es ist nichts drin. Eines Tages könnte die Saat gesät sein, und wie beende ich dann meine Tage? Eine alternde, alleinstehende Frau kann wie ein Faß von einem Herrenhaus zum anderen verfrachtet oder mit einem schwachsinnigen italienischen Prinzen verheiratet werden, damit sie in der heißen südlichen Sonne langsam verdorrt.«
»Die Vier Evangelisten«, entgegnete Cecil kühl, »stellen eine drängendere Gefahr dar.«
»Wer sind sie?« fragte sie. »Master Cecil, wer sind sie?«
»Ich weiß es nicht«, antwortete Cecil. »Aber Ihr müßt so tun, als hätte das alles keinerlei Bedeutung für Euch. Ich, Mylady, werde meinen letzten Heller hergeben, um mehr über sie herauszufin-

den. Wenn das so weitergeht, trage ich noch all mein Hab und Gut zu den Pfandleihern. Da wir gerade davon sprechen – dort kommt Orslett.«
Der Mann, der über den Rasen schlenderte, unterschied sich von Sir Thomas Pope wie Kreide von Käse. Sein schwarzes, öliges Haar reichte ihm über die Ohren, und er hatte ein dunkles Gesicht, dunkle schmale Augen, eine leicht krumme Nase und volle rote Lippen. Orslett trug ein braunes Lederwams, Beinkleider und schwere Stiefel mit klimpernden Sporen. In dem Gürtel, den er um die Taille geschlungen hatte, steckten auf einer Seite ein Schwert mit Säbelkorb und ein kurzer Dolch. Orslett hatte Stulpenhandschuhe in der Hand und schlug damit bei jedem Schritt leicht gegen seinen Schenkel.Er nickte Cecil zu und verbeugte sich tief vor der Prinzessin.
»Nun, Master Orslett?« Elizabeth betrachtete forschend Cecils verschwiegensten Agenten. Ein ehemaliger Priester, wie gemunkelt wurde, ein Soldat, ein Attentäter: mausäugig, leise wie eine Katze, tödlich wie eine Schlange. Cecil griff oft auf seine Dienste zurück, wenn es um, wie er es ausdrückte, »delikate Angelegenheiten« ging, obwohl Orslett bekanntermaßen auch für die Königin tätig war.
»Ich war in London, Sir William.« Orsletts Stimme klang kultiviert wie die eines Höflings. »Ich bin durch viele dunkle Gassen gewandert und habe in etlichen finsteren, schäbigen Spelunken getrunken. Kein Mensch weiß, wer die Vier Evangelisten sind – man hört nicht einen Laut, nicht ein geflüstertes Wort über sie. Dasselbe bei Hofe. Das Pergament, auf das die Botschaften geschrieben sind, ist zweifellos kostbar«, fuhr Orslett fort, »die Handschrift elegant – diese Zeilen beinhalten eine Drohung, nicht wahr?«
»Das geht Euch nichts an!« versetzte Elizabeth.
»Sehr wohl, Mylady.« Orslett verneigte sich. »Aber wenn ich mehr wüßte ...«
»Ihr werdet nicht mehr erfahren«, schaltete sich Cecil ein. »Master Orslett ...« Cecil überlegte, ob er diesem doppelzüngi-

gen Mann noch mehr Geheimnisse preisgeben sollte. »Master Orslett, Ihr werdet in den Tower gehen.«
»Welche Beschuldigung wird gegen mich erhoben, Sir?«
»Ich scherze nicht«, erwiderte Cecil. »Ich wünsche, daß Ihr mir eine Liste mit den Namen all jener bringt, die zwischen 1529 und 1535 im Tower gedient haben oder dort zu Besuch waren.«
»Und dann?« hakte Orslett nach.
»Werde ich unsere Vier Evangelisten ausfindig machen«, erklärte Cecil. »Vorerst, Master Orslett, nenne ich Euch, und nur Euch, einen Namen: Philip Savage.«
»Wer ist das?«
»Das werdet Ihr herausfinden, wenn Ihr ihn in seinem Versteck aufspürt.« Cecil erhob sich. »Er könnte Euch zu den Vier Evangelisten führen.«

Kapitel 2

Mary Tudor saß auf ihrem Thron in der Großen Halle des Greenwich Palastes. Die Königin war in ein burgunderrotes Samtkleid gewandet, und ein weißer, juwelenbesetzter Schleier bedeckte ihr rötlichbraunes Haar. Sie bemühte sich, so entspannt wie möglich zu erscheinen.

Ich muß mich stets daran erinnern, nahm sie sich vor, meine Hände nicht auf den Bauch zu legen. Wenn die Leute eine solche Geste sehen, werden sie denken, ich würde wieder von Krämpfen und Schmerzen geplagt. Oder schlimmer, daß sie wieder eine ihrer falschen Schwangerschaften hatte. Mary blinzelte, um die Tränen zu vertreiben. Sie sehnte sich so sehr danach, Philip einen Erben zu gebären, daß ihr Bauch angeschwollen war, aber sie trug kein Kind unter dem Herzen, keinen Erben. Und auch ihr Gemahl glänzte durch Abwesenheit. Philip hatte erklärt, dringende Angelegenheiten in den Niederlanden verzögerten seine Rückkehr.

Mary schaute sich in der Großen Halle um. Bänke waren aufgestellt worden, und vor jeder Bank standen Schemel, auf die die zweiundvierzig armen alten Frauen ihre Füße legen konnten; zweiundvierzig, das entsprach den Lebensjahren der Königin. Nach den Vorschriften des katholischen Glaubens mußten zur Feier des Letzten Abendmahls die Füße dieser armen Menschen von ihrem Almosenpfleger, dessen Gehilfen und schließlich von ihr selbst gewaschen werden. Die Höflinge zu beiden Seiten der Königin, sahen zu, wie die Zeremonie ausgeführt wurde. Ebenfalls anwesend war Antoine Noialles, der fuchsgesichtige, rothaarige französische Gesandte. Seine Gegenwart wurde bestenfalls toleriert, doch Mary hatte eingeräumt, daß Calais verloren war und daß ihre Politik, die Spanier gegen Englands alten Feind zu unterstützen, nichts als Verderben gebracht hatte. Der Gesandte hatte ein Bein ein wenig vorgeschoben, den Daumen zwischen die Lippen gesteckt und die Augen halb geschlossen. Hin und wieder sah er sie aus den Augenwinkeln an, lächelte und leckte wieder an seinem Daumen.

»Er platzt geradezu vor Stolz und Triumph.«

Mary wandte sich der dunkelhaarigen jungen Frau mit dem Elfenbeingesicht zu, die zu ihrer Rechten saß, ihrer ersten Hofdame und engsten Freundin Jane Dormer. Mary betrachtete wehmütig Janes schönes Gesicht – es war zart und makellos mit den vollen Lippen, den meergrauen Augen und dem rabenschwarzen Haar. Wegen der Fastenzeit trug Jane dunkle Farben, aber das unterstrich nur ihre vornehme Schönheit.

Wenn ich so schön wäre wie du, dachte Mary mit einem verstohlenen Blick auf Janes Busen, und mein Körper so wohlgeformt und zierlich wie deiner, wäre Philip dann geblieben?

»Madame, seid Ihr wohlauf?« Jane neigte sich so nahe zu Mary, daß sie ihr Parfüm riechen konnte, und fügte hinzu: »Monsieur Noailler steht da wie ein Hahn auf dem Misthaufen.«

»Laßt ihn für eine Weile krähen«, flüsterte Mary. Sie wußte, daß die Blicke aller auf sie gerichtet waren und die Leute sich fragten, was es zu tuscheln gab.

Janes behandschuhte Hand legte sich auf die der Königin. »Fühlt Ihr Euch gut, Mylady?«

»Ich habe rheumatische Beschwerden und Zahnschmerzen, und mir ist, als hätte jemand ein Feuer in meinem Bauch entfacht.«

Mary atmete tief durch und lehnte sich zurück. Der Hofstaat, die Haushofmeister, die Mitglieder des Rates – Mary traute keinem, nur auf Jane konnte sie sich voll und ganz verlassen. Die Messe war in der Schloßkapelle gelesen worden, und während der Zeremonie hatte sich Mary mit Zweifeln und Schuldgefühlen gequält. Sie hatte protestantische Geistliche auf den Scheiterhaufen geschickt: Cranmer, Latimer, Ridley, Hooper. Andere, weniger vornehme, waren ebenfalls den schrecklichen Feuertod in Smithfield gestorben. Mary hatte dem Land den alten Glauben zurückgebracht, ebenso wie die Mönche, die Frater, die Priester, die Messen – doch all das war ihr nicht von Nutzen. Das Volk wollte diese Religion nicht. Mary war überzeugt, daß die meisten Anwesenden nur den Schein wahrten. Sie warteten ab, warteten auf ihren Tod und darauf, daß Elizabeth, die kleine Füchsin, den Thron bestieg und die Krone Edwards des Bekenners trug. Marys Magen krampfte sich schmerzhaft zusammen; ihre Hand glitt unter den Umhang, und sie warf einen Blick nach rechts. Doktor Theophilus, der Arzt, der in den besten Schulen Italiens studiert hatte, beobachtete sie besorgt. Sie brachte ein halbes Lächeln zustande. Theophilus sah selbst nicht wohl aus: Haare und Bart waren struppig, ungekämmt und ungewaschen. Eine ungesunde Blässe überzog sein Gesicht, und sein Augenzucken schien sich verschlimmert zu haben. Medice sane teipsum, dachte Mary: Doktor, heile dich selbst. Sie schloß die Augen und betete im stillen um Vergebung. Theophilus war ein guter Arzt, und die Tränke und Pulver, die er ihr verabreichte, linderten oft den Schmerz.

»Madame?«

Der Großkämmerer war vor den Thron getreten. In der Halle erhob sich Gemurmel. Mary sah sich um und stellte fest, daß die ersten Waschungen beendet waren. Sie erhob sich rasch und ging die breiten Stufen hinunter. Diener eilten herbei. Mary legte ihren purpurnen, mit Hermelin gesäumten Umhang ab, und man band ihr eine lange Leinenschürze um. Ein Handtuch wurde wie eine Priesterstola um ihre Schultern gelegt. Sie ging auf die erste alte Frau zu und kniete sich hin. Umgeben von Jane Dormer und den anderen Hofdamen, wusch die Königin die Füße, die schon von anderen gereinigt worden waren. Jane hielt einen silbernen Wasserkrug in den Händen, eine weitere Hofdame trug einen goldenen Topf mit wohlriechenden medizinischen Kräutern. Mary wusch die Füße mit großer Sorgfalt, trocknete und segnete sie mit einem Kreuz, dann beugte sie sich vor und küßte voller

Inbrunst die runzlige alte Haut. Mary rutschte auf den Knien weiter zur nächsten Frau. Die ganze Zeit über betete sie, daß Jesus Christus ihre Demut erkennen und in seiner großen Weisheit den Akt der Selbstverleugnung belohnen und ihr Frieden schenken möge. Zudem war Mary fest entschlossen, den höfischen Pfauen, die hinter vorgehaltener Hand kicherten und feixten, zu zeigen, daß sie bei weitem nicht so krank und schwach war, wie sie glaubten. Mary, die Königin, besaß eine eiserne Entschlußkraft, dennoch wachte Jane Dormer über sie wie eine ängstliche Glucke. Trotz der ersten Waschungen und des schweren Parfüms, das die Hofdamen einhüllte, brachte der strenge Geruch der alten Menschen Mary zum Würgen. Sie sah zu Jane auf.

»Nach der Zeremonie«, raunte sie, »muß für diese Frauen ein Bad, frische Kleidung, gutes Essen und Wein bereitgestellt werden.«

Jane nickte, und Mary widmete sich wieder ihrer Aufgabe. Sie versuchte, sich weiter auf die Zeremonie zu konzentrieren – sie ahmte die Taten Christi beim Letzten Abendmahl nach. Sie, die anderen Gnade zuteil werden ließ, flehte selbst inständig um Gnade. Schließlich schweiften ihre Gedanken doch ab. Wenn Philip nur zurückkommen würde. Wenn sie wie Mann und Frau zusammenleben könnten. Wenn sie nur nicht so viele Menschen dem Scheiterhaufen übergeben hätte. Wenn ihr die Londoner doch nur mehr Liebe entgegenbrächten. Wenn doch nur die Balladenschreiber und Verfasser von Pamphleten mit ihren Beschimpfungen und Schmähungen aufhören würden. Wenn Calais bloß nicht verloren wäre. Wenn, wenn, wenn… Mary konnte die Tränen nicht mehr zurückhalten. Die Hofschranzen schrieben die Tränen ihrer spirituellen Versenkung zu, aber Mary fühlte, daß sie allmählich den Verstand verlor. Sie verspürte den nahezu unwiderstehlichen Drang, ihre Tätigkeit zu unterbrechen, sich auf den Boden zu legen und auszuruhen. Sie hielt inne und atmete tief durch. Sie war die Tochter von Katharina von Aragonien, Enkelin der großen Isabella von Spanien. Wenn sie

Schwäche zeigte, würden ihre Feinde an Macht gewinnen. Die Königin sah auf und seufzte. Das Ende der Waschung war in Sicht.
Mary rutschte weiter und wusch ein anderes Paar Füße, begoß sie behutsam mit Wasser und trocknete sie mit dem Tuch. Plötzlich erstarrte Mary. Etwas stimmte nicht. Diese Füße waren weich und geschmeidig, die Haut glatt und warm. Es sollten nur alte Frauen hier sein! Erschrocken hob Mary den Blick. Das graue Haar war eine Perücke, das dahinter verborgene Gesicht jung und straff. Die Frau hob die Hand. Jane Dormer stieß einen Schrei aus, als die Klinge des Messers aufblitzte. Mary riß die Schüssel in die Höhe, kaltes Wasser spritzte auf ihr Kleid, aber die Schüssel wehrte den Angriff ab. Die Frau versuchte, noch einmal zuzustoßen, doch Mary packte ihr Handgelenk und starrte in die haßerfüllten Augen.
»Jezabel!« schrie die Angreiferin. »Große Hure von Babylon! Du mörderische Hexe!«
Mary umklammerte fest den Arm. Wie aus weiter Ferne hörte sie heraneilende Schritte. Die Frau wehrte sich, und Mary betete, daß sie ihrem Griff nicht entgleiten möge. Und dann wimmelte es um sie herum von Wachmännern. Einer schlug der Frau ins Gesicht, ein anderer packte sie am Nacken. Alles war in Aufruhr. Die um sich tretende, kreischende Attentäterin wurde fortgeschleppt. Mary war noch nie einem solchen Haß begegnet. Jane Dormer stand neben ihr. Der Lärm in der Halle schlug wie eine Woge über Mary zusammen, dann fiel sie in Ohnmacht.
Sie kam in ihrem privaten Gemach zu sich. Über ihr sah sie den rot-goldenen Baldachin ihres großen Bettes. Es war warm; Schalen mit glühenden Kohlen standen in größeren Zinnschüsseln, und im Kamin flackerte ein Feuer. Jane Dormer lächelte auf sie herab.
»Majestät?«
Die Königin blinzelte und richtete sich in ihren Kissen auf.
»Gott möge mir vergeben«, sagte sie. »Ich bin in Ohnmacht gefallen.«

»Gott vergibt Euch bestimmt.«
Jane Dormer scheuchte die anderen Hofdamen aus dem Zimmer. Dann kam sie zurück, setzte sich auf das Bett und nahm Marys Hand – sie fühlte sich kalt wie ein Eisblock an.
»Doktor Theophilus war hier. Er sagt, es sei nur der Schock und die Anstrengung.« Jane deutete auf das Riechsalzfläschchen neben dem Bett. »Er war aufgeregter als ich, deshalb habe ich ihn angewiesen zu gehen.«
Mary lächelte matt. »Sie werden es als Schwäche deuten.«
»Sie werden Eure Rettung als Fügung Gottes deuten«, widersprach Jane scharf.
Sie verbarg ihre Verzweiflung. Die Königin sah furchtbar elend aus. In den letzten Monaten hatte Marys Gesicht eine aschgraue Farbe angenommen, dunkle Ringe umgaben ihre Augen, ihre Nasenspitze war rot, und unter der Puderschicht am Kinn waren Pusteln zu sehen. Jane betrachtete den Hals der Königin unter dem geöffneten Kragen – die Haut war dünn und sehnig. Mary spürte Janes Hoffnungslosigkeit. Wenn doch nur Philip hier wäre! Mary lächelte, als ihr bewußt wurde, daß sie wieder kurz davor war, ihre »Litanei mit den Wenns«, wie Jane sie nannte, zu beginnen.
»Ich bin selbstsüchtig«, sagte sie. »Euch fehlt er auch, nicht wahr?«
»Nicht Philip.« Jane warf den Kopf zurück und lachte. »Aber sein Gesandter, ja.«
Die Königin verspürte einen Stich der Eifersucht, als Janes schönes Gesicht erstrahlte. Eine ausgesprochen ungewöhnliche Verbindung, dachte sie: die lebhafte, fröhliche Jane, die ständig über das starre Protokoll bei Hofe kicherte, hatte sich bis über beide Ohren in den Grafen de Feria verliebt, den ernsten, scharfsinnigen spanischen Gesandten mit dem dunklen Haar und der olivfarbenen Haut. De Feria war stets zurückhaltend und akkurat. Er war ein geborener Diplomat, und die höfische Etikette prägte seine Kleidung, seinen Gang, seine Redeweise sowie seine Art zu essen und zu trinken. Zuerst war Mary diese Verbindung vorge-

kommen wie Feuer und Eis. Doch im Laufe der Monate wurde ihr klar, daß das alles nur eine Maske war. De Feria war loyal, warmherzig und ein liebevoller Mann mit Sinn für Humor und scharfem Verstand. Er betete Jane an. Mary beobachtete ihn bei offiziellen Anlässen, wie er die steife Haltung eines Diplomaten zur Schau stellte, während gleichzeitig sein Blick immer wieder zu Jane Dorme schweifte; sie spielte natürlich immer das kleine, kokette Biest.

»Er wird bald wieder hiersein«, sagte Mary. »Keine Angst, Jane. Ich möchte auf Eurer Hochzeit tanzen.«

Jane beugte sich vor und drückte einen Kuß auf die königliche Stirn – sie war kalt und feucht.

»Ihr solltet Euch ausruhen, Mylady.« Jane machte Anstalten, sich zu erheben, aber Mary hielt sie zurück.

»Die Attentäterin?«

»Margaret Fotherel«, antwortete Jane. »Die Wachen haben sie in den Kerker geworfen.«

»Hat man sie verhört?«

»Sie wurde befragt.«

»Mit Nachdruck?«

Jane wandte den Blick ab. »Man hat ihr Fragen gestellt. Madame, Sie hat versucht, Euch zu töten. Ihr seid die Gesalbte des Herrn. Gott allein weiß, wie sie sich hat Zugang verschaffen können.«

»Niemand soll dafür zur Verantwortung gezogen werden«, warf Mary ein. »Sie hat die Wachen genarrt, sie hat die Diener, die die ersten Waschungen vollzogen, hinters Licht geführt, und sie hätte auch mich beinahe getäuscht. Ich möchte Genaueres erfahren.« Mary versuchte, ihren Kragen zu richten. »Ich will wissen, warum diese Frau mich töten wollte!«

Jane wollte die Königin aufhalten, aber Marys Miene war entschlossen, und Jane wußte, daß sie mit Protest nichts ausrichten würde. Sie half der Königin, ihre Kleidung in Ordnung zu bringen und frische Schminke aufzulegen. Im Vorzimmer drängten sich die anderen Hofdamen und besorgte Höflinge um sie, sobald sie durch die Tür traten. Die Königin zerstreute ihre Bedenken.

»Ich bin wohlauf und unverletzt«, erklärte sie. »Ich danke Euch für Eure Besorgnis. Es war nur die Hitze.«
Die Höflinge klatschten Beifall.
»Hauptmann der Garde!«
Der verlegene, rotgesichtige Sir Henry Grantchester bahnte sich einen Weg durch die Menschen und kniete mit einem Bein vor der Königin nieder. Mary gestattete ihm, ihr die Hand zu küssen – ein Zeichen, daß sie keinen Groll gegen ihn hegte.
»Madame.« Sir Henry senkte den Kopf. »Es war mein Fehler.«
»Ihr tragt keine Schuld.«
Mary strich dem jungen Mann über den Kopf. So sehr sie sich auch bemühte, sie konnte die Tränen nicht hinunterschlucken. Wenn dieser Soldat doch nur ihr Sohn wäre – groß, aufrecht, ehrbar. Warum? dachte Mary. Warum schenkt Gott mir keinen Sohn?
Der Soldat richtete sich auf.
»Die Attentäterin, Madame...!«
»Die Beinahe-Attentäterin, Sir Henry«, gemahnte Mary. »Sie hat mich nicht getötet.«
»Sie ist im Kerker, Madame. Morgen früh wird sie den Richtern in Westminster vorgeführt.«
»Und dann?«
»Sie hat sich des Verrats schuldig gemacht, Euer Hoheit. Sie wird gehängt und geschleift!«
»London stinkt nach Tod.« Die Königin vollzog eine knappe Handbewegung. »Ich wünsche, sie zu sehen.«
Der Hauptmann wollte widersprechen, aber Jane Dormer warf ihm einen warnenden Blick zu und schüttelte den Kopf. Der Soldat begleitete Mary aus den königlichen Gemächern, andere Garden schlossen sich ihnen an. Soldaten standen auf den Galerien und säumten den oberen und unteren Absatz der Treppe. Höflinge eilten herbei, um Mary zu beglückwünschen, aber sie schüttelte nur den Kopf, und die enttäuschten Speichellecker zogen sich wieder zurück. Mary war angespannt, ihr Rücken steif wie ein Ladestock. Sie wollte dieser Margaret Fotherel von

Angesicht zu Angesicht gegenüberstehen. Sie wollte wissen, warum die Frau sie so sehr verabscheute. Wieso so viele Londoner sie haßten. Als sie in den dunklen, modrigen Kerker trat, der sich im Gewölbe unter dem Palast befand, achtete Mary nicht auf den üblen Gestank und die Düsternis. Fotherel war an die Wand gekettet, ihr Gesicht war geschwollen und voller blauer Flecke, ihr schäbiges Kleid hatte Risse. Der Hauptmann nahm eine Fakkel und hielt sie in ihre Richtung. Mary ignorierte seinen Protest und ging so nahe wie möglich an die Gefangene heran, Margaret Fotherel war bei Bewußtsein und beobachtete Mary aus den Augenwinkeln.

»Seid Ihr gekommen, um Euren Triumph auszukosten?«

»Ich bin gekommen, um mit dir zu reden.«

»Tötet mich.«

»Warum?« fragte Mary. »Warum sollte ich dich töten?«

Fotherel sah ihr jetzt direkt ins Gesicht; die wild funkelnden Augen nahmen einen erstaunten Ausdruck an.

»Was? Noch mehr papistische Schurkenstücke? Ihr und Eure Bischöfe – ihr seid alle Werkzeuge des Satans.«

»Sag«, forderte Mary, ohne auf die Einwände der Garden oder auf Janes Drängen zu achten, »sag mir, warum du mich, die Gesalbte des Herrn, töten wolltest.«

»Ihr seid nicht die Gesalbte des Herrn. Ihr seid eine Thronräuberin, eine Jezabel.« Ihre Stimme wurde brüchig. »Ihr habt meinen Vater getötet. Er war ein liebenswerter Mann, ein Schneider in Cripplegate, doch weil er die Hostie und den Wein, Eure Sakramente, zurückwies, wurde er vor Euren verfluchten Bonner gezerrt!« Die Frau verzog das Gesicht, als sie den Namen des alten, skrupellosen Bischofs von London aussprach. »Man machte ihm den Prozeß und befand ihn für schuldig. Er wurde geteert und in Smithfield verbrannt – nicht einmal einen Beutel mit Schießpulver hat man ihm um den Hals gehängt. Ich habe zugesehen, wie seine Augen aus dem Kopf quollen und seine Haut aufplatzte wie eine Farbschicht in der prallen Sommersonne.«

Marys Magen krampfte sich zusammen. Sie schnappte nach Luft. Fotherel beugte sich so weit vor, wie es die Ketten zuließen.
»Gott wird Euch richten!« fauchte sie. »Gott wird Euch alle richten und in die ewige Verdammnis schicken.«
Mary preßte sich eine Faust vor den Mund. Beinahe hätte sie einen Schrei ausgestoßen. Ihr war, als würde sie gleich auf das faulige, stinkende Stroh sinken und müßte machtlos zusehen, wie die Ratten, die in einem hinteren Winkel raschelten, mit ihren schleimigen Körpern über sie hinweghuschten. Seit fünf Jahren war sie Königin. Fünf Jahre hielt sie Reichsapfel und Zepter in den Händen, und so weit war es gekommen. Sie wurde gehaßt und verabscheut, weil sie versucht hatte, die alte Religion wieder einzuführen, den katholischen Glauben, der einst auf dieser Insel geblüht hatte.
»Sie wird hängen«, verkündete Sir Henry. »Oder bei lebendigem Leibe verbrannt.«
Mary war erschöpft. »Laßt sie gehen«, murmelte sie.
Fotherel hob ruckartig den Kopf.
»Gebt ihr zehn Schläge mit dem Stock. Nein – nicht einmal das!« Mary wedelte mit der Hand. »Laßt sie laufen! Laßt sie laufen! Laßt sie laufen! Hauptmann, befolgt meinen Befehl.«
Mary stürmte aus der Zelle. Mit steifem Rücken und hocherhobenem Haupt ging sie durch die Flure und gestattete den Dienern, vor ihr herzulaufen. Erst als sie wieder in ihren Gemächern war und Jane Dormer die Tür geschlossen hatte, brach sie zusammen. Umbauscht von ihren Röcken, kauerte sie auf dem Boden, vergrub ihr Gesicht in den Händen und schluchzte.
»Madame, steht auf! Ich bitte Euch, steht auf!«
Jane half der noch immer weinenden Königin zu einer Couch mit blauen und goldenen Kissen, die mit Lilien aus Perlmutt bestickt waren. Mittlerweile war es ziemlich dunkel geworden. Mary schauderte. Ihr Vater war einmal hier in diesem Zimmer gewesen. Ja, Heinrich war hereingekommen, hatte sich mit gespreizten Beinen hingestellt und die Daumen in seinen mit Silber beschlagenen Gürtel gesteckt. Er hatte beinahe den ganzen Raum ausge-

füllt. Er war auf sie zugegangen und hatte auf sie herabgesehen. Und dann hatte er ihr die Leviten gelesen wegen ihrer Weigerung, die Suprematsakte anzuerkennen, die ihn zum Oberhaupt der Kirche von England machen sollte. Schließlich hatte Mary nachgegeben und damit das Andenken ihrer Mutter und ihren eigenen Glauben verraten. Mary hatte sich geschworen, so etwas nie wieder zu tun. Sie schloß die Augen.

»Ich hasse dich!« zischte sie. »Ich hasse dich! Ich hasse dich!« Sie drückte die Faust auf den Mund. »Mutters Herz ist schwarz wie eine verfaulte Birne.«

Jane Dormer, die Doktor Theophilus' Medizin geholt hatte, blieb abrupt stehen. Mary war in ihren Alpträumen gefangen. Jane zitterte – Marys Geist wandelte zu nahe an der Finsternis. Noch immer hatte die Königin nicht vergessen, daß die Ärzte, als sie das Herz ihrer Mutter für die Beisetzung einbalsamieren wollten, es schwarz und verwesend vorgefunden hatten. Jemand hatte von Gift gesprochen, fachkundige Leute hatten Arsen vermutet. Und es kursierten noch andere Gerüchte: Als Mary Königin wurde, sollen sie und Reginald Pole, Ratsmitglied und ihr engster Vertrauter, der jetzt ebenfalls sehr krank war, aus Rache Heinrichs Leichnam aus der Gruft geholt und in der Themse versenkt haben.

»Mylady, Ihr solltet Euch ausruhen.«

Mary riß die Augen auf. Im ersten Moment erkannte sie Jane nicht.

»Madame, die Königin«, murmelte Mary wie im Traum, »wird sich auf den Weg zu ihrem Freund Reginald Pole machen.«

»Madame! Madame!« Jane fiel neben ihr auf die Knie – den kleinen Becher mit der Medizin hielt sie noch in der Hand. »Kardinal Pole ist krank – er liegt darnieder, und sein Geist ist auf Abwege geraten.«

»Dann bin ich allein.« Mary rang nach Atem.

»Ihr habt mich!«

Mary zwang sich zu einem Lächeln.

»Madame, bedenkt Eure derzeitige Lage«, fuhr Jane fort. »Mit

Eurem Gesundheitszustand steht es nicht zum besten. Ihr leidet unter Leibschmerzen.«

»Es ist nichts.« Mary winkte ab. »Nichts – nur das nahende Alter.«

»Madame, habt Ihr jemals an Gift gedacht?« Jane nahm all ihren Mut zusammen und spielte mit voller Absicht auf Marys Alpträume von ihrer Mutter an. »Madame, Ihr seid eine Tudor mit gesunden, kraftvollen Vorfahren: die Enkelin von Isabella von Kastilien. Diese Leibschmerzen kommen und gehen. Dr. Theophilus ist ratlos.«

»Gift?« wiederholte Mary. »Gift?«

Plötzlich war der Raum voller Gespenster. Mary sah ihre Mutter Katharina, schwarz gekleidet, mit geschwollenem Bauch, das Gesicht aufgedunsen und fahl, gezeichnet vom Schmerz. Hatte ihr Vater sie vergiftet? Und Heinrich? Kahl und siech lag er im Bett, und seine Räte scharten sich um ihn wie Krähen um einen Kadaver. Konnte es tatsächlich sein, daß einer von ihnen den Tod des Königs beschleunigt und ein Kissen auf sein Gesicht gedrückt hatte, um ihn zu ersticken? Und neben ihm »Gottes kleiner Kobold«, ihr Halbbruder Edward VI., bleich, kränklich, große dunkle Augen in einem kleinen, hageren Gesicht. Man munkelte, der alte Northumberland habe bei seinem Tod die Finger im Spiel gehabt.

»Aber wer sollte mich vergiften?« fragte sie.

»Es gibt Widersacher bei Hofe.« Jane Dormer ließ die Worte im Raum schweben.

»Ich weiß. Ich weiß. Es gibt Höflinge, die sich in Hatfield um die kleine rothaarige Elizabeth scharen. Sie und Master Cecil sitzen wie Spinnen in der Ecke und weben ihr Netz, das uns alle eines Tages umbringen könnte. Aber, ich frage Euch, Jane, wie könnten sie mich vergiften?«

»Sie schicken Euch vergiftete Speisen«, erwiderte Jane. »Wein und Süßigkeiten. Ihr eßt und trinkt das, was sie Euch senden. Ihre Männer, ihre Spione sind hier. Woher sollen wir wissen, welcher Koch oder Küchenjunge, welcher Kammerdiener oder welche Zofe nicht in Elizabeths Diensten steht? Ihr habt Doktor Theophilus an den Hof gerufen, weil er niemandem verpflichtet ist. Aber woher wissen wir, daß es nicht doch geheime Absprachen gibt?« Jane holte tief Luft und fuhr fort: »Dann ist da noch der Franzose; Monsieur Noailles schickt Euch ständig dies oder das. Und, Madame, was bedeutet Markus 15, 34?«

Mary lächelte und zuckte mit den Schultern. Jane starrte ihre Gebieterin an. Es gibt noch andere, die deinen Tod wollen, dachte sie. Aber ich wage nicht, ihre Namen auszusprechen. Zuerst die Engländer – ihre Anzahl war Legion. Die Frau im Kerker, Margaret Fotherel, war nur eine von vielen. Jane hatte nicht den Mut, über ihren schlimmsten Verdacht zu sprechen – über Philip von Spanien. Philip, der Mary nur geheiratet hatte, um England als Verbündeten Spaniens zu haben. Wollte Philip Mary aus dem Weg schaffen? Hatten die Gerüchte einen wahren Kern? Sogar Juan, Janes Verlobter, hatte angedeutet, daß Philip ein Auge auf Elizabeth geworfen hatte. Jane sandte ein Stoßgebet zum Himmel. Sie konnte nicht alles vorkosten, was die Königin zu sich nahm. Aber Jane war beunruhigt. Sie glaubte wirklich daran, daß man ihrer Herrin Gift einflößte, daß sie langsam ermordet wurde, aber von wem? Und da war dieser anonyme Brief von den Vier Evangelisten: »Welchen Preis hat die Krone von England? Ave Maria sepulta. Markus 15, 34.« Jane faßte nach Marys Hand.

»Ich habe die Botschaft gelesen«, sagte sie. »Madame, jemand sieht Euch tot.«

»Markus 15, 34«, murmelte Mary, dann lächelte sie. »Das Zitat ist angemessen, nicht wahr? Die Worte, die Jesus Christus am Kreuz ausgerufen hatte, als er sich von allen verlassen fühlte. ›Eloi, Eloi, lamma sabacthani? Mein Gott, mein Gott, warum hast du mich verlassen?‹« Mary lachte kurz auf. »Das könnte ich auch fragen.«

Sie krümmte sich vor Schmerz, nahm Jane den Becher aus der Hand und trank die Medizin in einem Zug.

»Etwas Wein?« hauchte sie.

Jane stand auf, füllte einen silbernen Becher und brachte ihn der Königin. Mary nippte daran, dann sah sie mit einem boshaften Glitzern in den Augen auf.

»Also, was schlagt Ihr vor, Jane? Soll ich Elizabeth in den Tower bringen lassen und sie wegen Hochverrats verurteilen? Aber was kann ich ihr zur Last legen? Ich bin nicht wie mein Vater. Ich möchte meine Verwandten nicht töten.«

»Ihr könntet sie nach Ludlow in Shropshire schicken!« versetzte Jane. »Und Master Cecil beauftragen, die Befestigungen an den Nordgrenzen zu inspizieren – oder, noch besser, Ihr betraut ihn mit einer diplomatischen Mission in Frankreich: Eure Cousine Mary ist jetzt die Gemahlin des Dauphin.« Jane wandte den Blick ab. Ja, dachte sie, und es gibt noch andere, die Anspruch auf den Thron von England erheben. »Mary«, Jane sprach ihre Gebieterin mit Vornamen an, was sie sich nur bei seltenen Gelegenheiten erlaubte. »Kommt mit mir. Wir fahren weg von hier. Kommt mit nach Sinistrel Manor in Essex.«

»Ein düsterer Ort mit düsterem Namen«, erwiderte Mary.

»Er hieß schon immer so.« Jane lachte. »Weil das Haus links von der Straße nach Epping steht. Es ist von einem Burggraben und hohen Mauern umgeben. Dort seid Ihr sicher und habt Euren Frieden. Gönnt Eurer Seele und Eurem Körper ein wenig Ruhe. Gleich nach Ostern, Madame; der Almanach verspricht einen schönen Frühling, die Luft wird kühl und frisch sein. Ihr könnt jagen und im Park spazierengehen. Vergeßt London und die Politik, Doktor Theophilus und seine Medizin für eine Weile. Ihr braucht Schlaf, Ruhe.«

Mary lehnte sich zurück, und Jane atmete tief durch. Sie sah dem Gesicht der Königin an, daß ihr der Gedanke an unbeschwerte Tage Freude bereitete. Jane fluchte im stillen, als jemand heftig an die Tür klopfte. Der Hauptmann trat ein.

»Madame, da ist ein Mann, der Euch zu sprechen wünscht. Sein Name ist Stephen Orslett.«

Jane hoffte, die Königin würde ihn abweisen, aber Mary beugte sich vor.

»Orslett – ja, führt ihn zu mir. Und, Sir Henry, stellt sicher, daß niemand an den Schlüssellöchern lauscht.«
Sir Henry verbeugte sich und zog sich zurück. Wenige Minuten später schlüpfte Orslett lautlos wie eine Katze durch die halb geöffnete Tür. Er nickte Jane zu, die für ihn einen Stuhl neben die Couch stellte, dann beugte er ein Knie vor Mary und küßte ihre Hand.
»Madame, es ist sehr liebenswürdig von Euch, mich zu empfangen.«
Mary lachte. »Master Orslett, Ihr seid ein gewiefter, gerissener Mann – je mehr ich über Euch erfahre, um so weniger mag ich Euch.«
»Ich bin Euer ergebenster Diener, Hoheit.«
»Ihr seid auch der ergebenste Diener von Cousine Elizabeth«, hielt Mary ihm vor.
Orslett hob den Kopf und lächelte.
»Oh, um Himmels willen, setzt Euch. Nehmt den Stuhl!«
Orslett gehorchte – seine Lederkluft knarrte leise. Er nahm seinen Waffengürtel ab, wie es jeder Mann in Gegenwart der Königin tun mußte. Dann schob er seine schwarzen Lederhandschuhe vom Stuhl. Jane bemerkte, daß er lange, schlanke Finger hatte wie ein Harfinist.
»Madame, darf ich Euch zu Eurer Rettung beglückwünschen? Die Nachricht hat sich mittlerweile in ganz London verbreitet.«
»Ich danke Euch, Stephen. Jane, legt mehr Kohlen ins Feuer.« Mary rieb sich die Arme. »Mir ist kalt.«
Jane erhob sich widerstrebend. Orslett hatte einen Fuß in jedem Lager und überall die Finger im Spiel. Ein berufsmäßiger Spion, ein Judas. Einen Mann wie ihn traf man in düsteren Gassen an, wenn er mit zerlumpten Fremden flüsterte und Informationen austauschte. Jane wußte nicht, in wessen Diensten er tatsächlich stand, ob er für Mary, Elizabeth oder nur für sich selbst tätig war.
»Und wie geht es Cousine Elizabeth?« erkundigte sich Mary.

Orsletts Blick huschte zu Jane, die Kohlen ins Feuer warf, und ihm lief das Wasser im Mund zusammen. Sie war eine wunderschöne Frau mit ihren hochgesteckten Haaren und der schmalen Taille – jede ihrer Bewegungen war anmutig und geschmeidig. Orslett sah wieder die Königin an.
»Sie ist wohlauf, Hoheit. Doch Markus 15, 34 hat sie sehr erschreckt, obwohl ich nicht weiß, warum.«
»Ich auch nicht«, erwiderte Mary.
»Cecil hegt einen Verdacht. Er hat mich angewiesen, in den Tower zu gehen und mich umzuhören, wer zwischen 1529 und 1535 dort zu Besuch gewesen war.«
»Das herauszufinden, dürfte für Euch ein Kinderspiel sein«, stellte Mary fest. »Ihr seid ein Schriftkundiger. Man munkelt auch, Ihr wärt ein ordinierter Priester und hättet die heilige Messe zelebriert.«
»Ich bin auf der Jagd nach den Evangelisten«, fuhr Orslett ausweichend fort. »Aber wer sie sind, Madame, und wo sie stekken...« Er hob ratlos eine Schulter.
»Und wenn Ihr sie aufgespürt habt?«
»Ich nehme an, Master Cecil wird mich beauftragen, sie zu töten, Hoheit.«
Mary neigte sich zu ihm und legte die Fingerspitzen vor ihrem Mund zusammen. Also, dachte sie, ist die Jagd eröffnet. Orslett war ihr bester Spürhund, schnell und skrupellos.
»Hoheit, wie lauten Eure Befehle?«
Mary starrte den Mann an, der eine so entscheidende Rolle gespielt hatte, als ihr Halbbruder Edward gestorben war und Lady Jane Grey zur Rebellion aufgerufen hatte. Es war Orslett gewesen, der nach Framlingham in Suffolk geeilt war. Er war einer der Gefolgsmänner Northumberlands gewesen, hatte jedoch eingestanden, daß er den Verrat des Herzogs nicht hatte hinnehmen können. Er setzte Mary und ihren Rat von den Plänen der Rebellen und der Stärke des Feindes in Kenntnis. Mary hatte sich alles sorgfältig eingeprägt, ehe sie ihren mutigen Marsch nach London antrat. Letzten Endes kamen Northumberland und all seine Verbündeten, sein

Sohn Guildford und Lady Jane Grey aufs Schafott. Mary nahm die Hände vom Mund. Noch mehr Gespenster! Northumberland hatte den Tod verdient, aber Lady Jane hätte verschont werden sollen – sie war fast noch ein Kind gewesen.

»Zuviel Blut«, murmelte Mary.

»Hoheit?«

»Nichts, Orslett.« Mary wußte nicht, ob sie diesem Mann trauen konnte. »Geht in den Tower. Tut, was Master Cecil verlangt. Stöbert die Evangelisten auf, aber tötet sie nicht – ihr Leben liegt in meinen Händen.« Mary senkte den Kopf. Vielleicht würde sie Orslett helfen, ihm Appetit machen.

»Hoheit?«

»Ja, Orslett. Ihr könntet mir in dieser Angelegenheit behilflich sein. Ich kann nicht alles selbst erledigen«, log die Königin.

Orslett öffnete die obersten Schlaufen seines Lederwamses. Das Hemd darunter war weiß und glatt. Mary fragte sich, ob Orslett eine Frau hatte.

»Seid Ihr verheiratet, Stephen?«

»Ja, Hoheit. Ich habe ein Haus in Poultry. Ich habe eine Frau, Alice, und drei Kinder.«

Mary fiel die Kinnlade herunter. Das hatte sie von einem Mann wie ihm nicht erwartet. Er war lüstern, sein Blick geheimnisvoll und verschlagen.

»Und liebt Ihr sie?« Mary gab sich Mühe, den Neid aus ihrem Tonfall zu verbannen.

»Ja, Hoheit.« Orslett strahlte Jane an. »Aber ich bin vielen Versuchungen ausgesetzt.«

Jane wandte sich ab.

»Geht in den Tower«, wiederholte Mary. »Selbstverständlich kann ich Euch keine Dokumente mitgeben.« Sie biß sich auf die Lippe, verletzte sich dabei selbst und versuchte, sich den Schmerz nicht anmerken zu lassen. »Stellt Nachforschungen an, und werdet für meine Halbschwester tätig. Aber, Stephen, Ihr könnt das wirklich, nicht wahr? Ihr habt Möglichkeiten, etwas herauszufinden.«

»Sehr wohl. Hoheit. Ich bin außerdem noch auf der Suche nach einem Mann namens Philip Savage.«

»Ah! Ich habe mich schon gefragt, wann der Name dieses Mannes auftauchen wird. Philip Savage?« sagte sie nachdenklich. »Ich bin ihm einmal begegnet. Als mein Vater mich bei einem seiner Tobsuchtsanfälle in den Tower geschickt hat. Philip Savage, der Aufseher, ein schmieriger, kleiner, kugelrunder Mann mit losem Mundwerk, und er hat ein Journal geführt, in das er alle Besucher eintrug.« Sie kniff die Augen zusammen. »Ich dachte, er hätte sich längst zurückgezogen oder sei womöglich schon gestorben.«

»Gerüchten zufolge ist er noch am Leben, Hoheit. Er könnte der Schlüssel zum Geheimnis von Markus 15, 34 sein.«

Mary unterdrückte ihre Furcht. »Wenn Ihr ihn gefunden habt, Stephen, kommt wieder hierher.« Sie streckte die Hand aus zum Zeichen, daß die Audienz beendet war. Orslett küßte die Hand und ging.

»Warum vertraut Ihr ihm?« wollte Jane wissen, als sie sich wieder neben ihrer Herrin niederließ.

»Ich vertraue ihm aus drei Gründen«, antwortete Mary. »Erstens bleibt mir keine andere Wahl. Zweitens habe ich keinen Beweis dafür, daß er ein Verräter ist. Und drittens hat er ein Auge auf meine kleine Halbschwester und ihren gewitzten Master Cecil. Hatfield ist eine Brutstätte des Aufruhrs.«

»Ihr habt andere Spione dort?«

»Ja, aber Elizabeth weiß das.«

Jane ergriff die kalte Hand der Königin.

»Mary«, flüsterte sie, »was hat es mit diesen Vier Evangelisten auf sich? Wieso sind sie von solch großer Wichtigkeit? Was heißt Markus 15, 34? Warum sollten die Worte des sterbenden Erlösers Elizabeth und ihrem Vertrauten Cecil so viel bedeuten?«

Mary wappnete sich für ihre Lüge.

»Sie bedeuten Elizabeth gar nichts, denke ich, und deshalb bedeuten sie mir alles, Jane.«

Kapitel 3

An Peter und Paul, am 29. Juni 1558, kniete Peter Carafa, der in Europa von den katholischen Mächtigen anerkannte Papst Paul IV., Diener der Diener Gottes, 221. Nachfolger des heiligen Petrus und Bischof von Rom, in seiner kleinen privaten Kapelle in der Engelsburg, die neben dem Tiber thronte. Carafa starrte auf das schlichte, kahle Kreuz; sein faltiges, bärtiges Gesicht verriet Ärger und Verdruß. Er hatte gerade seinen einundachtzigsten Frühling erlebt und verfluchte die Vergänglichkeit des Fleisches. Warum konnte sein alternder Körper nicht mit seinem Geist Schritt halten? Sein feinsinniger und hintergründiger Verstand konnte sich mit all jenen messen, die die Geschicke Europas lenkten. Er kam oft hierher, wenn er dem Prunk des Vatikans, der Peterskirche und der Basilika San Giovanni in Laterano entfliehen wollte. Die Engelsburg war sicher und gut genug befestigt, um den vornehmen römischen Familien, die ständig Ränke schmiedeten und jede seiner Schachzüge blockieren wollten, den Zugang zu verwehren. Paul schloß kurz die schlangenhaften Augen. Dieser Abschaum! Der Stellvertreter Gottes auf Erden hatte wichtigere Angelegenheiten zu regeln: Spanien! Carafas schmale Lippen preßten sich zusammen. Oh, die Macht Spaniens war ihm ein Dorn im Auge. Diese kleine hinterlistige Natter Philip, der behauptete, ein Katholik, der treuergebenste Sohn der Kirche zu sein! In Wahrheit unterschied sich Philip nicht im mindesten von den großen Erzketzern, die ihre Länder regierten und den Besitz und die Reichtümer der Kirche vereinnahmten. Carafa betrachtete Spanien als Spinne, die ihr Netz hier in Italien, in den Niederlanden, im Kaiserreich, Frankreich und jetzt auch in England wob. England bereitete Carafa im Moment am meisten Sorgen. Was führte Philip dort im Schilde? Was würde geschehen, wenn Mary Tudor, die kranke Tochter Heinrichs VIII., starb? Und Carafa wußte, daß Marys Tod unausweichlich war...

Der Papst hörte, wie die Tür aufging. Zwei Männer betraten die Kapelle, aber Carafa drehte sich nicht einmal um – er wußte, daß er sicher war. Seine Leibgarde, die nur aus handverlesenen Männern bestand, die keine Skrupel hatten, jemanden zu töten, würde niemals jemandem Zugang gewähren, den sie nicht gründlich durchsucht hatte und den Carafa nicht sehen wollte. Er lauschte auf die leisen Schritte. Die eine Person, die rechts hinter ihm stehenblieb, mußte Doktor Cesar sein, einer seiner Leibärzte. Ein kleiner Italiener, der sein silbernes Haar streng zurückgekämmt trug und ein scharfgeschnittenes Gesicht mit gestutztem Bart hatte. Der Arzt mit dem heiteren Gemüt glaubte an die Wirkung der eigenartigsten Heilmittel, gestand aber freimütig ein, daß er keine Medizin kannte, die gegen den Tod half. Der Papst schloß die Augen. Carafa verließ sich voll und ganz auf Doktor Cesar, und er hoffte, daß sein anderer Besucher, der schwarzhaarige, blasse Nicholas Segalla in der Robe des neugegründeten Jesuitenordens, ebenso verläßlich war. Segalla war Carafas Vertrauter und besonderer Ratgeber, Agent und Gesandter. Ein Mann ohne Familie und nennenswerte Vergangenheit.

Der Papst faltete die Hände wie zum Gebet und beugte den Kopf, so daß er aussah wie ein Heiliger, der auf dem schweren Polster vor dem Altar kniete. Dennoch meditierte oder betete er nicht. Carafa betrachtete Gott als Gleichgestellten, mit dem er reden konnte, wann und wo immer er es wünschte. Die Gedanken wimmelten in seinem Kopf wie ein Sack voller Würmer. Segalla stand auf der Seite Englands, aber konnte man auf ihn bauen? Carafa war erst seit drei Jahren Papst, und er hatte Segalla aus dem Stab seines Vorgängers übernommen. Er hatte ihm Fallen gestellt, doch wie man es auch drehte und wendete, Segalla bewies immer wieder seine Vertrauenswürdigkeit und Zuverlässigkeit. Carafas Neugier war geweckt – er hatte in den Archiven und Chroniken nachgeforscht und etliche Geschichten über Segalla gehört. War der Jesuit ein Magier? Ein Mann mit besonderen Kräften und Fähigkeiten? Andere Segallas waren den Päpsten vergangener Jahrzehnte und Jahrhunderte zu Diensten gewesen, und Segalla behauptete, seine Familie sei schon immer Diener des Pontifikalamtes gewesen. Carafa konnte kein gegenteiliges Argument vorbringen, aber manchmal machte er sich so seine eigenen Gedanken ... Er hörte ein Hüsteln.

»Eure Heiligkeit!«

Der Papst bekreuzigte sich und kämpfte sich stöhnend und ächzend auf die Füße. Er umklammerte den mit Silber beschlagenen Stock, den ihm der junge Jesuit in die Hand drückte.

»Danke, Nicholas«, flüsterte er.

Carafa nickte Doktor Cesar zu, der prächtig aussah in seiner blauen und silbrigen Spitze und dem Samtwams mit passender Jacke. Doktor Cesar, der gern lächelte, höfische Manieren hatte und sehr großzügig mit seinem angehäuften Reichtum umging, war ein Frauenschwarm. Der Arzt verbeugte sich formvollendet.

»Eure Heiligkeit, wie es scheint, seid Ihr bei allerbester Gesundheit.«

»Seine Heiligkeit«, gab Carafa zurück, »ist keineswegs bei bester Gesundheit!« Er kniff mit Daumen und Zeigefinger fest in Doktor Cesars Wange, bis er Schmerz in den hellblauen Augen aufflackern sah. Gleichzeitig klopfte Carafa mit dem Stock auf den Steinboden. »Ich habe Schmerzen im Rücken, im Arsch und in den Hüften! Meine Nase ist verstopft, meine Augen tränen. Ich stehe Qualen aus beim Wasserlassen und beim Stuhlgang. Nun, Ihr habt meinen Stuhl gesehen, also werden wir jetzt nicht darüber sprechen.«

Carafa zog seine Hand zurück und ging zum päpstlichen Sessel an der Wand. Er setzte sich und bedeutete seinen beiden Besuchern, sich auf den Bänken gegenüber niederzulassen. Cesar gehorchte bereitwillig und rieb sich die Wange, in die Carafa so heftig gezwickt hatte. Segalla, wie gewöhnlich von Kopf bis Fuß in Schwarz, blieb kühl und distanziert wie immer. Seine seelenvollen Augen gaben nichts preis – weder Wachsamkeit noch Unruhe. Carafa amüsierte sich im stillen. Er war seit Jahrzehnten ein Kirchenfürst und hielt immer nach fahrigen, nervösen Gesten Ausschau, nach Anzeichen des Verrats. Jemand, der den Judas spielte, konnte sich anstrengen, wie er wollte, es war unmöglich, einen Betrug vollkommen zu verbergen. Segalla konnte man trauen. Der Papst warf einen Blick in die schwerlidrigen Augen des Arztes. Und wie stand es mit dem guten Doktor? Nun, Carafa wußte genug über diesen gerissenen kleinen Mörder, um ihn in den tiefsten Kerker werfen oder sogar hinrichten zu lassen.

»Eure Heiligkeit, Euer Gesundheitszustand läßt nicht das geringste zu wünschen übrig«, beteuerte Doktor Cesar noch einmal. »Ihr habt das achtzigste Lebensjahr überschritten, Eure Heiligkeit, und dennoch besitzt Ihr die Tatkraft eines jungen Mannes. Philip von Spanien hingegen«, fuhr Cesar fort, weil er wußte, wie gern Carafa von den Mißgeschicken des spanischen Herrschers hörte, »hat eine ernsthaft gestörte Verdauung; er ist übellaunig und kränklich. Sein Vater, Karl V., leidet unter Gicht und Rheumatismus. Seine Hämorrhoiden sind so stark vergrößert, daß er sich nicht einmal mehr auf ein weiches Kissen setzen kann, ohne vor Schmerz zusammenzuzucken.«

»Und Mary von England?« warf Carafa ein. »Mary von England ist im Begriff zu sterben, nicht?«

»Ich habe gehört, was Eure Heiligkeit uns erzählt hat«, erwiderte Cesar. »Marys Körper ist siech, ihr Geist schwankt am Rande des Wahnsinns.«

»Könnte sie in anderen Umständen sein?« wollte Carafa wissen.

»Dazu wäre ein Mann vonnöten«, spöttelte Cesar. »Philip von Spanien weilt nicht bei ihr, und Mary gehört nicht zu der Sorte von Frauen, die anderen erlauben, ihren Acker zu pflügen ...«

»Danke, danke«, fiel ihm Carafa ins Wort. »Mary ist eine fromme, katholische Königin, nicht eine Eurer höfischen Huren, Doktor Cesar. Hab ich nicht recht, Nicholas?«

»Eine großartige Frau«, entgegnete der Jesuit, ohne den Blick von Carafa zu wenden. »Tugendhaft und freundlich, aber, Eure Heiligkeit, inwiefern betrifft uns das? Ich weiß, wir werden nach England reisen.«
Carafa schaute sich in der Kapelle um. »Ich mag diesen Ort«, flüsterte er. »Seht Euch das an, Nicholas. Abgesehen von dem Kruzifix an der Wand keine Bilder, keine Gemälde.« Er klopfte mit dem Stock auf den Boden. »Keine Kanalrohre, keine Löcher, keine Lücken. Hier kann sich niemand einschleichen und jemanden belauschen. Ja, Nicholas, Ihr macht Euch auf den Weg nach England, und Doktor Cesar begleitet Euch. Er wird die Königin behandeln«, setzte Carafa eilends hinzu. Dann schwieg er und inspizierte den silbernen Knauf seines Stockes. »Mary wird vergiftet – von jemandem, der ihr sehr nahesteht.«
Segalla rutschte auf der Bank hin und her und starrte diesen ruchlosesten und gewieftesten aller Pontifexe an. Segalla war überredet worden, in seine Dienste zu treten. Er erkannte Carafa als einen Mann mit Visionen an, der sich zum Ziel gesetzt hatte, die Kirche zu reformieren, aber Nicholas wußte auch, daß Carafa ein heimtückischer und gerissener Intrigant war. Segalla verbiß sich ein Lächeln bei dem Gedanken, daß der Papst in der Tat einen ausgezeichneten Jesuiten abgeben würde. Für einen Jesuiten heiligte der Zweck stets alle Mittel. Segalla wußte, welch abgrundtiefen Haß Carafa für Spanien empfand und daß er fürchtete, die Spanier könnten unter Philip II. Vorbereitungen treffen, einen Gegenpapst zu wählen. Erst vor zwei Tagen, als sie zusammengesessen und einen dunkelroten Falernian getrunken hatten, hatte Carafa ihm erläutert, wie wichtig es war, daß Segalla nach England reiste. Jetzt und hier, in dieser Kapelle, in der er vor unerwünschten Mithörern sicher war, würde er sich ihm anvertrauen.
»Mary ist fast vierzig Jahre jünger als ich«, fuhr Carafa fort. »Ihr Vater hat Schindluder mit seiner Gesundheit getrieben und ist sozusagen bei lebendigem Leibe verfault, aber Mary war eine junge, gesunde Frau; der Meuchelmörder, der ihr das Gift verabreicht, muß in ihrer Nähe sein.«

»Ihre Halbschwester Elizabeth?« mutmaßte Segalla.
»Möglich.« Carafa kniff die Augen zusammen. »Elizabeth könnte ungeduldig geworden sein. Man hat sie schon früher dabei ertappt, mit Umstürzlern zu kokettieren. Eine zweite solche Verschwörung könnte fatale Folgen haben. Noch bedeutender«, Carafa tauchte einen Finger in ein Becken mit Weihwasser und benetzte seine Lippen, »ist Philip von Spanien. Möglicherweise ist er Mary leid. Vielleicht möchte er künftig das Ehebett mit der jungen rothaarigen Elizabeth teilen und England noch stärker an Spanien binden.«
»Eure Eminenz«, unterbrach Segalla. »Wollt Ihr damit andeuten, daß möglicherweise Philip von Spanien seine eigene Gemahlin vergiftet?«
»Philip von Spanien«, Carafa spie diese Worte geradezu aus, »würde seine eigene Mutter vergiften, wenn es in seine Pläne paßte. Könnt Ihr Euch vorstellen, Nicholas«, rief Carafa und hob eine klauenartige Hand hoch, »daß Spanien die Niederlande und das Kaiserreich, Teile von Italien und England unter Kontrolle hat? Was für eine Welt! Und was käme als nächstes?«
»Aber Spanien würde dafür sorgen, daß England katholisch bleibt.«
»Tatsächlich?« schnaubte Carafa lachend. »Mary hat unendlich viele Ketzer auf dem Scheiterhaufen verbrannt. Sie hat sich sehr bemüht, dem Land unseren Glauben wiederzubringen. Dennoch wird er mit jedem Tag schwächer – genau wie sie selbst.«
»Was ist mit den Franzosen?« fragte Segalla. »Sie könnten ebenfalls Marys Tod wünschen. Elizabeth wird als illegitim erachtet und ist von der Erbfolge ausgeschlossen.«
»Ah ja!« rief Carafa und lehnte sich zurück. »Meine gute Freundin Caterina de' Medici in Paris hat Ambitionen für ihre Schwiegertochter Mary von Schottland.« Carafa strich noch mehr Wasser auf seine Lippen. »Belassen wir es für den Augenblick dabei«, murmelte er wie zu sich selbst. »Nicholas, Doktor Cesar, Ihr werdet Rom morgen verlassen. Eine venezianische Galeere wird Euch von Ostia zu einem der Kanalhäfen bringen. Nein – nicht in

England, sondern in Frankreich – vielleicht legt sie in Calais an – zumindest in den Überresten der Stadt.« Er grinste. »Die Engländer hat man davongejagt. Außerhalb der Stadt befindet sich das Jagdschloß, Blanchetaque an der Somme. Die französische Königin wird Euch dort empfangen. Übermittelt ihr offiziell meine guten Wünsche und meinen feierlichen Segen. Und findet heraus, welche Absichten sie bezüglich England hegt. Und wenn Ihr nach England kommt«, Carafa hievte sich aus dem Sessel, »setzt Euch nicht mehr mit mir in Verbindung, sondern handelt nach Gutdünken.« Carafa drohte mit dem Finger. »Denkt immer daran, Nicholas, Eure Taten dürfen nur von einem Gedanken geleitet werden: Die Sicherheit und Aufrechterhaltung der römisch katholischen Kirche müssen in dieser Stadt und in der Welt nicht nur vorübergehend, sondern dauerhaft gewährleistet sein.« Carafa hinkte zum Fenster. »Reitet ins Land. Italien ist ein wunderschönes Land, eine schutzlose Jungfrau. Die großen Königreiche könnten sie vergewaltigen, wann immer es ihnen beliebt. Die Pläne, die in London, Madrid oder Paris geschmiedet werden, werden hier Früchte tragen.« Carafa drehte sich um und kam zurück. »Ich möchte wissen, was in England vor sich geht. Ich will alles über Mary Tudor erfahren. Und vor allem interessiert mich, was die Spanier beabsichtigen.«
»Der Giftmörder muß, wie Ihr bereits sagtet, in ihrer Nähe sein«, meldete sich Doktor Cesar zu Wort. »Es gibt viele Kräuter und Tinkturen, aber, wenn Eure Heiligkeit recht behalten sollte – und dessen bin ich mir absolut sicher«, setzte er eilends hinzu, »dann muß es sich um ein Gift handeln, das nicht sofort und auf einmal, sondern später und langsam wirkt; sie bekommt ein bißchen hier, ein bißchen da.«
»Ihre Ärzte?« Segalla bedachte Doktor Cesar mit einem kühlen Lächeln.
»Sie hat viele«, erklärte Carafa. »Einer von ihnen, Doktor Theophilus, wie er sich nennt, hat hier in Italien studiert und hat sowohl in Ferrara als auch in Florenz einen Wohnsitz. Aber wieso sollte er die Königin vergiften? Auf Befehl eines anderen? Und

wenn Elizabeth ihm die Anweisung gegeben hat, dann bedeutet das, sie hat einen Spion in unmittelbarer Umgebung der Königin. Und wenn Philip der Auftraggeber ist?« Carafa schnalzte mit der Zunge. »Ihr werdet Lady Jane Dormer, Marys Hofdame und engste Freundin, treffen; sie ist eine schöne Frau, die dem Grafen de Feria, Philips Gesandtem in England, sehr zugetan ist.«

»Aber«, warf Segalla ein, »Ihr sagtet doch, diese Jane sei eine enge Freundin von Mary.«

Carafa warf den Kopf zurück und brach in schallendes Gelächter aus.

»In der Politik gibt es keine Freunde. Jeder einzelne am englischen Hof ist ein Verdächtiger.«

Carafa schlug vor Vergnügen über diesen Witz mit der Faust auf die Sessellehne, doch dann erstarb sein Lachen. Er ließ seine Zunge im Mund kreisen und suchte nach einem Krümel, der in sein Zahnfleisch drückte. Dabei beobachtete er Segalla aus den Augenwinkeln. Der schlaue alte Prälat erinnerte sich an seinen eigenen Ratschlag: Traue niemandem! Nicht einmal Segalla durfte ganz und gar ins Bild gesetzt werden.

»Ah, gut, gut!« Der Pontifex richtete den Blick in die Ferne. Wie lange habe ich noch? überlegte er. Wann ereilt mich der Tod? Wieviel Zeit bleibt mir noch, bevor ich den anderen Stellvertretern Gottes im großen Mausoleum unter dem Petersdom Gesellschaft leiste? Und wer wird nach mir kommen? Er lächelte. Um ein Haar hätte ihm Reginald Pole, Marys Vertrauter, die Tiara weggeschnappt, aber Carafa hatte sich um den Engländer gekümmert und seine Macht in England konsolidiert. Und jetzt lag Pole im Sterben: Carafa schloß die Augen, um darüber nachzudenken, wie die Zukunft wohl aussehen würde. Nein, das war eine Sünde, er durfte sich keine Gedanken darüber machen!

»Eure Heiligkeit?«

Segalla beugte sich vor.

»Eure Heiligkeit, da ist noch mehr ...«

»Ja, Segalla, da ist noch mehr.« Carafa zog eine Schriftrolle aus seinem weiten Ärmel und warf sie dem Jesuiten zu.

Segalla rollte sie auf und las die gestochene Handschrift:

Ave Maria sepulta. Gegrüßt sei Maria (begraben).
Welchen Preis hat die Krone von England?

Markus 15, 34
Die Vier Evangelisten

»Bevor Ihr fragt«, erklärte Carafa, »die Ziffern verweisen auf eine Stelle im Markus-Evangelium – auf die Worte des sterbenden Christus am Keuz: ›Eloi, Eloi, lamma sabacthani? Mein Gott, mein Gott, warum hast du mich verlassen?‹ Gleichlautende Briefe wurden in London an mehrere Leute verteilt, und sie haben große Besorgnis sowohl bei Hofe als auch unter Elizabeths Gefolge in Hatfield hervorgerufen. Gott allein weiß, wer diese Vier Evangelisten sind.«

»Warum verursacht eine solche Botschaft so große Aufregung?« wollte Segalla wissen.

»Ich weiß es nicht«, entgegnete Carafa. Aber jetzt wird in London nach einem ehemaligen Aufseher des Towers gesucht – Philip Savage. Ein schlauer Schurke namens Stephen Orslett führt die Jagd an. Gott weiß, für wen er arbeitet, aber er scheint entschlossen zu sein, die Vier Evangelisten unter den Leuten zu suchen, die während Savages Zeit im Tower gewesen sind.«

»Weshalb?« fragte Segalla.

»Ich weiß es nicht«

Carafa erhob sich und ging zur Tür. Dort drehte er sich um und hob die Hand zum Segen. Segalla und Doktor Cesar sanken augenblicklich auf die Knie.

»Ich habe Euch gesagt, was ich weiß. Geht in Frieden, meine Söhne. Meine Kanzlei wird Euch mit Geld und allen Dokumenten, die Ihr für die Reise braucht, ausstatten. Ihr werdet Euch noch heute an Bord der Galeere in Ostia einfinden. Gott sei mit Euch.«

Der Papst segnete die beiden mit einem Kreuz und verließ lautlos die Kapelle.

An Mariä Himmelfahrt, dem 15. August 1558, verließen Nicholas Segalla und Doktor Cesar Calais und machten sich auf den Weg zum königlichen Jagdschloß Blanchetaque. Zwei Wochen zuvor waren sie nach einer stürmischen Überfahrt in Calais eingetroffen, seekrank und mit Schmerzen in allen Gelenken. Segalla wußte nicht, wer mehr litt – er oder Doktor Cesar, aber dann erinnerte er sich an den alten Spruch: Doktor, heile dich selbst. Der Arzt gewann bald seine übliche gute Launte zurück. Segalla, von Natur aus schweigsam, war sehr eingenommen von dem Witz und dem Charme des kleinen Doktors, der über den Klatsch und die Skandale an den europäischen Höfen bestens informiert war: Wer hatte wen verführt? Wer stand in höchster Gunst, wer war in Ungnade gefallen? Cesar war ein drolliger Reisegefährte, und sobald er sich selbst erholt hatte, nutzte er sein medizinisches Wissen, um Segalla zu kurieren.
»Auf Schlaf und Nahrung kommt es an. Viel Ruhe und frische Luft sind wichtig, und haltet Euch fern von dem Dreck und Schmutz.« Doktor Cesar bewegte den Zeigefinger warnend hin und her. »Eßt nie verdorbene Speisen, und geht der schwarzen Ratte aus dem Weg. Auch Wasser ist verboten, es sei denn, Ihr trinkt es direkt aus einer reinen Quelle. Wein mag Euch Kopfschmerzen bereiten, doch in diesem gottverlassenen Ort kann Euch Wasser den Tod bringen! Oh, und Vorsicht vor der Syphilis!«
Segalla nickte einsichtig und strengte seine Gesichtsmuskeln an, um den Mund nicht zu verziehen und die Erinnerung an den vergangenen Abend nicht aufkommen zu lassen. Nachts waren aus dem Zimmer des guten Doktors verzückte Schreie gedrungen, als er sich mit zwei Damen aus der Stadt vergnügte. Natürlich war ihre Ankunft in Calais nicht unbemerkt geblieben – die Hafenmeister hatten sorgfältig ihre Ausweise und die Briefe studiert, die sie bei sich trugen. Zwölf Tage nach ihrem Eintreffen suchte sie ein königlicher Bote mit der silbernen Lilie in seinem Wappen auf und übermittelte ihnen, zu welcher Stunde sie im königlichen Jagdschloß erwartet wurden.

Sie hatten sich Pferde aus dem Stall der Taverne geborgt und waren rechtzeitig aufgebrochen. Sie erreichten Blanchetaque zu früh, wurden jedoch am äußeren Tor eingelassen und ritten über den schmalen, von Bäumen und kleinen Wäldchen gesäumten Weg und kamen bald zu dem Märchenschloß mit den spitzen Türmen und den bunten Butzenscheibenfenstern, dem großen Eichenholzportal und den von Efeu bewachsenen Mauern. Diener nahmen ihre Pferde in Obhut. Eine schöne junge Frau, eine von Caterinas Hofdamen, kam ihnen entgegen und knickste: Sie flirtete mit Segalla, aber als er ihre Versuche mit einem steinernen Blick beantwortete, widmete sie ihre ganze Aufmerksamkeit Doktor Cesar. Man führte sie in ein Vorzimmer, wo zwei schöne Demoiselles ihnen Wildbret mit Pilzsauce, frisches Weißbrot und einen der besten Rotweine servierten, die Segalla seit vielen Jahren getrunken hatte. Als sie ihr Mahl beendet hatten, schaute sich Dr. Cesar mit glückseligem Blick in dem eichenholzgetäfelten Raum um. Segalla wollte ein Gespräch beginnen, aber Cesar schüttelte den Kopf und verdrehte die Augen zur Decke.
»Ich möchte schnell ein paar Berechnungen anstellen«, erklärte der gute Doktor.
Er stand auf und ging zu einem Schreibpult, setzte sich, als wollte er ein paar Zahlen aufschreiben, dann reichte er Segalla ein Pergament.
»Ich denke, Monsieur, das ist die Summe, die Ihr mir schuldet«, behauptete Cesar. »Ihr habt die Wette verloren.«
Segalla sah ihn verwirrt an, doch dann las er, was auf dem Pergament stand:

Sagt nichts, was uns gefährlich werden könnte.
Hier gibt es mehr Gucklöcher als in einem Bordell.

Segalla knüllte das Pergament zusammen und steckte es in sein Wams.
»Doktor Cesar, ich danke Euch, daß Ihr mich daran erinnert. Ich werde Euch gleich bei unserer Rückkehr ausbezahlen.«

Sie unterhielten sich über ihre Reise, über die stürmische See in der Bucht von Biscaya. Segalla langweilte sich und war froh, als ein Kammerdiener hereinkam und Caterina de' Medici, die Königin von Frankreich, ankündigte. Cesar und Segalla fielen auf die Knie. Segalla stieg der Wohlgeruch eines Parfüms in die Nase, und er erhaschte einen Blick auf ein graues Taftkleid. Eine kühle, weiche Hand streckte sich ihm entgegen; der purpurne Amethyst an dem Ring funkelte und blitzte. Segalla strich mit den Lippen über den Ring und sah auf: Caterina de' Medicis bleiches Gesicht war kaum gepudert, ihre Lippen formten ein Lächeln, doch die Augen sahen ihn eindringlich und wachsam an. Ihre Macht drückte sich in jeder noch so kleinen Geste aus – ob sie die Schultern hob oder senkte oder die Röcke raffte. Und die ganze Zeit über heftete sie ihren Blick auf Segalla, als wollte sie seine Seele suchen. Eine gefährliche Frau, ging es Segalla durch den Kopf. Die Königin ging ein paar Schritte, um Doktor Cesar zu begrüßen, dann nahm sie auf dem hochlehnigen Stuhl an der Wand Platz und bedeutete ihren Gästen, sich ebenfalls zu setzen. Sie war in Begleitung einer einzigen Hofdame, die sich in der Nähe der Tür postiert hatte. Segalla registrierte amüsiert, daß die junge Frau mit ihrem Körper das Schlüsselloch und das, was er für ein kleines Guckloch in der Holztäfelung hielt, verdeckte.

»Wir sind sicher hier.« Caterina gab ein tiefes, kehliges Lachen von sich. Ihr Blick huschte zu Doktor Cesar. »Keine Sorge, die Gucklöcher sind jetzt verschlossen. Und Ihr habt recht, es gibt hier mehr davon als in einem Bordell.« Sie hob die Hand und kicherte. »Es ist so lustig«, fuhr sie in lateinischer Sprache fort, »zuzusehen, wie sich die Menschen benehmen, wenn sie sich unbeobachtet fühlen.«

Cesar verbeugte sich tief auf seinem Stuhl. »Madame, Ihr seid sehr scharfsichtig.«

»Schmeichelt mir nicht, Doktor Cesar. Mein Gemahl pflegte mir zu schmeicheln, während ihn noch der Duft seiner Huren umwehte. Wenn einem so was einmal widerfahren ist, gibt man auf Komplimente keinen Sou mehr.« Sie strich mit der Hand über die Stuhllehne und inspizierte den Staub an ihren Fingern. »Mondstrahlen«, murmelte sie. »Nichts Greifbares. Nichts hat Substanz außer der Macht. Das trifft doch zu, nicht wahr, Segalla?«

»Es kommt darauf an«, erwiderte er.

»Ja, natürlich«, stimmte ihm Caterina zu. »Es kommt sehr darauf an, wer die Macht wann und wo in Händen hält. Aber jetzt laßt uns keine Zeit mehr vergeuden – der Papst hat Euch hergeschickt. Er möchte wissen, was geschieht, wenn Mary Tudor stirbt, nicht wahr? Es ist ganz einfach. Die einzige legitime Erbin für den englischen Thron ist meine Schwiegertochter Mary von Schottland.«

»Die Engländer werden sie nicht akzeptieren«, erwiderte Segalla.

»Sie haben Philip von Spanien akzeptiert«, gab Caterina zurück. »Dies habe ich seiner Heiligkeit bereits in einem Brief erörtert, und er ermutigte mich, diesen Plan weiterzuverfolgen.«

»Steht Mary Tudor auf der Schwelle des Todes?« erkundigte sich Segalla.

»Sie war schon zu Ostern krank, und ihre Leiden verschlimmern sich.«

Caterina warf einen kurzen Blick auf Doktor Cesar. Segalla hätte schwören können, daß sie dem Doktor zuzwinkerte, aber dann drehte sie den Kopf und machte dasselbe mit ihm, als teilten sie ein Geheimnis.

»Habt Ihr die Hand im Spiel bei der Krankheit der Tudor-Königin?« fragte Segalla unvermittelt.

Caterina lachte und steckte den Finger in den Mund, um ihre Zähne zu reinigen.

»Wenn dem so wäre, Monsieur, würde ich es Euch gewiß nicht verraten.«

»Und Markus 15, 34?«

»Oh, der Tanz ist seither weitergegangen«, erwiderte Caterina. Sie öffnete einen kleinen schwarzen, mit Goldfäden durchwirkten Beutel, der an einer Samtschnur an ihrer Taille hing, und reichte Segalla eine kleine Schriftrolle.

»Unser Gesandter in England, Monsieur Noailles, hat uns das hier geschickt – Abschriften davon haben all jene erreicht, die es lesen wollen.«

Segalla knöpfte die rote Kordel auf. Auf der Schrift waren Daumenabdrücke zu sehen, aber das Pergament war von sehr guter Qualität, und die Handschrift verriet den gelehrten Höfling. »Welchen Preis hat die Krone von England?« begann der Brief.

Maria sepulta! Warum sucht Ihr im Tower? Der Tower ist leer. Weshalb sucht Ihr nicht nach der Wahrheit? Sie liegt in Markus 15,34. *Dreißig Silberlinge hat Judas für seinen schändlichen Verrat gefordert. Eintausend Goldstücke, und wir geben preis, was wir wissen.*

Die Vier Evangelisten

»Unsere Gelehrten und Schriftkundigen haben das Schreiben eingehend studiert«, erklärte Caterina.

Segalla hob den Kopf. Caterina hatte sich vorgebeugt, und ihre Augen strahlten vor Aufregung.

»Dieselbe Botschaft hat Elizabeth in Hatfield, Mary in Greenwich, den spanischen Botschafter und unseren Botschafter erreicht. Was hat das zu bedeuten, Segalla?« Caterina stand auf und ging zu einem kleinen, rautenförmigen Fenster. »Ihr verlaßt Frankreich am morgigen Tag«, eröffnete sie ihnen. »Ich bin mit Seiner Heiligkeit darin übereingekommen. Ein englisches Schiff, das nach den Bedingungen des Waffenstillstandes ins Land gelassen wurde, läuft morgen aus.« Sie drehte sich um. »Bis dahin seid Ihr meine Gäste. Doktor Cesar, Eure medizinischen Fachkenntnisse interessieren mich sehr.« Caterina bedachte Segalla mit einem durchtriebenen Blick, dann ging sie auf ihn zu und strich mit dem Finger über seine glatte, olivenfarbene Wange. Sie beugte sich nahe zu ihm und flüsterte auf lateinisch: »Eines Tages, Segalla, eines Tages, wenn wir beide,

Ihr und ich, genügend Zeit haben, müssen wir uns zusammensetzen und reden.«
»Worüber, Madame?« erwiderte Segalla leise.
»Über das Leben und den Tod und über Legenden von einem Mann, der in der Lage ist, dem Tod aus dem Weg zu gehen.« Caterina richtete sich auf und schenkte ihm ein betörendes Lächeln. »Aber im Augenblick gebe ich Euch eine Antwort für den Heiligen Vater mit auf den Weg: Wenn Mary Tudor stirbt, wird Frankreich Mary Stuarts Anspruch auf den Thron unterstützen.«

Philip Savage, ehemaliger Aufseher im Tower, wanderte auf seinen spindeldürren Beinen erschöpft die Eel Pie Lane entlang, die von der riesigen St. Pauls Cathedral überschattet wurde. Savage war ein ruinierter Mann, dem nichts mehr von seinem früheren Glanz und Pomp anzusehen war. Er hätte mit einer großzügigen Pension ausgestattet werden sollen, hatte aber jedes Recht darauf verwirkt, als er sich auf die denkbar ungeschickteste Weise in politische Affären eingemischt hatte. Er war gezwungen gewesen, sein Haus an der Themse aufzugeben und mit einer schäbigen Kammer in einem heruntergekommenen Mietshaus in der Dog Leg Lane vorliebzunehmen. Seine Behausung war nur über eine steile Stiege zu erreichen. Sein einziger Besucher war ein stämmiger Einfaltspinsel, der am letzten Tag des Monats die Miete kassierte und Savage verfluchte, wenn er nicht zugegen war, um zu bezahlen. Savage erreichte das Ende der Gasse, blieb stehen und betrachtete voller Neid und Wehmut eine Gruppe tanzender Mädchen, die sich um einen selbstaufgestellten Pfahl drehten. Savage in seinem abgetragenen Wams, der abgewetzten Hose und den ausgetretenen Stiefeln bot einen jämmerlichen Anblick. Sein mageres Gesicht war schmutzig und unrasiert. Dennoch hatte Savage nach wie vor Gelüste. Ein Becher Rotwein, ein zartes Stück Fleisch und eine dieser hübschen Dirnen, davon träumte er. Savage legte die Hand an den Mund und ächzte leise vor Behagen bei dem Gedanken an seine ruhmreichen Tage,

als die Sonne ihm noch zugelacht hatte und er mit bedeutender Miene im Tower umhergeeilt war. Das waren Zeiten! Die großen politischen Gefangenen – Stafford, Herzog von Buckingham; Thomas Cromwell, Earl von Essex; Anne Boleyn; Lord Rochford –, sie alle hatten um seine Aufmerksamkeit und seine Gunst gerungen. Das Silber war in Strömen geflossen, und Savage hatte in Saus und Braus gelebt; edle Weine, köstliche Speisen und junge, süße Huren aus der Stadt, die sich auf seinen Schoß setzten und Wein mit ihm tranken, während er sich an den Schnüren ihrer Mieder zu schaffen machte.
Eines der jungen Mädchen bemerkte Savage, der das Treiben beobachtete, und fing an zu lachen. Sie deutete auf ihn. Savage schlurfte davon. Die schönen Tage waren vorbei. Kein Mensch scherte sich um ihn, außer ... Savage blieb stehen und rümpfte die Nase. Ihm waren Gerüchte zu Ohren gekommen. Savage war auf dem Weg zu seinem ehemaligen großen Haus am Fluß, als ein alter Mann, der einst sein Bediensteter gewesen war, ihm erzählte, daß jemand nach ihm suchte – ein geheimnisvoller, in Mantel und Kapuze gehüllter Mann. Das gefiel Savage ganz und gar nicht. Er wußte, daß es nicht die anderen waren. Sie lebten wie er im verborgenen, und Savage hatte um seiner Sicherheit willen jede ihrer Einladungen ausgeschlagen. Er kam in die Dog Leg Lane und trottete an der dreckigen, von Ungeziefer verseuchten Gosse entlang, bis er die Tür des schmalen Mietshauses erreichte.
»Master Savage?« Die junge Frau, die in dem stinkenden Stiegenhaus auf ihn gewartet hatte, war braun wie eine Kaffebohne. Das schimmernde, üppige Haar fiel ihr bis auf die Schultern, und das knappe Mieder verdeckte kaum ihren schwellenden Busen. Savage schaute in das bemalte Gesicht und leckte sich die Lippen.
»Ich habe nichts für dich«, krächzte er. »Such dir deine Kunden woanders.«
»Aber ich habe etwas für Euch, Master Savage.« Sie hielt eine kleine Weinkaraffe in die Höhe. »Dies und die Überbringerin sind Geschenke für Euch.«

»Für mich?« Savage ging weiter, obwohl ihm bereits das Wasser im Mund zusammenlief. »Wer sollte einem Mann wie mir solche Geschenke schicken?«

»Ein alter Freund, Master Savage.« Die Dirne kam mit schwingenden Hüften auf ihn zu. »Jemand, der Euch in Euren glorreichen Zeiten gekannt hat und Euch für die Freundlichkeit danken möchte, die Ihr ihm habt zuteil werden lassen.«

Savage konnte sich beim besten Willen nicht erinnern, daß er jemals zu jemandem freundlich gewesen war. Er winkte das Mädchen näher zu sich, sah zu, wie sie mit sinnlichem Gang die Treppe hinaufstieg, und betrachtete ihren schönen, leicht zur Seite geneigten Kopf, die schmale Taille und die breiten Hüften. Er erhaschte einen Blick auf bestickte Strümpfe und schmale Fesseln über verzierten Schuhen. Savage zitterte, als er den Schlüssel ins Schloß steckte und das Mädchen in seine schmuddelige Kammer drängte, ja beinahe schubste. Während er sich in der Dunkelheit zu schaffen machte, hörte er das Mädchen fröhlich lachen und schwor sich im stillen, daß sie bald ganz andere Töne von sich geben würde. Er zündete zwei dicke Talgkerzen an, die bläulichgelbes Licht verbreiteten. Savage setzte sich auf seine Pritsche und riß der Dirne die Karaffe aus der Hand. Er goß Wein in einen verbeulten Zinnbecher und trank. Der Wein rann wie Honig durch seine ausgedörrte Kehle.

»Jetzt mach zu«, murmelte er heiser. »Mal sehen, was die Überbringerin zu bieten hat.«

Das Mädchen löste aufreizend langsam die Schnüre an ihrem Mieder und schob die Röcke über ihre Hüften. Savage konnte sich kaum noch beherrschen. Es war so lange her, und dabei hätte er das all die Jahre haben können, wäre er nur nicht so dumm gewesen. Wenn er nicht versucht hätte, dieses Geheimnis an den mysteriösen Mr. Clarence zu verkaufen. Savage leerte den zweiten Becher langsamer und bedächtiger als den ersten. Die Dirne war beinahe nackt, als Savage ein anderes Gefühl spürte. Etwas brannte wie Feuer in seinem Bauch, und ein furchtbarer Schmerz tobte in seinem Innern. Er krümmte sich und preßte die Hände auf den Leib. Er versuchte, sich zu übergeben, aber seine Kehle war wie zugeschnürt, und er bekam keine Luft mehr. Mit einem Mal war es in seiner Kammer unerträglich heiß und stickig. Savage, der den höllischen Schmerz nicht mehr ertragen konnte, schloß die Augen und sank zurück. Seine Arme und Beine zuckten, als das tödliche Gift durch seinen Körper rann. Es geht so schnell, dachte er. Das Mädchen beugte sich über ihn. Das Lächeln war wie weggewischt. Ihr Gesicht war das letzte, was Savage sah, bevor er starb.

Kapitel 4

Segalla saß an der erhöhten Tafel in der großen Halle des Greenwich-Palastes. Er und Doktor Cesar waren acht Tage zuvor aus Calais angekommen, waren über die staubigen, gewundenen Straßen von Dover nach Canterbury und schließlich über den alten Pilgerweg nach London gelangt. Segalla und Cesar waren Caterina de' Medicis Gäste bei einem üppigen Festmahl im Jagdschloß gewesen. Trotz ihrer geflüsterten Worte hatte die französische Königin keine strittigen Themen angeschnitten. Viel mehr schien sie daran interessiert, die Tugenden und Verdienste des fahlen, dunkel gekleideten Mannes an ihrer Seite zu rühmen – Nostradamus. Segalla hatte diesen rätselhaftesten aller Propheten eingehend gemustert. Nostradamus' Ruf reichte bis nach Rom, und Segalla fragte sich, ob er Mitglied der Kabala war, der geheimen Loge, der die größten Magier angehörten – Männer und Frauen, die wußten, wie sie ihre verborgenen Kräfte nutzen konnten, um die Zukunft vorherzubestimmen und die Gegenwart zu beherrschen. Segalla hatte sich an diesem Abend früh zurückgezogen, aus Angst, Caterina de' Medici könnte ihn in eine Unterhaltung über Dinge verwickeln, über die er nicht sprechen wollte. Am folgenden Morgen mußten sie zeitig aufbrechen, was Doktor Cesar, der abends dem Wein ausgiebig zugesprochen und sich mit einer von Caterinas Hofdamen amüsiert hatte, ganz und gar nicht behagte. Die französischen Beamten hatten bereits ihr Gepäck verstaut, aber plötzlich kam ein Unwetter über dem Kanal auf, und eine Woche verging, ehe die wuchtige Kogge auslaufen und sie nach Dover bringen konnte. Hafenmeister und Zöllner in Dover kontrollierten ihre Ausweise und das Gepäck.

Wieder ging alles einigermaßen reibungslos vonstatten, und Segalla war erfreut, daß die Reise nach London ohne unliebsame Zwischenfälle verlaufen war.
Sie erreichten Greenwich und wurden in angemessen bequemen Quartieren untergebracht. Noch am selben Tag gewährte ihnen die Königin eine kurze Audienz. Mary verhielt sich wohlwollend, aber distanziert. Sie stellte ihren Gästen Jane Dormer vor, zu der Segalla sofort eine gewisse Zuneigung faßte. Die Hofdame schien sich zu freuen, ihn kennenzulernen. Sie war eine überzeugte Katholikin und gab sich alle Mühe, dafür zu sorgen, daß es Segalla an nichts fehlte. Gleichzeitig verlieh sie ihrer Hoffnung Ausdruck, daß Doktor Cesar mit seiner Fachkenntnis und seinem Geschick auf dem Gebiet der Medizin ihrer Herrin helfen möge. Segalla hegte den Verdacht, daß Dormer dafür verantwortlich war, daß man ihnen die luxuriösen Gemächer mit Ausblick auf den Löwenhof zur Verfügung gestellt hatte. Die Hofdame war höchstpersönlich erschienen, um sich zu vergewissern, daß sie es bequem hatten, und die Einladung der Königin zu diesem kleinen, prachtvollen Abendessen mit dem Grafen de Feria, dem spanischen Botschafter, und Antoine Noailles, dem französischen Gesandten, zu überbringen. Eine kleine, erlesene Gesellschaft: Segalla erkannte in de Feria einen geschulten Hofbeamten, der Philip von Spanien und seinem ausgedehnten Reich aufs trefflichste diente. De Feria trug einen Anzug aus schwarzem Satin mit weißem Spitzenkragen und weißen Spitzenmanschetten. Er war ein gesetzter Mann mit tiefliegenden dunklen Augen, einem schmalen, scharfen Gesicht und einem nach Art der Soldaten geschnittenen Bart. De Feria war eloquent und sprach leise, aber Segalla fiel auf, daß jedesmal, wenn er Jane Dormer ansah, ein Feuer in seinen Augen aufloderte. Im Gegensatz zu ihm machte sich Jane Dormer, deren Wangen gerötet waren und deren Augen funkelten, nicht die Mühe, ihre leidenschaftliche Liebe zu dem eleganten Spanier zu verbergen. Noailles' Erscheinung unterschied sich erheblich von der seines spanischen Amtskollegen. Der kleine Mann mit rotem Haar und Bart hatte sich in grelle Farben gewandet, die an einen Pfau denken lie-

ßen, machte einen hektischen Eindruck und plapperte unaufhörlich mit schriller Stimme, während sein unsteter Blick alles zu erfassen schien. Segalla merkte jedoch, daß dies alles nur Schauspielerei war. Noailles war in Rom als geschickter, skrupelloser Diplomat bekannt, der nichts anderes als die Interessen Heinrichs II. und Caterina de' Medicis im Sinn hatte.
Es waren auch noch andere Gäste anwesend: Sir Henry Grantchester, der Hauptmann von Marys Leibgarde, und Doktor Theophilus, ein kleiner Mann mit sorgenvoller Miene, der Segalla und Doktor Cesar von Anfang an mit einem gewissen Argwohn begegnete. Die Mahlzeit hatte um acht Uhr begonnen. Segalla selbst hatte das Gebet gesprochen und die Speisen gesegnet, und zu Anfang drehte sich die Konversation um Papst Pauls Einschätzung der europäischen Lage. Segalla antwortete ruhig und ohne Zögern, achtete jedoch darauf, Calais mit keinem Wort zu erwähnen. Der Verlust der Stadt, die über 250 Jahre unter Englands Herrschaft gestanden hatte, war ein schlimmer Schlag für Mary gewesen. Segalla bemühte sich, die Unterhaltung von sich abzulenken und anderen das Wort zu überlassen, damit er in Muße die Königin beobachten konnte. Segalla fiel auf, daß sie unter äußerster Anspannung stand. Sie trug ein blau-goldenes Kleid mit passender juwelenbesetzter Haube. Ihr Teint unter der Schminke war bleich. Hin und wieder hustete sie oder drückte auf ihren Bauch, als hätte sie Schmerzen. Jane Dormer saß zu ihrer Rechten, Doktor Theophilus zu ihrer Linken. Gelegentlich träufelte der Arzt etwas aus einer Phiole in den Becher der Königin, in dem sich verdünnter Wein befand. Segalla vermutete, daß es sich um ein Opiat handelte, das den Schmerz lindern und die Nerven der Königin beruhigen sollte.
»Wirklich schade, daß uns Doktor Cesar heute nicht Gesellschaft leisten kann«, bemerkte Theophilus und bedachte Segalla mit einem gehässigen Blick.
»Monsieur«, entgegnete Segalla höflich, »die Gesundheit der Königin liegt allein in Euren Händen. Das einzige, was Doktor Cesar tun kann, ist, Empfehlungen oder Ratschläge zu geben.«

»Wie geht es dem guten Doktor?« erkundigte sich die Königin. Segalla bemerkte, daß Jane Dormer, sobald die Königin ihre Aufmerksamkeit einem anderen Gast widmete, mit de Feria zu tuscheln begann. Der Spanier lachte und tupfte sich die Lippen mit der Serviette ab. Noailles, der seinen spanischen Kollegen von der anderen Seite des Tisches aus eingehend beobachtet hatte, richtete jetzt den Blick auf Segalla. Doktor Theophilus' Äußerung hatte ihn offenbar hellhörig gemacht.
»Doktor Cesar fühlt sich nicht wohl«, erwiderte Segalla. »Er ist indisponiert nach der strapaziösen Reise.«
Segalla selbst war regelrecht erschrocken, als er Cesars bleiches, mit einem Schweißfilm überzogenes Gesicht gesehen hatte. Der Arzt hatte sich für das Bankett entschuldigen lassen und angeführt, daß er unter einer Erkältung litt.
»Ich hatte Gelegenheit, ein paar Worte mit ihm zu wechseln«, fuhr Theophilus fort. »Ein sehr gebildeter Arzt, aber Seine Heiligkeit hätte mir seinen Besuch zumindest ankündigen können.«
Segalla zuckte mit den Schultern.
»Man kann niemals zu viele gute Ärzte um sich haben«, warf die Königin taktvoll ein. »Master Segalla«, sie sah ihn mit zusammengezogenen Augenbrauen an, »was ist der Grund Eures Besuches?«
Augenblicklich verstummten alle am Tisch.
»Der Heilige Vater ist besorgt, Eure Majestät«, antwortete Segalla. »Er macht sich Gedanken über die Ursache Eurer Krankheit. Er schickt Euch den apostolischen Segen und hat mich gebeten, ihn hier in London zu vertreten.«
»Er könnte mehr tun!« versetzte die Königin schalkhaft. Sie biß sich auf die Lippe. »Mein guter Freund und Ratgeber Kardinal Reginald Pole ist siech, sein Körper ist schwach, und sein Geist befindet sich auf Irrwegen. Es besteht kein Grund für Seine Heiligkeit«, setzte sie eilends hinzu, »solches Mißfallen zu zeigen...«
Segalla nahm einen Schluck aus seinem Weinbecher. Die gegenseitige Abneigung und Rivalität zwischen Pole und Papst

Paul waren allgemein bekannt. Pole hatte nicht nur versucht, Paul die Papstwürde streitig zu machen, er wurde außerdem als liberaler Kirchenfürst angesehen, der den offenen Dialog mit den Lutheranern und den sogenannten ketzerischen Staatsoberhäuptern Europas befürwortete. Paul IV. hingegen war wie Philip von Spanien der Ansicht, daß oppositionelle Kräfte durch Kerker, Feuer und Schwert vernichtet werden sollten.

»Seine Heiligkeit ist alt«, erklärte Segalla. »Aber ich hoffe, Seiner Eminenz Kardinal Pole bald meine Aufwartung machen und ihm die Grüße des Papstes übermitteln zu können, Hoheit. Ich bin überzeugt, daß die Differenzen nur vorübergehender Natur sind.«

Mary nickte und wurde von einem Hustenanfall überrascht. Schließlich tupfte sie sich die Lippen ab und sah Segalla an, als wollte sie sich für ihren Ausbruch entschuldigen. Segalla verneigte sich und widmete sich wieder dem ausgezeichneten Fasanenbraten auf seinem silbernen Teller. Jane Dormer, die eifrig bemüht war, die entstandene Spannung zu lösen, warf die Frage auf, wer am ritterlichsten und vornehmsten war. Ein Spanier? Ein Franzose? Oder ein Engländer? Sie funkelte Noailles kokett an, während sie ihren spanischen Verlobten verschwörerisch anstupste. Alle beteiligten sich an der Diskussion. Sir Henry Grantchester erklärte offen, daß ein Engländer auf dem Gebiet der Liebe immer ein Ehrenmann blieb. Nur Segalla nahm an der Unterhaltung nicht teil und sah sich in der prunkvollen Halle mit den Glasfenstern, den bunten Fliesen und den kunstvoll geschnitzten und mit roten und goldenen Rosetten verzierten Balken um. Hoch oben an den getäfelten Wänden waren goldene Medaillons in das Mauerwerk eingelassen, auf die Wappen, Sinnsprüche und Embleme der früheren Könige und Königinnen von England gemalt waren.

Hin und wieder schweifte Segallas Blick über die Anwesenden. Noailles hielt hitzige Reden, doch Segalla spürte, daß jeder in diesem Saal nur eine Rolle spielte. Sie alle trugen Masken, und wenn sie diese ab und zu lüfteten, dann nur, um die anderen besser sehen zu können. Je länger er die Königin beobachtete, um so

mehr wuchs seine Überzeugung, daß sie ernstlich erkrankt war. Jane Dormer gab sich angeregt und heiter, doch sie konnte nicht verhehlen, wie sehr sie sich um ihre Herrin sorgte. De Feria hielt sich ein wenig zurück, und wann immer sich die Gelegenheit bot, beugte er sich vor und taxierte die Königin. Auch Noailles musterte Mary prüfend und lauerte wie eine Katze vor dem Mauseloch. Nur Sir Henry Grantchester, der gutmütige junge Soldat, schien sich der unterschwelligen Spannung nicht bewußt zu sein.
Diener traten aus den Schatten, um die Becher frisch zu füllen. Noch mehr Schüsseln und Platten wurden aufgetragen: Wildbret, Lachs und Porree in Mandelsauce, geröstete Rinderzunge und Hühnerleber. Mary rührte kaum etwas von den Köstlichkeiten an. Segalla, der bereits genug gegessen hatte, nahm nur noch winzige Portionen, um den Chef de cuisine und die Köche, die gekommen waren, damit sie das Lob und die Komplimente der Gäste entgegennehmen konnten, nicht vor den Kopf zu stoßen. Segalla hoffte, daß sich das Mahl nicht mehr allzu lange hinzog. Die Königin hatte ihm eine private Audienz versprochen, und Noailles sowie de Feria hatten ihm noch vor dem Essen anvertraut, daß sie mit ihm über »die gegenwärtige Lage« diskutieren wollten.
Segalla nippte nur an seinem Weinbecher, trank aber nicht. Die Aufgabe, mit der ihn der Pontifex betraut hatte, war kompliziert. Wie sollte er sich Klarheit darüber verschaffen, ob die Königin vergiftet wurde? Wie konnte er den Verräter bei Hofe entlarven, wenn buchstäblich alle insgeheim auf den Tod der Königin warteten? Und die Gesandten der Großmächte – welche Absichten verfolgten sie? De Feria schien ein ehrenwerter Mann zu sein. Aber war Philip von Spanien entschlossen, sich einer Tudor zu entledigen, um eine andere zu ehelichen? Und gingen die Franzosen in ihrem Eifer, Mary Stuarts Thronansprüche zu unterstützen, vielleicht so weit, daß sie auch vor einem Königsmord nicht zurückschreckten? Sie alle könnten ausrufen: »Ave Maria sepulta!« und sich vor dem neuen Monarchen verneigen. Aber wer würde das Land künftig regieren? Mary Stuart? Oder Eliza-

beth? Segalla hatte sich vorgenommen, so bald wie möglich mit Elizabeth zusammenzukommen. Falls eine der Parteien in ein Mordkomplott verwickelt war, wen würden sie dann anheuern, damit er ihnen half, die Pläne in die Tat umzusetzen? Ein Gesandter wie Noailles würde es nicht wagen, eigenhändig auf so schändliche Mittel wie Gift zurückzugreifen, aber er könnte diejenigen bezahlen, die das Gift in Speis und Trank mischten. Und was hatte es mit dieser eigenartigen Botschaft »Markus 15,34« auf sich? Und mit dem rätselhaften Philip Savage, dessen Namen der Heilige Vater genannt hatte? Wie, um alles in der Welt, sollte er, Segalla, der gerade erst in England eingetroffen war, tätig werden und auf Erfolg hoffen?
Segalla tastete nach dem Rosenkranz in der Brusttasche seiner Robe. Seit seiner Ankunft vor wenigen Tagen war er äußerst vorsichtig gewesen und hatte sich wie ein Fremder, ein Ortsunkundiger verhalten. Auf keinen Fall durfte er sich anmerken lassen, daß er in früheren Jahren oft über die alte Pilgerstraße von Canterbury nach London galoppiert war. Oder daß er vor einem halben Jahrhundert hier gesessen und mit Heinrich VII. und seiner Gemahlin Elizabeth von York geplaudert hatte. Segalla sah in die Runde. So viel war geschehen. Was damals eine ernsthafte Krise gewesen war, war heute nicht mehr als ein Staubkörnchen der Geschichte. Er vernahm ein ungewöhnliches Geräusch und sah auf. Doktor Theophilus hatte seinen Stuhl zurückgeschoben, er hielt den Kopf gesenkt und preßte die Hände auf den Magen. Der Doktor hatte gut gegessen und dem Wein sehr zugesprochen. Im ersten Moment dachte Segalla, er leide unter einer Kolik, doch dann erhob sich Theophilus halb, sein Körper spannte sich an, er legte den Kopf in den Nacken, und der Mund öffnete und schloß sich unaufhörlich.
»Doktor Theophilus!« Segalla beugte sich über den Tisch. Sein Schrei ließ alle anderen verstummen.
Sir Henry Grantchester sprang auf und warf dabei seinen Stuhl um. Theophilus torkelte zur Tür und krümmte sich vor Schmerz. Plötzlich sank er mit einem schrillen Schrei auf die Knie; seine

Glieder zuckten, ehe er zur Seite kippte und sein Kopf hart auf den rot gefliesten Boden prallte. Mit einem Mal war alles in Aufruhr. Diener, Küchenjungen und Soldaten ließen alles liegen und stehen und verließen ihre Posten. Sir Henry Grantchester gab Befehl, die Türen zu verriegeln, drängte die Dienstboten zurück und schrie einen an, sofort den Koch und den Hauptmann der Wache zu holen. Segalla eilte auf Doktor Theophilus zu und drehte ihn um. Sein Gesicht war aschgrau, die Lippen waren blutleer, die Augen halb geschlossen; ein Tropfen Speichel, vermischt mit Speiseresten, rann aus seinem Mundwinkel. Segalla fühlte den Puls am Hals – er war sehr schwach. Theophilus schlug die Lider auf und gab ein Röcheln von sich. Segalla versuchte, ihm aufzuhelfen, aber wieder befielen den Doktor eigenartige Zuckungen, dann erfaßte ihn ein letzter Krampf, und sein Kopf fiel zurück. Segalla legte ihn behutsam hin und fühlte ihm wieder den Puls, diesmal am Handgelenk, doch er spürte nichts mehr. Er sah dem Arzt forschend ins Gesicht, entdeckte jedoch kein Anzeichen von Leben mehr in den halb geöffneten Augen; die Haut fühlte sich kalt und feucht an. Segalla schaute über die Schulter zu den anderen Gästen.

»Doktor Theophilus ist tot«, verkündete er. »Sir Henry, bitte schickt nach Doktor Cesar.«

Segalla nahm einen Umhang von einem Kleiderhaken und breitete ihn über den Leichnam, anschließend ging er zurück zum Tisch. Die anderen Gäste hatten ihre Plätze wieder eingenommen, und Segalla suchte nach einer verdächtigen Reaktion, entdeckte aber nichts. Die Königin und Jane Dormer waren zu Tode erschrocken, die beiden Gesandten entsetzt. Sir Henry Grantchester war zur Tat geschritten wie ein echter Soldat und bemüht, die Ordnung in der Halle wiederherzustellen. Jane Dormer nahm geistesabwesend eine silberne Gabel in die Hand, auf die ein Fleischstück aufgespießt war.

»Mylady«, rief Segalla, »ich halte es für besser, wenn keiner von uns noch etwas ißt oder trinkt. Sir Henry, gebt Befehl, daß die Küchengehilfen und Diener in der Küche bleiben sollen. Niemand darf diesen Palast verlassen.« Segalla fiel der ärgerliche Ausdruck in Noailles' Augen auf, und er wandte sich an die Königin. »Eure Majestät, ich bitte um Vergebung – natürlich habe ich nicht die Befugnis, irgend etwas anzuordnen.«

»Nein, nein, Nicholas«, antwortete die Königin mit einem halben Lächeln. Sie schob ihren silbernen Teller beiseite. »Was Ihr sagt, ist richtig.«

»Es könnte ein Schlaganfall gewesen sein«, gab de Feria zu bedenken.

»Das bezweifle ich«, entgegnete Segalla. »Theophilus wurde vergiftet.« Er sah sich skeptisch um und entschied sich, die Gelegenheit zu nutzen. »Eure Hoheit«, begann er und beugte sich über den Tisch. Es war ihm gleichgültig, ob andere hörten, was er sagte. »Gewährt Ihr mir ein Wort unter vier Augen?«

»Natürlich, Nicholas.« Die Königin hob eine ihrer mit Ringen geschmückten Hände. »Nein, Monsieur Nouilles, ich will keine Einwände hören; ich würde Euch dieselbe Gefälligkeit erweisen.« Mary stand auf und ging zum anderen Ende der großen Tafel und weiter zu einem Fenster. Sie setzte sich auf die Bank davor und klopfte auf das Polster neben sich. Die Königin war froh über die Gelegenheit, den rätselhaften Jesuiten genauer in Augenschein nehmen zu können. Mary, die mit einem ausgezeichneten Gedächtnis gesegnet war, erinnerte sich an Gerüchte, die in ihrer Jugend die Runde gemacht hatten. Und hatte nicht ihre eigene Mutter von einem Pater namens Segalla geschwärmt? Einem Priester? Oder war er ein Höfling in den Diensten ihrer Großmutter Isabella von Kastilien gewesen? Mary mußte sich eingestehen, daß sie von dem Jesuiten sehr eingenommenen, aber auch neugierig war. Mary hatte durch Witz und Verstand die mörderischen Intrigen am Hof ihres Vaters und ihres Bruders überlebt und sich den Ränken und Listen von Männern wie Cromwell, Somerset und Northumberland widersetzt. Sie hatte, wie sie Jane einmal anvertraut hatte, eine Nase für Lug und Trug, und dieser Jesuit schien ein aufrechter, loyaler Mann zu sein. Er hatte das Gesicht eines Gelehrten; seine olivfarbene Haut war glatt bis auf

die beiden Furchen zwischen den Augenbrauen und die scharfen Linien auf beiden Seiten des Mundes; seine Augen wirkten traurig, gleichzeitig ein wenig spöttisch, aber keineswegs zynisch. Mary blinzelte und drückte die Hand des Jesuiten.
»Verzeihung, Segalla, ich habe nachgedacht. Nun, Ihr habt um eine Unterredung gebeten.«
»Eure Hoheit, ich bin hier auf Geheiß Seiner Heiligkeit des Papstes. Ich bin nicht sicher, welche Aufgabe er mir präzise zugedacht hat – Seine Heiligkeit ist ausgesprochen hintergründig und klug.«
»Er ist ein schlauer Fuchs«, fiel ihm Mary ins Wort. »Aber vielleicht muß er das sein. Warum hat er Euch zu uns gesandt, Nicholas?«
»Um Eure Interessen zu schützen«, erwiderte Segalla. »Eure Hoheit, ich glaube, Doktor Theophilus wurde vergiftet, und wir wissen nicht, ob das Gift nicht eigentlich für Euch gedacht war.«
Jegliche Farbe wich aus Marys Wangen.
»Eure Hoheit, ich wollte Euch nicht ängstigen, aber Teller wurden ausgetauscht, ein Becher abgestellt und von jemand anderem wieder aufgenommen – es wäre durchaus denkbar. Wieso sollte jemand Doktor Theophilus' Tod wollen?...«
»Fahrt fort!«
»Ich durchschaue die Lage nicht; ich bin ein Fremder in London. Seine Heiligkeit erwähnte ebenso wie die Königin von Frankreich diese anonymen Briefe von den Vier Evangelisten und die beharrlichen Verweise auf Markus 15, 34. Zudem deutete Seine Heiligkeit an, daß ein Mann, ein Bediensteter aus dem Tower...«
»Philip Savage«, präzisierte Mary. »Aufseher im Tower. Ich glaube, Lord Northumberland und andere haben schon nach ihm gesucht, konnten ihn jedoch nicht ausfindig machen. Einige behaupten, er sei tot, andere meinen, er habe seinen Namen und seine Erscheinung geändert und halte sich versteckt.«
»Ich könnte durch die Straßen Londons gehen.« Segalla verbarg sein Lächeln. »Ich könnte hundert Jahre durch die Gassen wan-

dern, ohne etwas zu entdecken. Madame, Ihr seid bedroht. Ihr werdet in den Briefen der Evangelisten als tot und begraben bejubelt. Sie deuten auf ein gefährliches Geheimnis hin, nicht?«
»Und in dem letzten geht es um Erpressung.« Mary starrte durch das vergitterte Fenster in die Dunkelheit draußen. »Ich denke, ich kann Euch vertrauen, Nicholas. Ich habe meinen eigenen Agenten, Stephen Orslett.« Sie seufzte. »Doch er arbeitet ganz im geheimen und ist selbst ein großes Geheimnis.« Sie senkte die Stimme. »Ich weiß, daß er auch für meine Schwester tätig ist. Wem seine Loyalität gilt, weiß ich nicht. Ich kann ihn nicht ans Licht zerren.« Sie berührte das hölzerne Kreuz, das um Segallas Hals hing. »Ihr seid ganz anders.«
Segalla beobachtete das angespannte, fast harsche Gesicht der Königin. Sie hielt seinem Blick nicht stand und blinzelte, als müßte sie Tränen zurückdrängen. Sie weiß mehr, als sie mir erzählt, dachte Segalla und warf einen Blick auf die anderen, die ihn neugierig beäugten.
»An meinem Hof wimmelt es von Spionen.« Mary ließ die Hände auf ihren Schoß sinken. »Und ich weiß nicht, wem ich trauen kann. Im Grunde gibt es nur Euch und Jane, auf die Verlaß ist. Mein guter Cousin Reginald Pole ist krank an Leib und Seele. Philip wird nicht zurückkommen ...«
Mary hätte noch mehr preisgegeben, aber in diesem Moment ging die Tür auf. Doktor Cesar, in einen schweren Soldatenumhang gehüllt, kam herein. Er sah besser und munterer aus als vor Stunden, als Segalla das letzte Mal nach ihm geschaut hatte. Doktor Cesar rieb sich die Augen und unterdrückte ein Gähnen.
Segalla entschuldigte sich bei der Königin und ging, um den Umhang von dem Leichnam zu nehmen.
»Armer Theophilus«, murmelte Cesar. »So ist das Leben – irgendwann werden wir alle mitten aus dem Geschehen gerissen.«
Er seufzte, kauerte sich neben den toten Arzt und öffnete sein Wams. Er betrachtete sein Gesicht, das mittlerweile ganz dunkel geworden war, inspizierte Augen und Lippen. Dann zog er das Hemd des Toten hoch und drückte leicht auf den aufgedunsenen

Leib. Segalla bemerkte, daß die Haut fleckig war.
»Muttermale?« fragte er.
»Todesmale«, erwiderte Cesar. »Doktor Theophilus wurde vergiftet. Wie oder von wem, kann ich nicht sagen.« Er strich mit dem Finger über den Wangenknochen des Toten. »Die Körperflüssigkeiten sind verändert; die feuchtkalte Haut, die Verfärbungen des Gesichts und der Lippen.« Cesar öffnete den Mund der Leiche.
Segalla versuchte, seinen Ekel zu verbergen, Theophilus' Zunge hatte eine schwärzliche Färbung angenommen.
»Was war es für ein Gift?« flüsterte er.
»Das weiß Gott allein, Nicholas. Es sind so viele neue Gifte auf dem Markt: der Saft des Knollenblätterpilzes, Belladonna, Fingerhut, verschiedene Substanzen zusammengemischt. Es werden mindestens sechs unterschiedliche Arten von Arsen in den Straßen von Rom verkauft. Einige Gifte wirken sofort tödlich, andere nach Stunden, Tagen oder sogar Jahren.«
»Wie können wir mehr herausfinden?«
»Das können wir nicht«, erwiderte Cesar und stand auf.
Er bedeckte das Gesicht des Toten und setzte sich an den Tisch. Er deutete auf all die Schüsseln, Teller und Becher.
»Eure Hoheit«, wandte er sich an die Königin, die ihren Platz wieder eingenommen hatte. »Wie ich meinem Reisegefährten bereits sagte, Doktor Theophilus wurde vergiftet. Aber wie und von wem, kann ich nicht sagen.« Er trommelte mit den Fingern auf den Tisch. »Madame, was habt Ihr zu Euch genommen, was Doktor Theophilus auch zu sich genommen hat?«
Die Königin zuckte mit den Schultern. »Wir alle haben uns aus denselben Schüsseln genommen.«
»Und was ist mit den Weinkrügen?«
Doktor Cesar beugte sich vor und nahm einen großen Krug aus gehämmertem Silber in die Hände. Sein Griff hatte die Form eines Greifs, und er trug an einer Seite das königliche Wappen.
»Hier stehen vier Krüge«, stellte Cesar fest und deutete auf das andere Ende des Tisches.

»Das ist richtig«, bestätigte Jane Dormer. »Die Königin und Doktor Theophilus haben beide aus diesem hier getrunken.« Sie zeigte auf den Krug, den Cesar in den Händen hielt.
»Jane, das ist wahr«, mischte sich Noailles ein und zupfte nervös an einem Hautstückchen auf seiner Oberlippe. »Die Diener haben uns das Essen serviert, aber Doktor Theophilus hat sich mit dem Wein selbst bedient – er wollte nicht auf die Diener warten.«
Cesar schnüffelte an dem Krug, dann rümpfte er die Nase und bat Segalla, ihm den Krug mit dem weißen Rheinwein zu bringen. Er schnupperte daran, stellte ihn aber gleich wieder weg. Dann ließ er sich auch die anderen Krüge zur Überprüfung bringen.
»Eure Hoheit, habt Ihr heute abend Wein getrunken?«
Mary faßte sich an den Bauch und schüttelte den Kopf.
»Ich wagte es nicht«, flüsterte sie. »Ich habe nur so getan.« Ihre Augenlider flatterten. »Auch mit dem Essen.«
Segalla erkannte, wie verlegen die Königin war. Erst jetzt wurde ihm klar, warum sie ständig ihre Hände an der Serviette abgewischt hatte; die kleinen Bissen, die sie in den Mund gesteckt hatte, hatte sie vermutlich gleich wieder in die Hand gespuckt.
»Doktor Cesar.« De Feria neigte sich zu ihm. »Haltet uns nicht im ungewissen. Stimmt etwas nicht mit dem Wein?«
»Sir Henry!« rief Cesar dem Hauptmann der Königin zu, der sich neben der Tür postiert hatte.
Der junge Mann war sichtlich erschüttert, und Segalla verstand, warum. Er hatte Gerüchte über den Angriff auf die Königin am Gründonnerstag gehört, und wenn man Doktor Cesar Glauben schenken konnte, dann war dies ein zweiter Mordversuch. Sir Henry war persönlich verantwortlich für die Sicherheit der Königin.
»Eure Hoheit«, begann Doktor Cesar mit tonloser Stimme, »ich bitte um Vergebung, daß ich heute abend nicht zugegen war. Morgen früh wird mein Gesundheitszustand wiederhergestellt sein, und ich werde Euch meine ganze Aufmerksamkeit widmen. Diese Krämpfe in Eurem Magen müssen beobachtet und behandelt werden. Was hat Euch Doktor Theophilus verordnet?«

»Ein schwaches Opiat«, antwortete die Königin. »Etwas, was mir die Schmerzen nimmt.«
»Sie werden aufhören«, erklärte Cesar zuversichtlich. »Nun, Sir Henry«, er drückte dem Soldaten den Weinkrug in die Hand, »gibt es einen Rattenfänger im Palast?«
Sir Henry nickte.
»Sagt ihm, daß er zwei Ratten fangen soll. Er wird nicht lange Zeit dafür aufwenden müssen. Geht in die Küche und taucht etwas Fleisch in diesen Wein. Aber tragt Handschuhe, die Ihr später verbrennen könnt. Sobald die Ratten gefangen sind, legt das Fleisch in ihren Käfig.« Doktor Cesar stand auf und verbeugte sich vor der Königin. »Eure Hoheit, der einzige Rat, den ich Euch im Augenblick geben kann, ist, daß Ihr hier nichts mehr eßt oder trinkt, bis die Angelegenheit geklärt ist.«
Sie alle blieben schweigend sitzen, als der Arzt Grantchester zur Tür hinaus folgte.
»Wer könnte es gewesen sein?« meldete sich Noailles schließlich zu Wort. »Einer von uns? Ein Diener? Vielleicht ist sogar Theophilus selbst dafür verantwortlich?«
»Was meint Ihr damit?« fragte Segalla nach.
»Der Mann hat sehr viel getrunken«, gab Noailles zurück. »Vielleicht hat er etwas verwechselt.«
Die Königin verbarg das Gesicht in den Händen und begann zu weinen. Jane Dormer eilte zu ihr und legte beschützend den Arm um ihre Schultern. Eine Weile schluchzte die Königin bitterlich, und als sie schließlich die Hände vom Gesicht nahm, war die Schminke verlaufen, und die Tränen hatten Flecken auf ihren Wangen hinterlassen. Segallas Herz setzte einen Schlag aus. Die Königin sah todkrank aus. Laut ihrem Geständnis hatte sie heute abend weder etwas gegessen noch getrunken. Er bewunderte im stillen ihre Tapferkeit, daß sie unter diesen Umständen ruhig an einer Tafel sitzen und so tun konnte, als würde sie die Gesellschaft der Gäste genießen.
»Ich bitte um Entschuldigung«, keuchte die Königin und tupfte ihr Gesicht mit dem Tuch ab, das ihr Jane Dormer gereicht hatte.

»Ich fühle mich so elend. Ich bin sehr müde. Warum läßt Gott zu, daß mich die Menschen so sehr hassen?«
»Nehmt alle Dienstboten fest!« empfahl de Feria. »Sie sollten alle einzeln befragt werden.«
»Das halte ich für keine gute Idee«, widersprach Segalla, bevor er sich zurückhalten konnte. »Eure Hoheit, wir haben keinen Hinweis darauf, wer den Wein vergiftet hat – falls sich das Gift überhaupt im Wein befindet. Die Diener kommen und gehen; Wein wird ausgeschenkt; die Krüge werden herumgereicht.« Er hob den Becher des toten Arztes hoch und roch vorsichtig daran. Neben dem typischen Burgundergeruch nahm er noch etwas Süßsaures, leicht Modriges wahr, als wäre der Becher schon lange nicht mehr richtig ausgewaschen worden. Er stellte den Becher wieder weg.
»Warum?« wollte Jane Dormer wissen. Von Besorgnis und Fürsorge gezeichnet, war ihr blasses Gesicht sogar noch schöner als sonst. »Warum sollen die Dienstboten nicht befragt werden?«
»Segalla hat recht.« Die Königin fuhr unruhig mit den Händen über das Tischtuch. »Wir können Fragen stellen, wir können foltern, wir können verhören, doch wenn wir das tun, dann machen wir uns noch mehr Feinde und vergrößern den Kreis des Hasses und der Unzufriedenheit. Und am Ende bestrafen wir doch nur Unschuldige.«
»Was sollen wir dann unternehmen?« fragte Jane Dormer verzweifelt. »Mylady, Ihr müßt doch essen, Ihr müßt trinken!«
»Künftig werde ich alles vorkosten«, erklärte Segalla und holte tief Luft. »Ich werde alles kosten, was Ihr bei solchen Banketten eßt oder trinkt.«
»Master Segalla, das ist nicht nötig.«
»Ich werde dasselbe tun«, verkündete Jane Dormer und bedachte Segalla mit einem bezaubernden Lächeln. Sie klatschte in die Hände. »Und Ihr habt vollkommen recht, Sir, je mehr von alldem außerhalb des Palastes bekannt wird, um so schlimmer wird es. Wenn wir jedoch die Nachricht verbreiten, daß Ihre königliche Hoheit einen Vorkoster hat, denken die Meuchelmörder vielleicht genauer nach, ehe sie handeln.«

Mary saß jetzt ganz aufrecht auf ihrem hochlehnigen Stuhl.
»Es hält sich keiner der Diener mehr in der Halle auf«, stellte sie fest, »und ich weiß, daß Sir Henry Wachen an den Zugängen aufgestellt hat. Ich rede jetzt frank und frei, und ja, mein Feind könnte direkt neben mir sitzen. Dennoch frage ich mich, wie lange das so weitergehen kann. Meine Truppen sind aus Calais verjagt worden.« Sie warf Noailles einen scharfen Blick zu. »Aber Gott sei Dank haben wir mit Frankreich einen Waffenstillstand geschlossen. Mein Gemahl ist in den Niederlanden und wird nicht zurückkehren. Mein Leib ist ausgedörrt und unfruchtbar. Meine Bemühungen, den katholischen Glauben in das Land zurückzubringen«, sie zuckte mit den Schultern, »sind durch die Feuer von Smithfield zunichte gemacht worden. Das Volk haßt mich dafür, daß so viele Menschen auf den Scheiterhaufen verbrannt wurden, daß ich einen Spanier geheiratet und daß ich Calais verloren habe.« Ihre Stimme war nur noch ein Flüstern. »Mein guter Freund und enger Ratgeber Kardinal Pole ist krank. Ich glaube nicht, daß er den nächsten Frühling erlebt.« Mary preßte die Lippen zusammen, schließlich fuhr sie fort: »Meine Feinde jagen mich, und ich glaube, mein Leben ist bald zu Ende.« Sie erstickte alle Einwände mit einer energischen Handbewegung. »Aber wenn mir Gott die Kraft dazu gibt, werde ich weiterhin das tun, was ich für richtig und gut halte. Wenn ich einen Mann ergreife, der versucht, mich zu töten – sei er nun von hoher oder niedriger Geburt – wird er die ganze Härte des Gesetzes in Tyburn zu spüren bekommen.« Sie stand unvermittelt auf, und alle anderen beeilten sich, es ihr gleichzutun. »Es wird kein Festmahl mehr geben«, murmelte sie. »Keine Bankette mehr.«
Die Königin gestattete de Feria, ihren Stuhl zurückzurücken, und ging zu Theophilus' Leichnam.
»Laßt ihn wegschaffen«, befahl sie.
Segalla sah ihr nach, dann starrte er auf den im Licht funkelnden Weinkrug. Plötzlich fiel ihm ein, daß er auch Wein getrunken hatte – aber aus welchem Krug? Wen wollte der Mörder wirklich töten?

Kapitel 5

Segalla entschuldigte sich und verließ die Halle. Er ging durch einen vom Mondlicht beschienenen Korridor, von dem aus man einen der Rosengärten überblicken konnte. Auf einem der Fenstersitze lümmelte ein schläfriger Page, der auf seinem Posten ausharren mußte, bis der Kämmerer des Palastes die Glocke läutete und den Bediensteten erlaubte, sich für die Nacht zurückzuziehen. Der Junge war mürrisch, aber als Segalla ihm eine Münze in die Hand drückte, besann er sich schnell auf seine guten Manieren und führte den Jesuiten über eine Treppe zu den Gemächern des verstorbenen Arztes. Es war eine prachtvolle Suite mit kleinem Vorzimmer, einem Arbeitsraum und einem Schlafzimmer dahinter. Der Page zündete die Kerzen mit einem Fidibus an, ließ Segalla allein und schloß die Tür. Segalla durchsuchte alles sehr gründlich. In einer Truhe fand er Flakons und Phiolen mit Tränken und Arzneien, in einer anderen Kleider und andere Habseligkeiten, aber je länger er sich umsah, um so mehr wuchs seine Überzeugung, daß vor ihm schon jemand hiergewesen war. Tatsächlich fehlten alle Aufzeichnungen und Schriftstücke des Arztes. Nirgendwo waren Journale, persönliche Briefe oder Notizen zu finden. Doktor Theophilus schien ein ordnungsliebender Mann gewesen zu sein, bei dem alle Dinge ihren Platz hatten, doch sein Schreibtisch war vollkommen leer. Segalla folgerte daraus, daß kurz vor ihm jemand hiergewesen sein mußte, um jedes Stückchen Pergament einzusammeln. Theophilus hatte zweifellos Briefe geschrieben, denn auf dem Schreibpult befanden sich etliche Tintenfässer, einige abgenutzte Federkiele, Bimssteine, Siegelwachs und Siegel sowie verschiedenfarbige

Bänder für die Schriftrollen. In einer kleinen Truhe neben dem Schreibpult entdeckte Segalla einen kleinen Vorrat an frischem Pergament und unbeschriebenen Bögen. Segalla schlich zur Tür, öffnete sie und horchte. Wer immer hiergewesen war, könnte zurückkommen. Oder hielt er sich gar noch in der Suite auf?
Segalla drückte die Tür leise zu und ging zurück ins Schlafzimmer. Er nahm eine Kerze aus dem Halter und inspizierte das Bett: Die Knicke in der Überdecke und die Lage der Kissen verrieten ihm, daß auch hier nach einem versteckten Manuskript gesucht worden war. Segalla setzte sich in einen Sessel und starrte auf die flackernde Kerzenflamme. Er faßte nach seinem hölzernen Kreuz und zermarterte sich das Hirn, was sonst noch fehlen könnte. Theophilus war ohne jeden Zweifel vergiftet worden. Alle glaubten, daß der Anschlag eigentlich der Königin gegolten hatte, aber jetzt sah es nicht mehr nach einem Versehen aus, daß Theophilus das Opfer war. Jemand hatte Gift in den Wein gemischt und gewußt, daß Theophilus die Festtafel nicht lebend verlassen würde. Deshalb wurden seine Gemächer durchsucht, aber wonach? War Theophilus ein Freund und Verbündeter der Königin gewesen? Hatte er etwas über jene gewußt, die Mary Tudor nach dem Leben trachteten, und hatten ihn die Verschwörer deshalb aus dem Weg geräumt? Oder hatten sie versucht, ihn auf ihre Seite zu bringen, und waren abgewiesen worden? Mußte er für immer zum Schweigen gebracht werden, weil er die Meuchelmörder kannte? Oder war Theophilus selbst ein Verräter gewesen? Jemand, den die Verschwörer benutzt hatten, der ihnen jetzt aber nicht mehr hilfreich sein konnte? Hatten sie seine Gemächer durchsucht, weil sie befürchten mußten, daß er Notizen und Schriften hinterließ, die das Komplott aufgedeckt hätten?
Oder war Theophilus ein Erpresser? War er einer der mysteriösen Evangelisten, die auf Markus 15,34 hinwiesen und über Marys bevorstehenden Tod frohlockten? Segalla hörte etwas und wollte aufstehen, als er ein Klicken vernahm. Er erstarrte und faßte nach dem kleinen Dolch, den er unter seinem Wams versteckt hatte.

»Willkommen in England, Pater.«
Die Stimme war tief, undeutlich und so leise, daß Segalla nicht erkannte, ob ein Mann oder eine Frau oder ein Junge hinter ihm stand.
»Bleibt sitzen«, fuhr die Stimme flüsternd fort. »Dreht Euch nicht um, Pater. Und wagt nicht, aufzuspringen oder den Dolch zu ziehen, den ihr zweifellos bei Euch habt. Ich habe nicht vor, Euch ein Leid anzutun. Und Ihr seid klug genug, um zu wissen, daß die Kerze nur Euch beleuchten würde, wenn Ihr aufsteht – Ihr würdet ein gut sichtbares Ziel abgeben.«
»Was wollt Ihr?« fragte Segalla.
»Dasselbe wie Ihr, Pater.«
Der geheimnisvolle Besucher verstellte absichtlich die Stimme, die mal hoch, mal tief war – außerdem mußte die Person ein Tuch oder etwas ähnliches vor dem Mund haben.
»Wenn Ihr mir tatsächlich nichts antun wollt«, erwiderte Segalla, während er verstohlen den Dolch aus der Scheide zog, »warum zeigt Ihr mir dann nicht Euer Gesicht?«
»Oh, ich bitte Euch, Pater. Würdet Ihr mir verraten, weshalb Ihr wirklich nach England gekommen seid? Selbtverständlich nicht. Wieso sollte ich Euch dann offenbaren, was ich vorhabe?«
»Es gibt eine Verschwörung gegen die Königin.«
»Das ist wahr.«
»Und die Vier Evangelisten und ihre Briefe mit den Verweisen auf Markus 15,34?«
»Ja«, entgegnete die Stimme. »Diese scheinbar harmlosen, aber rätselhaften Botschaften rufen offenbar große Bestürzung hervor.«
»Also, weshalb seid Ihr hier?«
»Aus demselben Grund wie Ihr, Pater. Ich suche nach Schriften und Notizen, die Theophilus hinterlassen hat, aber es sieht fast so aus, als hätte man alles schon weggeräumt.«
»Seid Ihr mit verantwortlich für seinen Tod?«
»Natürlich nicht!«
»Wißt Ihr, wo sich Philip Savage aufhält?«

»Wenn es so wäre, wäre ich schon wesentlich klüger.«
»Aber hier ist nichts!«
»Das sehe ich selbst, Pater. Ihr seid wie ich – Ihr macht Euch Gedanken, was vorgefallen sein könnte.«
Segalla vernahm einen Laut – er lauschte, um herauszufinden, ob der Besucher noch da war. Irgendwo fiel leise eine Tür ins Schloß. Segalla erhob sich langsam. Außer ihm befand sich niemand mehr im Zimmer, auch nicht in den anderen Räumen der Suite, und draußen auf dem Flur war nichts außer einer quietschenden Ratte und den Staubkörnchen, die in einem Mondstrahl tanzten.
Segalla ging zur Treppe und machte sich auf den Weg zur großen Galerie. Sir Henry Grantchester war offenbar fleißig gewesen. Überall waren jetzt Wachen postiert, und Segalla wurde etliche Male aufgehalten. Er war gerade dabei, einem Soldaten Erklärungen abzugeben, als der Page, der ihm vorher behilflich gewesen war, herbeigelaufen kam und atemlos verkündete, daß Sir Henry und Doktor Cesar ihn in der Halle zu sehen wünschten. Segalla folgte dem Jungen. Er rechnete damit, daß die Gesandten aus Spanien und Frankreich mittlerweile gegangen waren, aber abgesehen von der Königin saßen alle, die an dem Mahl teilgenommen hatten, noch an der inzwischen abgeräumten Tafel. Auch Jane Dormer, die, wie sie sagte, die Königin in ihre Gemächer begleitet hatte, gesellte sich wieder zu ihnen und brachte einen Krug mit Wein mit, den sie, wie sie erklärte, selbst vorgekostet hatte. Doktor Cesar saß an der Stirnseite des Tisches. Er lächelte, als Segalla Platz nahm, dann bückte er sich, hob einen kleinen Käfig hoch und stellte ihn auf den Tisch. In dem Käfig lag eine tote Ratte, die andere bewegte sich noch, war aber vollkommen kraftlos.
»Wir haben sie mit Fleisch gefüttert, das wir zuvor in den Wein getaucht haben«, erläuterte Sir Henry, »wie es uns der gute Doktor aufgetragen hat. Zuerst schienen die Ratten lebhaft und neugierig zu sein, aber dann, wie Ihr seht...«
»Wie lange hat es gedauert?« wollte Segalla wissen.

»Nun, die Ratten wurden gefangen und fraßen sofort das Fleisch. Ich würde sagen, die Wirkung trat innerhalb einer halben Stunde ein.«
Jane Dormer rümpfte die Nase und wedelte mit der Hand. Cesar entschuldigte sich und stellte den Käfig wieder auf den Boden.
»Es besteht kein Zweifel mehr – der Wein war vergiftet«, verkündete der Arzt. »Ich wage die Vermutung, daß das zu Beginn des Mahls geschehen ist, und um welches Mittel es sich auch gehandelt haben mochte, es brauchte eine halbe bis eine Stunde, um bei einem Menschen seine tödliche Wirkung zu entfalten.«
»Aber derjenige, der den Wein vergiftet hat«, meinte de Feria, »muß gewußt haben, aus welchem Krug die Königin trinken würde.«
»Das ist ausgeschlossen«, warf Noailles ein. »Die Krüge wurden am ganzen Tisch herumgereicht.«
»Vielleicht war es doch möglich«, widersprach Jane Dormer. »Die Krüge standen auf dem Tisch und wurden von den Bediensteten immer wieder neu aufgefüllt. Einer oder eine von ihnen könnte das Gift in den Krug getan haben, als sie oder er frischen Wein hineinschüttete. Oder«, sie hob ihre wohlgeformten Schultern, »jemand von uns könnte das Gift gleich zu Beginn des Mahles in den Krug, der der Königin am nächsten stand, geträufelt haben. Erinnert Ihr Euch? Bevor wir unsere Plätze einnahmen, sind wir alle ein wenig in der Halle umhergeschlendert.« Sie schwieg eine Weile, dann sagte sie: »Wie auch immer, Ihre Hoheit braucht jetzt meine Hilfe.« Sie stand auf. »Gentlemen, ich wünsche eine gute Nacht.«
De Feria begleitete sie hinaus, und Noailles, der auf keinen Fall etwas verpassen wollte, hastete hinterher und verabschiedete sich mit einem Gruß über die Schulter. Er war fest entschlossen, de Feria nicht aus den Augen zu verlieren. Sir Henry Grantchester blieb sitzen und stützte den Kopf in die Hände. Segalla musterte den jungen Offizier genauer. Grantchester hatte ein offenes, aufrichtiges Gesicht, und sein Haar, sein Schnurrbart und Bart waren kurz geschnitten. Er hatte volle Lippen und eine etwas

schiefe Nase. Offensichtlich war er wie betäubt und vollkommen durcheinander. Ein Mann, der sich auf ungewohntem Parkett bewegt, schlußfolgerte Segalla: ein ehrenhafter Soldat, der sich auf dem Exerzierplatz wohler fühlt als mitten unter den verweichlichten, intriganten Höflingen. Der Hauptmann sah Segalla an und ließ mit einem Seufzen die Hände sinken.
»Ich habe der Königin angeboten, den Dienst zu quittieren«, sagte er. »Sie selbst hat mir den Posten als Hauptmann der Garde übergeben. Mein Vater und meine Brüder waren bei ihr in Framlingham, als sie als neue Königin bejubelt wurde. Ich beschloß, gegen Northumberland nach London zu marschieren.« Er stand auf und nahm den Waffengürtel an sich, den er über eine Stuhllehne gehängt hatte. »Ihre Hoheit hat mein Gesuch natürlich zurückgewiesen.«
»Sir Henry«, begann Segalla, »wenn die Königin stirbt, was Gott verhüten möge, was wird dann aus Euch?«
Der Soldat zog eine Grimasse. Er warf sich seinen Umhang um die Schultern und nestelte an der silbernen Schließe herum.
»Ich genieße in meiner Stellung viele Vorteile, Segalla. Die Königin vertraut mir. Ich habe mein Auskommen, eine Unterkunft und kann mit Beförderungen rechnen, aber, wenn, wie Ihr sagtet, die Königin stirbt, was Gott verhüten möge, wird ein anderer meinen Posten einnehmen.«
»Warum?« fragte Segalla. »Ihr seid ein guter Soldat und loyal. Angenommen, Marys Halbschwester Elizabeth würde ihr auf den Thron folgen, was dann?«
Grantchester warf den Kopf zurück und lachte.
»Wenn Elizabeth Königin wird und Master Cecil und andere seiner Sorte ihre Vertrauten bleiben, würde mir zwar kein Leid geschehen, aber glaubt mir, alter Freund, man würde mich fortjagen und meine Stellung einem anderen übergeben.«
»Weil Ihr Mary gedient habt?«
»Nein, Segalla, weil ich wie Ihr auch dem Papst diene. Meine Familie ist katholisch und war es immer schon. Zwei meiner Vettern wurden unter König Heinrich hingerichtet, und Northum-

berland hat meinen Vater für sechs Monate ins Gefängnis gebracht – nur wegen seines Glaubens. Ich bin ein geborener Katholik, Segalla, ich habe gelebt wie ein Katholik, und ich werde als Katholik sterben. Elizabeth wird nichts mit mir zu tun haben wollen.« Er beugte sich vor, seine Miene war wie versteinert, aber in seinen Augen lag ein wachsamer Ausdruck.

Segalla wurde gewahr, daß Grantchester nicht so naiv war, wie er zuerst angenommen hatte.

»Ihr sitzt da, Master Segalla, beobachtet uns alle, und ich beobachte Euch. Ihr zerbrecht Euch den Kopf darüber, ob ich so arglistig und niederträchtig sein könnte, meine Königin zu hintergehen. Würdet Ihr diesen Verdacht offen aussprechen, dann würde ich Euch zum Duell fordern. Aber, Segalla, vergeßt eines nicht«, Grantchester stupste Segallas Nase, »Theophilus starb kurz nach Eurer Ankunft hier. Ihr mögt mich beobachten, aber bei Gott, Sir, ich werde auch Euch im Auge behalten.«

Grantchester verließ die Halle. Doktor Cesar gähnte und zwirbelte seine Schnurrbartenden auf.

»Ein Korb voller Würmer, Nicholas – ein Korb voller Würmer.«

»Habt Ihr Theophilus gekannt?« wollte Segalla wissen.

»Vom Hörensagen«, antwortete Cesar. »Wie alle Ärzte«, er grinste schief, »war er in Frankreich und Italien tätig und reiste von Hof zu Hof.«

»Welcher Nationalität war er? War Theophilus sein echter Name?«

Cesar verzog das Gesicht. »Er ist Engländer von Geburt, aber die Engländer haben so langweilige Namen; ich nehme an, Doktor Theophilus klang großartiger. Weshalb fragt Ihr?«

»Ich war in seinen Gemächern«, erklärte Segalla. »Es gibt nicht ein einziges Schriftstück dort, rein gar nichts.«

»Aber das ist ja grotesk!« rief Cesar aus. »Theophilus war weit über fünfzig Jahre alt, und ein Mann wie er muß Notizen, Briefe, Dokumente und dergleichen zu Hauf angesammelt haben!«

»Könnt Ihr sagen, womit er vergiftet wurde? Ich meine, habt Ihr eine Vermutung?«

Cesar schüttelte den Kopf. »Spekulationen darüber wären in etwa so aussichtsreich, wie zu erraten, wie viele Engel auf einer Nadelspitze sitzen können. Nicholas, es gibt ungeheuer viele giftige Substanzen. Man braucht nur einige wenige Körnchen in einen Topf zu streuen. Aber wieso stellt Ihr all diese Fragen?«
»Ich glaube fest«, gab Segalla zurück, »daß der Anschlag nicht der Königin galt, sondern tatsächlich Theophilus.«
Cesar strich sich über den Schnurrbart und trank einen Schluck Wein.
»Wieso sollte jemand seinen Tod wünschen?«
»Ich weiß es nicht«, gestand Segalla. »Nun, es ist schon spät, und Ihr, mein guter Doktor, solltet Euch an Eure eigenen Verordnungen halten und dafür sorgen, daß Ihr genügend Schlaf bekommt. Ich beabsichtige, noch einmal bei der Königin vorzusprechen und nachzufragen, ob sie mir eine kurze Audienz gewährt.«
Segalla erfuhr, daß sich die Königin noch nicht zur Nachtruhe begeben hatte. Sie hatte ihr Kleid gegen ein Gewand aus elfenbeinfarbener, mit Pelz gefütterter Seide getauscht und saß vor dem Kaminfeuer. Sie hatte die Füße auf einen Schemel gelegt, und Jane Dormer saß auf einem Kissen ihr zu Füßen. Grantchester, der im Vorzimmer Wache hielt, protestierte zunächst gegen den späten Besuch, doch die Königin hörte Segallas Stimme und gab Anweisung, ihn einzulassen. Man gestattete ihm, sich einen gepolsterten Stuhl an den Kamin zu ziehen. Im Schein der ersterbenden Flammen sah die Königin noch älter und elender aus als auf dem Bankett.
»Sie will nicht schlafen«, flüsterte Jane und klopfte mit der Hand auf die Armlehne des Sessels, in dem die Königin saß. »Sie hat mir aufgetragen, mich um sie zu kümmern, aber wie kann ich das?«
»Eure Hoheit, Ihr solltet ruhen«, sagte Segalla. »Und meiner Ansicht nach besteht kein Anlaß, daß Ihr Euch allzusehr sorgt – der Mörder hatte es nicht auf Euer, sondern auf Theophilus' Leben abgesehen. Wer war Theophilus?«
»Oh, er kam mit Empfehlungsschreiben von einem italienischen

Bischof und vom französischen Hof. Gute Ärzte, Nicholas, sind sehr selten. Es gibt viele Quacksalber und Blutsauger.«
»Aber Ihr habt bestimmt Nachforschungen über seine Vergangenheit anstellen lassen?«
Die Königin legte die Hände an die Wangen. »Doktor Theophilus war nicht sein wirklicher Name«, bekannte sie. »Wie viele Männer seiner Profession hat er ihn geändert, um seinen Ruf und seinen Status zu erhöhen. Soweit ich gehört habe, ist das in Deutschland allgemein üblich. Ich weiß, daß er in Cambridge gelernt und Heilkunde in Salerno und Padua sowie in Montpellier und Paris studiert hat. Ihr solltet Kardinal Pole einen Besuch abstatten.« Mary wechselte übergangslos das Thema. »Ihr könnt morgen zu ihm. Mein Squire Orslett«, fuhr die Königin fort, »wird Euch morgen früh am Fluß entlang nach Lambeth begleiten. Er wird Euch auch Theophilus' wahren Namen nennen können.«
»Da ist noch etwas«, schaltete sich Jane Dormer ein. »Theophilus war ein lüsterner alter Mann. Pater Nicholas, ich bin kein kokettes Ding. Ich lasse meine Blicke nicht wandern und denke mir meinen Teil.«
»Aber Theophilus hielt Euch für ein leichtes Mädchen?«
»Ja. Er sah mich mit glühenden Augen an, und wenn sein Gesicht rot vom Wein wurde und sein Mund zu sabbern begann, prahlte er gern. Er behauptete, ein hübsches Püppchen fürs Vergnügen zu haben.«
Segalla sah sie fragend an.
»Eine Kurtisane«, erklärte Jane, »die er in einer Kammer über einem Bäckerladen in der Bowyers Row untergebracht hat. Ein junges Mädchen französischer Herkunft – Nicolette. Manchmal sprach er von ihr, als wollte er zeigen, daß er noch ein junger Mann von Welt und bei den Damen sehr beliebt war.«
»Orslett wird Euch morgen zu ihr bringen.« Die Königin erhob sich schwerfällig und streckte Segalla die Hand zum Kuß entgegen. »Er wird Euch erst dorthin und dann mit einem Flußkahn zu Kardinal Pole führen. Zudem wird er Euch einen Ausweis aushändigen, eine Erlaubnis, daß Ihr in diesem Land überallhin

reisen dürft. Ich weiß«, fügte sie kühl hinzu, »daß der Heillige Vater am Wohlbefinden meiner guten Schwester interessiert ist. Und ich bin überzeugt, meine gute Schwester Elizabeth ist neugierig, was der Heilige Vater zu sagen hat.«

»Madame, ich will aufrichtig zu Euch sein«, gab Segalla zurück. »Seine Heiligkeit hegt keine große Zuneigung zu Eurer Halbschwester.«

»Ich auch nicht«, erwiderte Mary. »Aber ich bin in einer Brutstätte von Intrigen groß geworden. Am Hofe meines Vaters knisterte es in allen Winkeln wie ein frisch entfachtes Kohlenfeuer – überall Komplotte, Verschwörungen und Klatsch.« Sie seufzte. »Ich sehe es schon vor mir: ›Ave Maria sepulta.‹ Wie der Psalmist sagt: ›In den Augen einiger bin ich bereits tot.‹« Mary strich sich mit der Hand übers Gesicht. »Und auf der Straße nach Hatfield wimmelt es jetzt von Besuchern und Gönnern.«

Segalla küßte ihr die Hand und entfernte sich. Er war auf dem Korridor, als er hörte, wie sich eine Tür hinter ihm öffnete und leise sein Name gerufen wurde. Jane Dormer stand dort im Dunkeln, und Segalla ging zu ihr zurück.

»Ihrer Hoheit geht es nicht gut«, flüsterte sie.

»Doktor Cesar kann ihr vielleicht helfen«, meinte Segalla.

»Möglich. Aber da ist noch etwas, was Ihr wissen solltet.« Lady Jane nahm seinen Arm und zog ihn von der Tür weg. »Ich bin mit dem Grafen de Feria verlobt. Er liebt mich ebensosehr wie ich ihn. Er hat der Königin Botschaften von König Philip von Spanien überbracht, aber er hat auch geheime Anweisungen erhalten.« Jane biß sich auf die Lippe und kämpfte gegen die Tränen an. »Die Königin hat recht – viele Menschen sehen sie bereits tot, und ihr Gemahl gehört zu ihnen.«

»Was?«

»Graf de Feria«, fuhr sie fort, »hat Order von König Philip«, sie machte eine Pause und wählte ihre Worte sorgfältig, »zu erkunden, wie Prinzessin Elizabeth zu einer Heirat steht. Dabei meint er nicht die Heirat mit irgendeinem ausländischen Prinzen, sondern mit ihm höchstpersönlich.«

Segalla schnappte nach Luft.
»Philip ist ein gefühlskalter Mann«, fügte Jane hinzu. »Er hat Mätressen und vergnügt sich mit Huren. Die Frau, die er geehelicht hat, oder die, die er ehelichen will, ist nichts anderes als ein Unterpfand für ihn. Er glaubt, daß Mary auf der Schwelle des Todes steht; vielleicht erlebt sie den nächsten Winter nicht mehr, und Philip plant ungerührt seine Hochzeit mit ihrer Halbschwester.«
»Elizabeth wäre eine Närrin, wenn sie seinen Antrag annähme.«
»Möglicherweise hat Elizabeth keine andere Wahl. Die französischen Truppen halten Calais besetzt, ihre Schiffe bewachen die engste Stelle des Kanals. Segalla, was geschieht, wenn die Königin stirbt und die französischen Truppen zusammen mit der schottischen Mary nach Dover übersetzen? Die Franzosen würden in diesem Fall Unterstützung von Schottland bekommen, das Marys Mutter regiert.«
»Aber Philip kommt allen zuvor, ja?« warf Segalla ein.
»Das englische Heer und die Marine sind in einem erbärmlichen Zustand«, führte Jane aus. »Philip könnte seine Truppen innerhalb weniger Tage an die Straße von Canterbury nach London verlagern. Wenn die spanischen Truppen gebraucht werden, um Elizabeth zur Königin zu machen und die verhaßten Franzosen fernzuhalten, dann würde das Volk eine Eheschließung zwischen Philip und Elizabeth wahrscheinlich begrüßen.«
Segalla schaute aus dem Fenster. Es war jetzt still im Palast, nur hin und wieder hörte man eine Tür ins Schloß fallen und die Schritte eines Wachmanns in den Fluren oder draußen am Tor. In manchen Fenstern sah man kleine Lichter. Segalla dachte über das nach, was Jane Dormer ihm dargelegt hatte. Jetzt wurde ihm vollends klar, warum ihn der Papst nach England geschickt hatte: Mary Tudor verlor ihre Macht und die Kontrolle über die Ereignisse. Greenwich war ihr Mausoleum. Die Händler und Bankiers in der Stadt, die Drucker und Prediger, die Rechtsgelehrten, die im Parlament saßen, und die großen Lords mit ihren Gefolgen

waren Mary ergeben, richteten den Blick jedoch auch nach Hatfield. Sie warteten darauf, daß etwas geschah. Mittlerweile sah es so aus, als wären die Großmächte zu demselben Schluß gekommen, und sie lauerten wie die Lumpensammler darauf, daß sie ein paar Brocken erwischen konnten. Da lag die nächste Schlußfolgerung auf der Hand. Warum sollte man die Spannung aufrechthalten? Wieso das Warten unnötig verlängern? Wer würde Marys Tod beweinen? Jane Dormer, ein paar Freunde, einige katholische Kirchenfürsten, Männer wie Sir Henry Grantchester. Und wer würde nach Verdächtigen und Verschwörern suchen? Und selbst wenn der Drahtzieher gefunden würde, wer würde Vergeltung üben wollen? Philip, der so weit weg wie möglich war, der schon gar nicht mehr mit Mary rechnete und Pläne schmiedete, wie er in Elizabeths Bett kriechen konnte? Oder die Franzosen, die erpicht darauf waren, ihre Herrschaft von Lothringen bis in den Norden Schottlands auszudehnen? Wenn die Franzosen oder ihre Verbündeten Englands Südküste unter Kontrolle hätten, könnten sie den Kanal für spanische Schiffe sperren und Spanien von den Niederlanden abschneiden, so daß die Truppen keinen Nachschub an Geld, Proviant oder Waffen mehr bekämen. Alles war nur eine Frage der zeitlichen Planung: Derjenige, der im richtigen Moment am schnellsten und mutigsten handelte, würde das Spiel gewinnen. Kein Wunder, daß sich in Rom der alte Carafa, der die Spanier abgrundtief haßte, darauf vorbereitete, die päpstlichen Interessen auf die französischen Ambitionen abzustimmen. Aber was konnte Segalla tun? Die Mörder zur Strecke bringen? Oder die Tat verhindern? Aber was dann?

»Pater?«

Segalla erwachte aus seinen Grübeleien. Jane Dormer sah zu ihm auf.

»Graf de Feria hat mir das alles erzählt, weil er ein Ehrenmann ist.«

»Da ist nur ein Haar in der Suppe – oder sollte ich sagen, es sind zwei Haare?« meinte Segalla. »Erstens hängt alles davon ab, was Lady Elizabeth beabsichtigt.«

»Und zweitens?«
»Ave Maria sepulta«, entgegnete Segalla. »Die Menschen mögen die Königin für so krank halten, daß sie auf der Schwelle des Todes steht, aber sie könnten sich auch irren. Ihr Mutter hatte eine ausgezeichnete Konstitution, und König Heinrich genoß trotz seiner Ausschweifungen ein langes Leben. Mary könnte sich erholen und noch ein oder zwei Jahrzehnte regieren.«
»Sie ist krank an Körper und Seele«, gab Jane zu bedenken. »Aber wenn es etwas gibt, was die Symptome, die Schmerzen in Kopf und Leib und die Lustlosigkeit lindert, dann vielleicht...«
Sie wollte sich abwenden, doch Segalla faßte nach ihrer Hand und hob sie an seine Lippen. Jane errötete.
»Für einen Jesuiten habt Ihr sehr höfische Manieren, Pater.«
»Nein, Mylady. Es war lediglich ein Zeichen meines Danks. Ich tappe im dunkeln, und um mich schlängeln sich lauter Nattern und lauern – aber Euch vertraue ich.«
»Tatsächlich, Pater? Manche munkeln, ich sei in Wahrheit Philips Spionin.«
Segalla lachte. »Weil Ihr in seinen Botschafter verliebt seid?«
Jane zuckte mit den Achseln. »Wenn die Königin stirbt, werde ich nicht mehr lange Engländerin sein. Ich werde nicht bleiben und zusehen, wie die Sieger über einen Leichnam triumphieren, ehe man mich in ein kaltes, feuchtes Schloß in den walisischen oder schottischen Mooren verbannt.«
»Und Markus 15, 34?« fragte Segalla.
Jane Dormer seufzte. »Ja, das ist eigenartig. Die Königin verblüfft mich. Ich bin sicher, sie hat eine gewisse Ahnung, was das zu bedeuten hat.«
»Könnte sie selbst die Verfasserin dieser Briefe sein?«
Jane schüttelte den Kopf. »Aus irgendeinem Grund erschreckt sie der Hinweis auf die Bibelstelle, aber sie gibt nicht preis, weshalb. Ich kann mir das nicht erklären. Es muß ein Geheimnis aus der Vergangenheit sein.«
»Noch eines«, sagte Segalla und spähte über die Schulter. »Ihr habt von den Entwicklungen in der Zukunft gesprochen. Aber

nach allem, was ich über das englische Recht weiß, wird Mary mitbestimmen können, wer ihr auf den Thron folgt. Hat sie angedeutet, wen sie begünstigen wird?«

»Es gibt nur eine Möglichkeit – ihre Halbschwester Elizabeth. Mary mag es verabscheuen, ihren Namen in einem Atemzug mit der Krone von England zu nennen, aber unterschätzt meine Herrin nicht, sie ist Heinrichs Tochter. Sie ist stolz auf den Namen Tudor und würde die Krone keinem anderen Anwärter überlassen. Mary ist eine gewissenhafte Frau. Eine Tudor durch und durch. Und sie haßt wie ihre gesamte Familie Bürgerkriege und die Zankereien der Adeligen um den Thron. Am Ende wird sie es als ihre Pflicht ansehen, dafür zu sorgen, daß Elizabeth – welcher Religion sie auch immer angehören und welcher Intrigen sie sich auch schuldig gemacht haben mag – in Westminster zur Königin gekrönt wird. Und, ehe Ihr mich danach fragt, ja, Mary verabscheut ihre Halbschwester. ›Boleyns Balg‹, pflegt sie sie zu nennen.«

»Seid Ihr Elizabeth jemals begegnet?«

»Selten. Die Königin lädt ihre Halbschwester hin und wieder zu Feierlichkeiten ein. Elizabeth ist ein scharfsinniges kleines Biest und antwortet entsprechend. Mal läßt ihr angegriffener Gesundheitszustand eine Teilnahme nicht zu, oder die Fahrt ist zu beschwerlich, oder sie beabsichtigt, nur zu kommen, wenn dieses oder jenes geschieht.«

»Würde Elizabeth ihre Schwester vergiften?«

Jane holte tief Luft und trat einen Schritt näher auf das Fenster zu. Das schwache Licht betonte den elfenbeinfarbenen Schimmer ihres Gesichts.

»Ich weiß es nicht. ›Viel Argwohn, wenig Beweise‹, das ist Elizabeths Motto. Einige Menschen in ihrer Umgebung wären sicherlich dazu imstande.« Jane ging ein Stück den Korridor entlang, dann drehte sie sich noch einmal um. »Ihr solltet Euch schlafen legen, Pater. Morgen ist auch noch ein Tag.«

Segalla stieg die Treppe zu seinem Zimmer hinauf. Ein verschlafener Soldat meldete ihm, daß sich Doktor Cesar für die Nacht zurückgezogen hatte. Segalla bedankte sich lächelnd und betrat sein Zimmer, zog sich aus, wusch sich Hände und Gesicht, setzte sich auf die Bettkante und betrachtete das Porträt König Heinrichs, das an der Wand hing. Segalla war müde, aber sein Gehirn arbeitete fieberhaft, nach allem, was Jane Dormer ihm anvertraut hatte. Er würde kaum ein Auge zutun, ehe er nicht Ordnung in seine Gedanken gebracht hatte.

»Was haben wir?« murmelte er, als könnte ihm der fette Monarch auf dem Gemälde eine Antwort geben. »Mary Tudor hat keinen Erben und kränkelt. Die Franzosen haben wie die Spanier eigene Vorstellungen davon, wer ihr auf den Thron folgen wird. Beide glauben, alle Fäden in der Hand zu haben und das große Spiel zu kontrollieren.«

Segalla zupfte an einem losen Faden in der Bettdecke. Wir haben Drohbriefe, überlegte er, in denen auf Marys Tod und auf ein Geheimnis angespielt wird, das etwas mit dem Markus-Evangelium, Kapitel 15, Vers 34, zu tun haben muß. Ein alter Mann, Philip Savage, ist vielleicht imstande, das Geheimnis zu lüften, aber nicht auffindbar. Ein Giftmörder treibt sein Unwesen am englischen Hof. Möglicherweise wird Mary Gift verabreicht, aber heute abend war das Opfer ihr Arzt Theophilus. Weshalb mußte er sterben? Und wer war in den Gemächern des Toten und hat alle Dokumente und Schriftstücke an sich genommen? Segalla seufzte und schlüpfte ins Bett. Er sprach ein Gebet, bevor er die Kerze löschte, sich auf den Rücken legte und in die Dunkelheit starrte.

Nicolette, die französische Kurtisane, saß in ihrer Kammer über dem Bäckerladen in der Bowyers Row auf ihrem Bett und betrachtete die Satteltaschen, die sie so sorgfältig gepackt hatte. Doktor Theophilus hatte ihr am gestrigen Morgen einen Besuch abgestattet. Gewöhnlich konnte er es kaum erwarten, ihre Brüste zu befingern oder sie auf das Bett zu werfen. Nicolette machte das nichts aus. Theophilus war vielleicht kein besonders potenter Mann, aber er war sauber und roch gut; seine Börse war immer mit Silberstücken gefüllt, und er hatte sich als großzügiger Gönner erwiesen. Er war alt, und oft mußte sie hart arbeiten, um ihn zu befriedigen. Der alte Doktor hatte ihr gestanden, daß er sie liebte. Nicolette, die Theophilus seit Monaten kannte, war neugierig geworden. Männer faselten immer von Liebe, aber er schien es wirklich ernst zu meinen. Nicolette stand auf, zog ihr Hemd aus und bewunderte ihren wohlgerundeten Körper in dem glänzenden Stück Metall, das ihr als Spiegel diente. Theophilus hatte gesagt, er würde heute spätabends zu ihr kommen, und sie beide würden England am Morgen verlassen.

»Warum?« hatte Nicolette gefragt.

Theophilus war ihrem Blick ausgewichen, hatte jedoch etwas von einem wärmeren Klima genuschelt und erklärt, er wäre den englischen Nebel und Regen leid. Nicolette wußte, daß er eine hohe Stellung bei Hofe innehatte. Er prahlte oft damit und erzählte ihr hin und wieder deftigen Klatsch. Nicolette schluckte schwer, als sie die kleine Kiste sah. Theophilus hob darin Heilmittel, Kräuter und verschiedene Tränke auf.

Er hatte ihr eingeschärft, die Kiste niemals zu öffnen oder sich daran zu schaffen zu machen. Sie stieß mit dem Fuß leicht dagegen. Eines Tages, wenn sie verheiratet waren, würde ihr Theophilus vielleicht die Wahrheit über einige Dinge erzählen, zum Beispiel, warum er sich diesen albernen Namen zugelegt hatte, den Nicolette kaum über die Lippen brachte. Weshalb benutzte er nicht seinen richtigen Namen – John Gresham? War er nicht stolz darauf? Genaugenommen gab es sehr viel, was Nicolette über ihren Gönner in Erfahrung bringen mußte. Vielleicht würde sie ihm gewisse Gefälligkeiten verweigern und Bedingungen stellen, ehe sie ihm wieder ihre Gunst zuteil werden ließ – eines Tages, wenn sie, wie es Theophilus in Aussicht gestellt hatte, in dem Herrenhaus oder in der prächtigen Villa in Italien wohnten. Ja, Theophilus hatte gesagt, daß sie nach Italien fahren würden. Er wollte ein Schiff nach Ostia nehmen und dann in irgendeine Stadt weiterfahren. Aber vorerst blieb Nicolette nichts anderes übrig, als zu warten. Theophilus hatte ihr strikte Instruktionen

erteilt und versprochen, heute noch zu ihr zu kommen. Morgen ganz früh würden sie aufbrechen. Deshalb mußte heute schon alles gepackt und bereit sein.
Nicolette kleidete sich bedächtig an, dann setzte sie sich wieder hin und bürstete ihr langes glänzend rotes Haar. Sie hörte ein Geräusch und ging zu dem bogenförmigen Fensterschlitz, um hinauszusehen, aber die Straße lag vollkommen im Dunkeln. Im Bäckerladen war alles still. Die Holzstiege, die zur Haustür hinunterführte, verriet ihr immer, ob sich jemand ihrer Kammer näherte. Die Stufen knarrten und ächzten wie die alte, durchgelegene Matratze auf ihrem Bett, wenn Theophilus und sie sich darauf wälzten. Nicolette begann, Schminke auf ihr Gesicht aufzutragen. Ihrer Schätzung nach war es schon weit nach Mitternacht. Wo blieb Theophilus? Nicolette erstarrte. Die Treppe knarrte. War das Theophilus? Sollte sie hier sitzen und ungeduldig mit dem Fuß wippen? Oder wäre es ratsamer, sich aufs Bett zu legen und sich schlafend zu stellen? Wieder ächzten die Holzdielen auf der Stiege. Nicolettes Herz setzte einen Schlag aus. Sie erkannte immer Theophilus' Schritte, aber wer auch da draußen herumschlich, er ging zu langsam. War der alte Mann vielleicht betrunken? Sie ging zur Tür und öffnete sie.
»Theophilus?« rief sie.
Das Treppenhaus war dunkel und roch modrig. Ein kalter Luftzug strich über ihr Gesicht, und Nicolette merkte, daß jemand die Haustür aufgelassen haben mußte.
»Theophilus«, rief sie. »Treib keine Spielchen mit mir!«
Wer immer auf der Treppe war, er schien stehengeblieben zu sein und sich im Dunkeln zu verstecken. Nicolette bekam es mit der Angst zu tun. Sie schlug die Tür zu und schob die Riegel vor.
»Du kannst da draußen verrotten«, schrie sie, »wenn du mich foppen willst.«
Nicolettes Angst wurde größer. Im Laden unten war niemand. Der Bäcker und seine Familie wohnten auf der anderen Straßenseite. Die Dachstube benutzte kein Mensch. Nicolette lief zur Truhe, schnappte sich einen bestickten Beutel und nahm den

Dolch heraus, den sie darin aufbewahrte. In London wimmelte es von Halunken und Gesindel, das sich nachts auf den Straßen herumtrieb und nach leichter Beute Ausschau hielt. Wieder hörte Nicolette das Stöhnen und Ächzen der Stufen und atmete erleichtert auf. Der Eindringling machte sich davon und schlug die Haustür zu. Sie setzte sich aufs Bett und überlegte, ob sie gefahrlos hinausgehen und nachsehen konnte, was los war. Als sie sich zu ihrem Spiegel umdrehte, entdeckte sie die ersten Rauchfäden, die sich durch den Schlitz unter der Tür kräuselten. Ihre Kehle wurde trocken. Sie preßte die Hand auf den Mund und lief zur Tür. Der Knauf fühlte sich heiß an, und als sie die Tür aufriß, loderten die Flammen auf der Stiege hoch auf, weil ihnen der Luftzug neue Nahrung gab.

Kapitel 6

Ein Diener weckte Segalla früh am Morgen und meldete ihm, daß Master Stephen Orslett ihn unten im Vestibül erwartete. Segalla wusch sich, zog sich in aller Eile eine dunkelgrüne Samthose, ein weißes Hemd und eine gefütterte Jacke an und setzte sich einen breitkrempigen Hut auf. Da die Straßen von London meistens aufgeweicht und schlammig waren, entschied er sich für lederne Stiefel. Zum Schluß legte er den dicken Ledergürtel mit dem Schwert um die Taille.

Orslett lächelte, als er ihn sah. »Ihr seht ganz und gar nicht aus wie ein Priester, Pater.«

Segalla schüttelte die ausgestreckte Hand.

»Wonach sehe ich dann aus, Master Orslett?«

»Ich heiße Stephen. Ihr seht aus wie ich: wie ein Hans Dampf in allen Gassen.«

Segalla lächelte. »Dasselbe kann man von jedem guten Jesuiten sagen. Und – nennt mich Nicholas. Ihr seid ein Mann der Königin?«

»Ihr Diener, ihr Squire. Ich erledige Botengänge.«

Segalla musterte Orsletts dunkles Gesicht und die nahe beisammenstehenden Augen. Er war glatt rasiert, von Kopf bis Fuß in Schwarz gekleidet und charmant. Doch seine Augen blieben stets wachsam. Eine Kämpfernatur, urteilte Segalla. Männern wie ihm war er schon in vielen Häusern in Rom und Frankreich begegnet – gefährlichen Männern, Söldnern, die, wie er selbst, im verborgenen arbeiteten. Zumindest war Orslett ehrlich – ein Hans Dampf in allen Gassen. Segalla fragte sich, ob Erpressung und Mord auch zu seinen Geschäften gehörte. Orslett schien ein gebildeter Mann zu sein; er hatte keinen Akzent, und seine Stimme war leise und gemessen. War er die Person, die am Abend zuvor mit ihm in den Gemächern des toten Arztes gewesen war?

»Sind wir uns schon begegnet, Stephen?«

»Ich glaube nicht.« Orslett lächelte, als würde er sich über einen geheimen Scherz amüsieren. »Aber ich will aufrichtig sein, Pater. Ich bin Euch nach Eurer Ankunft in London gefolgt.«

»Auf wessen Geheiß?«

»Natürlich auf Befehl der Königin!«

»Und für wen seid Ihr sonst noch tätig?«

Orsletts Lächeln wurde breiter. »Ich bin der Kurier der Königin und befördere Botschaften zwischen dem Hof und Hatfield hin und her. Prinzessin Elizabeth beehrt mich ebenfalls mit ihrer Gunst.«

»Aber traut sie Euch auch?«

»Ich möchte sagen, im Übermaß«, zitierte Orslett aus einem Psalm, »alle Menschen sind Lügner.«

»Ja«, gab Segalla zurück. »Und es gibt nichts Neues unter der Sonne. So sagt der Prediger.«

»Ich habe Order«, sagte Orslett, »Euch nach Lambeth zu seiner Eminenz, Kardinal Pole, zu bringen, aber zuvor haben wir noch zwei Dinge zu erledigen. Zum einen muß ich etwas zu Ende führen; ich habe mich heute morgen in den Kellern und Abwasserkanälen unter Greyfriars umgesehen.« Er schüttelte den Kopf, als er Segallas verwirrten Gesichtsausdruck sah. »Und zum anderen möchte ich mit einer jungen Dame namens Nicolette sprechen. Sie ist die Hure des toten Arztes.«

»Haben Sie sich seinen Leichnam angesehen?«

»Selbstverständlich. Ich bin in der Heilkunde nicht sehr bewandert, aber mir scheint, Theophilus wurde vergiftet. Wie, warum und von wem …« Statt den Satz zu beenden, zuckte er mit den Schultern. »Natürlich«, fügte er hinzu, »könnte sich Theophilus auch selbst getötet haben.«

»Was soll das heißen?«

»Nicholas, diese Ärzte schlucken und trinken selbst viele Mittel, die sie anderen verordnen. Er könnte etwas verwechselt haben.«

»Glaubt Ihr das?«

»Nein.« Orslett rieb sich das Gesicht. »Aber die Königin ist noch sehr beunruhigt, und ich mußte sie trösten, so gut ich konnte. Möchtet Ihr ein Frühstück?«

Segalla nickte, und sie machten in den Speisekammern halt, um sich Brot, Ale und gekochten Schinken zu Gemüte zu führen. Segalla fiel auf, daß Orslett die Speisen segnete, bevor er etwas zu sich nahm.

»Ich war selbst auch einmal Priester«, erklärte er. »Ausgebildet in einem Seminar in Frankreich. Ich kam während Edwards Regierungszeit zurück, um die Gläubigen zu unterstützen.«

»Und Ihr wurdet gefangengenommen?«

»Ja und nein. Nicht von den Autoritäten, aber von einer jungen Frau. Ich verliebte mich in sie, gab mein Priesteramt auf und heiratete.« Orslett wischte sich die Lippen mit dem Handrücken ab. »Als ich mich im Ausland aufhielt, tat ich hin und wieder Dienst als Soldat. Ich spreche Latein, Griechisch, Italienisch und Französisch, aber was kann ein ehemaliger Priester schon tun? Schreiber werden? Oder Sekretär? Nein, das ist nichts für mich.« Er schlug Segalla auf die Schulter. »Aber kommt, ich möchte Euch etwas zeigen.«

Im Hof standen gesattelte Pferde bereit. Es war ein schöner Tag, und die Wege waren fest und trocken. Erst jetzt fiel Segalla auf, daß er Greenwich verlassen hatte, ohne sich von Doktor Cesar zu verabschieden.

»Mein Reisegefährte wird sich fragen, wo ich abgeblieben bin.«

Orslett, der noch auf einem Stück Schinken kaute, das er aus der Speisekammer stibitzt hatte, zuckte erneut mit den Schultern.

»Doktor Cesar hat heute genügend zu tun«, meinte er. »Soweit ich weiß, wünscht die Königin, daß er Theophilus' Leichnam gründlicher untersucht. Ein fideler Bursche, dieser Doktor

Cesar. Er hat sich schon einen Ruf gemacht bei den Zofen im Palast.« Orslett sah zum blauen Himmel auf. »Aber jetzt kommt, Nicholas, in London erwartet uns ein Wunder.«
Er offenbarte keine weiteren Einzelheiten und lenkte das Gespräch auf den Jesuitenorden und seine rasche Verbreitung in Europa. Segalla fand seinen Gefährten sympathisch, ahnte jedoch, daß er eine Rolle spielte und ihm etwas vormachte. Ein ehemaliger Priester, ein Mann des Schwertes und Dolches, trotzdem sprach er mit dem gleichen Stolz von seiner Frau und seinen Kindern wie jeder Händler und normale Bürger der Stadt.
Ein Verräter und Betrüger? fragte sich Segalla. Orslett könnte sich bei jedem einschmeicheln. Tatsächlich wuchs Segallas Überzeugung, daß Orslett in der letzten Nacht in Theophilus' Zimmern gewesen war, je länger er ihm zuhörte.
Auf den Landstraßen, die durch Moore und die Heide führten, war es still. Manche Felder waren von Hecken oder Pfählen abgegrenzt. Sie kamen durch verschlafene Dörfer, die in den Wäldern oder der Öde versteckt waren, und das einzige Anzeichen von Leben war der Rauch, der sich aus den Schornsteinen der Häuser kräuselte. Je näher sie der Stadt kamen, um so belebter wurden die Straßen. Gaukler und Schausteller auf mit Fahnen und Bändern geschmückten Wagen drängten sich dort. Rinder und Ochsen wurden zu den Schlachthäusern getrieben. Bauern machten sich mit ihren Handkarren voller Obst und Gemüse auf den Weg zu den Märkten. Umherziehende Studenten, ein Zug Soldaten, Bettler – zum Teil ganze Familien –, Schwachsinnige, Besitzlose und Gebrechliche, sie alle waren unterwegs nach London, um dort ihr Glück zu suchen.
Segalla und Orslett kamen über die Fleet Street in die Stadt. Orslett, der das Wappen der Königin auf seinem Wams trug, ritt jetzt voran und bahnte sich einen Weg durch die Menge. Die Leute machten ihm widerstrebend Platz, manche fluchten leise, oder stießen Schimpfwörter aus, aber der schwarz wie ein Rabe gekleidete und mit Schwert und Dolch bewaffnete Orslett ließ sich nicht beirren. Sie passierten das Fleet-Gefängnis, überquer-

ten den alten Stadtgraben und näherten sich der düsteren St. Paul's Cathedral. Immer mehr Menschen strömten herbei, tummelten sich wie Fische in seichtem Gewässer an den Buden und Ständen, die die Straßen säumten. Es herrschte ein ohrenbetäubender Lärm – Lehrlinge, Fuhrleute und Marktschreier brüllten durcheinander, Kinder kreischten, und Hunde kläfften. Männer und Frauen schrien aus den Fenstern der mehrstöckigen Häuser. Segalla hatte Mühe, einen klaren Kopf zu behalten. Schmutz und Abfall türmte sich auf den Straßen, und es stank beißend nach Salpeter, der die noch übleren Gerüche überdecken sollte. An manchen Straßenrändern befanden sich breite Kanäle, die mit Unrat aller Art gefüllt waren. Die Trampelpfade daneben waren gefährlich, da die Laden- und Tavernenschilder so tief hingen, daß sich ein unaufmerksamer Fußgänger den Kopf anschlagen konnte.

Vor dem alten Friedhofstor der Kathedrale stiegen Segalla und Orslett ab. Orslett ging voran in die Carter Lane und zu den Ruinen von Greyfriar, dem großen Franziskanerkloster, das Heinrich VIII. geplündert und zerstört hatte und dessen Grund jetzt mit Verkaufsbuden und Ständen übersät war. Eine Gruppe von schäbig gekleideten Studenten stand aufgereiht wie Singvögel auf den Resten einer eingestürzten Mauer und sang geistliche Lieder, um Almosen zu sammeln. Ein Flugschriftenverkäufer marschierte auf und ab und pries wunderbare Neuigkeiten und Taten an, die in seinen Nachrichtenblättern näher erläutert wurden. An einer entfernten Mauer der Klosterruine war eine Tribüne mit Podest angebracht, auf dem ein thronartiger, mit abgewetzten weißen Tüchern behängter Stuhl stand. Auf ihm saß ein junges Mädchen in grünem Gewand und goldgefaßtem blauen Schleier. Sie hatte die Arme vor der Brust gekreuzt und hielt den Kopf gesenkt, als wäre sie in Meditation oder ein Gebet vertieft.

»Was geht hier vor?« fragte Segalla.

»Wartet's ab«, flüsterte Orslett.

Die Menge wurde ungeduldig.

»Los jetzt!« brüllte jemand. »Laßt uns hören, was die Mauer prophezeit.«

Orslett empfahl Segalla, das Pferd zu besteigen, damit er einen besseren Überblick hatte. Während sich Segalla in den Sattel schwang, kletterte ein junger Mann in dunkelgrauer Kutte auf das Podest und streckte die Arme aus.
»Meine Schwester betet inbrünstig«, rief er. »Der Engel ist noch nicht erschienen, aber er wird bald kommen.«
»Das geht schon seit Wochen so«, erklärte Orslett. »Dieses feine Pärchen«, er deutete mit dem Kinn auf die Tribüne, »behauptet, daß ein Engel in der Mauer lebt und Fragen über die Königin beantwortet. Ah, gut, es fängt an.«
Der junge Mann reichte dem Mädchen einen weißen Stock, und sie klopfte an die Mauer.
»Ich bin hier!« Die Stimme schien aus dem Mauerwerk zu dringen.
Die Leute verstummten. Sogar die Krähen in den Bäumen lauschten ehrfürchtig der übernatürlichen Manifestation.
»Willst du mich anhören?« fragte das Mädchen.
»Ich will, und die Wahrheit wird offenbart. Ich bin der Engel Gottes. Ich kann nicht lügen.«
Segalla verfolgte das Geschehen mit ungläubiger Miene. Bei seinen Reisen durch Europa war er Zeuge der gerissensten religiösen Betrügereien geworden, aber nichts war mit dem hier vergleichbar.
»Wie machen sie das? Bestimmt steht jemand auf der anderen Seite der Mauer.«
»Da ist nichts und niemand«, entgegnete Orslett. »Nur wüstes Land.«
»Was ist die Königin?« fragte der junge Mann die Mauer.
»Eine blutrünstige Tyrannin.«
Die Menge seufzte wie aus einem Munde.
»Und die Messe?«
»Papistischer Betrug.«
»Und der Gemahl der Königin?«
»Ein Fremder, der heimlich und verstohlen die Herrschaft über England an sich reißen will.«

»Ich wußte gar nicht, daß Engel voreingenommen sind«, raunte Segalla.
Orslett hob einen Finger an die Lippen.
»Und Lady Elizabeth?« fragte das Mädchen.
»Sie ist von Gott für den Thron von England auserwählt.«
Die Leute applaudierten. Orslett hatte plötzlich eine Pfeife im Mund und stieß einen langen, durchdringenden Pfiff aus. Die Frau auf der Tribüne sah auf. Die Leute drehten sich nach Orslett um. Auf der anderen Seite des Grundes traten Männer in königlicher Livree vor die Tribüne. Orslett stellte sich in den Steigbügeln auf.
»Ich möchte eine Frage stellen«, schrie er. »Welche Strafe erwartet solche, die Blasphemie betreiben und in religiösen Betrug verstrickt sind?«
Das Mädchen machte mit einem Mal gar keinen so entrückten Eindruck mehr. Der junge Mann eilte an ihre Seite. Die Stimmung der wankelmütigen Menge war bereits umgeschlagen.
»Ich habe eine Frage gestellt!« bellte Orslett. »Ist sie zu knifflig für einen Engel? Beantworte sie!«
Die Meute nahm den Refrain auf. »Beantworte sie! Beantworte sie!«
Das Mädchen schüttelte den Kopf. Orslett pfiff noch einmal, und alles wurde still.
»Schön«, rief er. »Ich werde eine andere Frage stellen. Gibt es einen Gott im Himmel?«
Die Frau klopfte mit dem weißen Stock an die Mauer. Ihre Stimme bebte, als sie Orsletts Frage wiederholte, doch die Mauer schwieg.
»Bleibt hier«, murmelte Orslett, dann stieg er ab, und Segalla beobachtete, wie er sich durch die Reihen drängte. Vor die königlichen Gefolgsmänner, die an der Tribüne Aufstellung genommen hatten, wurde ein gefesselter junger Mann geschubst. Mittlerweile hatte Orslett die Tribüne erklommen. Gendarmen tauchten aus dem Nichts auf. Das Mädchen und ihr Kompagnon wirkten eingeschüchtert. Orslett nahm den weißen Stock, klopf-

te an die Mauer und stellte eine ganze Reihe lächerlicher Fragen.

»Bin ich der Großkämmerer der Tataren? Kann ich zur Sonne fliegen?«

Er erhielt keine Antworten. Der gefesselte junge Mann wurde auf das Podest gestoßen. Das Mädchen kauerte sich hin und vergrub ihr Gesicht in den Händen; ihr Komplize versuchte zu fliehen, wurde jedoch festgehalten. Orslett stellte sich an den Rand des Podestes.

»Gute Leute!« rief er. »Man hat euch hinters Licht geführt und betrogen!« Er deutete auf den Boden. »Dort unten sind die Keller des alten Klosters. In der Mauer dahinten befindet sich ein Rohr aus Ulmenholz, durch das früher Wasser aus einer Zisterne in den Keller geführt wurde. Diese drei Gauner haben euch vorgemacht, daß die Mauer einen Engel beherbergt. Was sagt ihr dazu?«

Orslett sprang augenblicklich von dem Podest, als die Menge ihrem Ärger Luft machte. Die Leute bewarfen die drei Betrüger mit Dreck und Steinen, verfaultem Obst, toten Ratten und Pferdeäpfeln. Orslett sprach kurz mit den Gendarmen, dann stolzierte er zurück zu Segalla und schwang sich in den Sattel.

»Wenn der Mob fertig mit ihnen ist, bringen die Gendarmen sie nach Newgate. Dort wird man ihnen noch mehr Fragen stellen. Sie werden jede Hilfe brauchen, die die Engel ihnen geben können.« Er nahm die Zügel in die Hand. »Es wird die Königin sehr interessieren, wer hinter dieser Sache steckt – irgendein Verrückter oder Prinzessin Elizabeth und vor allem der schlaue Cecil.«

»Was wird mit ihnen geschehen?« wollte Segalla wissen.

»Oh, die Königin wird Erbarmen zeigen. Sie werden zwei oder drei Tage an den Pranger gestellt.«

»Woher wußtet ihr das?« fragte Segalla.

Orslett zügelte sein Pferd. »Gibt es einen Gott im Himmel, Nicholas? Wenn nicht, dann ist dieser Betrug sinnlos. Und wenn doch, dann hat Gott viel zuviel zu tun, um sich mit Greyfriars abzugeben.«

Segalla folgte Orslett zurück zur St. Paul's Cathedral und in die Bowyers Row. Doch die Straße war mit Ketten abgesperrt, und Stadtbüttel standen Wache. Orslett wechselte ein paar Worte unter vier Augen mit ihrem Hauptmann, während Segalla die schwarze, rauchende Ruine am Ende der Straße entdeckte. Er wußte sofort, daß sie zu spät gekommen waren. Ein Büttel hakte die Kette aus, und Segalla und Orslett führten ihre Pferde die kopfsteingepflasterte Gasse entlang. Dicke Rauchschwaden hingen noch in der Luft, und in der Nähe des Bäckerladens, der nur noch ein verkohlter Steinhaufen war, war der Qualm noch dichter.

»Wir mußten es ausbrennen lassen«, erklärte der Büttel. »Obwohl wir Wasser vom Fleet geholt haben.«

»Was war die Ursache des Feuers?« fragte Orslett.

»Himmel, Sir, ich bin ein Büttel, kein Engel. Ich nehme an, der Bäcker hat die Glut in einem der Öfen nicht richtig gelöscht. So was kommt vor. Die Flammen sind übergeschlagen. Diese Häuser sind alt, das Holz ist trocken ...«

»Und die Frau namens Nicolette?« erkundigte sich Segalla.

Der Büttel verzog das Gesicht und deutete auf ein schmutziges Tuch auf einem der Karren.

»Was von ihr noch übrig ist, liegt dort. War ein hübsches Ding, diese Nicolette, aber jetzt ist sie nur noch verkohltes Fleisch und gelbe Knochen. Offenbar sind die Flammen über die Stiege nach oben gezüngelt, und sie konnte nicht mehr aus dem Haus.«

Segalla gab Orslett die Zügel seines Pferdes und wanderte auf der Brandstelle herum. Die Asche und die Steine waren noch heiß. Alles war schwarz und versengt. Segalla ging zu der Stelle, wo die Treppe gewesen war, kauerte sich hin und stocherte in dem Unrat. Unter der Asche fand er verrußte und angebrannte, aber nicht zerfallene Holzstücke. Er klaubte sie aus der Asche und roch daran. Im ersten Moment war er nicht ganz sicher, aber je mehr Asche er aufwühlte, um so mehr Gewißheit gewann er; neben dem Feuergeruch nahm er noch etwas wahr, was die Erinnerung an Belagerungen und brennende Städte hervorrief: Es stank entsetzlich nach Öl. Segalla warf einen Blick über die Schulter zu Orslett, der mit dem Büttel plauderte, als wären sie zwei alte Bekannte, die sich auf dem Sonnwendfest getroffen hatten. Es war bestimmt ganz leicht, die Riegel an der Ladentür aufzubrechen und ins Haus zu gelangen, dachte Segalla, dann Öl über die Holzstiege zu gießen und das Gebäude in Flammen aufgehen zu lassen. Segalla warf das Holz wieder weg, wischte sich die Hände ab und ging zurück.

»Habt Ihr irgend etwas an der Brandstelle gefunden, guter Mann?« fragte er.

»Liebe Güte, Sir«, wehrte der Büttel ab. »Es war heiß wie in einem Schmelzofen.« Er wandte den Blick ab.

Segalla packte ihn bei den Schultern; der Mann versuchte sich dem Griff zu entwinden, aber Segalla hielt ihn fest.

»Kommt, kommt, guter Mann. Ich bin überzeugt, daß Ihr Euch gründlich umgesehen habt, aber eine Frau wie Nicolette hatte bestimmt Tand und Münzen, die möglicherweise nicht verbrannt sind.«

Der Büttel lächelte verlegen und trat von einem Bein aufs andere.

»Uns geht es nicht um das, was Ihr Euch genommen habt«, führte Orslett aus. »Aber ist Euch sonst noch etwas aufgefallen?«

Der Büttel ging zu dem Karren und nahm einen rauhen, zugebundenen Leinensack heraus. Er löste die Schnur und schüttelte den Inhalt des Sacks auf das Kopfsteinpflaster: einige angesengte Rosenkranzperlen, ein Stundenbuch, von dem im Grunde nur noch verkohltes Pergament übrig war, und ein Bündel Dokumente, die wahrscheinlich in einer Truhe gelegen hatten, die den Flammen Widerstand leisten konnte. Segalla rollte die Schriftstücke auf. Sie waren braun geworden, hatten Löcher und schienen nichts anderes zu sein als eine Auflistung von Geldbeträgen. Segalla rollte die Pergamente wieder zusammen und steckte sie in seine Tasche.

»Das könnt Ihr nicht machen!« protestierte der Büttel. Sein kleines rotes Gesicht hatte jetzt den Ausdruck von äußerster Wichtigkeit angenommen.

Segalla drückte ihm eine Münze in die Hand.
»Nun, Sir, Ihr behaltet, was Ihr habt, und ich behalte, was mir in die Hände gefallen ist, in Ordnung?«
Der Bursche erklärte sich einverstanden. Segalla und Orslett machten sich auf den Weg.
Nach einer Weile blieb Segalla stehen und strich über die Nase seines Pferdes. »Stephen, kanntet Ihr Nicolette?«
»Vom Hörensagen. Ich hatte ein wachsames Auge auf Doktor Theophilus. Als er starb, fragte ich mich, ob mir sein Liebesnest neue Aufschlüsse geben könnte.«
»Warum habt Ihr Theophilus beobachtet?«
»Weil er der Königin sehr nahe stand.« Orslett schnitt eine Grimasse. »Und wegen einiger anderer kleiner Hinweise und Informationen. Aber was haltet Ihr von dem Feuer. Wie denkt Ihr darüber?«
»Ich kann mir keinen Reim auf das alles machen. Die Dokumente enthalten nichts anderes als eine Auflistung von Geldbeträgen. Wofür dieses Geld ausgegeben oder empfangen wurde, ist mir ein Rätsel, genau wie der Brand selbst.« Segalla deutete auf eine Taverne. »Laßt uns da hineingehen, den Staub aus unseren Kehlen spülen und über Zufälle plaudern.«
Sie brachten die Pferde in den Stall und gingen in die Schankstube. Der Raum war groß und sauber gefegt; Schinken hingen zum Räuchern von den Deckenbalken am Kamin, in dem ein Feuer loderte. In diesen Vormittagsstunden war die Schankstube fast leer. Nur eine alte Frau hockte in der Kaminecke und bewegte den zahnlosen Mund, und ein blinder Fiedelspieler ließ sich eine Jause schmecken und fütterte seinen Hund. Das Ale, das Segalla bestellte, war dickflüssig und würzig, lange genug gelagert und kühl.
»Als ich im Ausland weilte«, erzählte Orslett, »hat mir das englische Ale am meisten gefehlt. Nun, Nicholas, Ihr habt von Zufällen gesprochen, was meint Ihr damit?«
»Stephen, Ihr habt im Seminar Logik studiert, nicht wahr? Ihr wißt, daß es so etwas wie Zufälle nicht gibt. In der Nacht, in der

Doktor Theophilus ermordet wurde, fiel seine Mätresse Nicolette einer Feuersbrunst zum Opfer. Ich bin überzeugt, unser guter, beklagenswerter Doktor hat Dokumente in ihrer Kammer aufbewahrt, die mit allem anderen verbrannt sind, und Nicolette hätte uns über diese Schriftstücke ebensoviel erzählen können wie über ihren Gönner. Eigenartig, nicht? In der Nacht, in der Theophilus starb, wurde alles, was uns Aufschlüsse hätte geben können, vernichtet oder gestohlen.«
»Gestohlen? Wie kommt Ihr darauf?«
Segalla beugte sich über den Tisch. »Weil ich, wie Ihr selbst auch, letzte Nacht Theophilus' Gemächern im Greenwich Palace einen Besuch abgestattet habe.«
Orslett blinzelte. Segalla beobachtete, wie seine Hand unwillkürlich unter den Tisch wanderte und nach dem Dolch faßte – die typische Geste eines Mannes, der keinem Kampf aus dem Wege geht.
»Ihr wart dort, habe ich recht, Stephen? Als ich in Theophilus' Zimmer ging, kamt Ihr mir nach. Ihr hattet eine kleine Armbrust bei Euch. Ihr habt Euch etwas vor den Mund gebunden, um Eure Stimme besser verstellen zu können. Es kann kein anderer als Ihr gewesen sein. Es sieht so aus, als müßten wir zusammenarbeiten. Ich möchte nicht durch Londons Straßen laufen und einen Feind im Rücken haben.«
»Was wollt Ihr damit sagen?« wollte Orslett wissen. »Daß ich Dinge aus Theophilus' Gemächern entwendet habe, bevor ich in die Stadt ging und seine Mätresse und alles, was sich in ihrer Kammer befunden haben mochte, in Schutt und Asche legte? Wenn ich Eurer Logik folge, Nicholas, dann macht mich das zum Mörder.«
»Nach dieser Hypothese könntet Ihr einer sein«, erwiderte Segalla. »Und, Stephen, ich bitte Euch, legt beide Hände auf den Tisch; ich bin nicht Euer Feind. Theophilus hat mir nichts bedeutet.« Segalla trank aus seinem Humpen. Orslett tat, was Segalla von ihm verlangte, behielt ihn jedoch im Auge.
»Ich will ganz ehrlich sein«, fuhr Segalla fort. »Ich wurde vom

Heiligen Vater nach England geschickt, um Königin Mary aufrichtige Ratschläge zu geben und Hilfe anzubieten. Der Papst hegt den Verdacht, daß man ihr Gift verabreicht. Doktor Cesar und ich haben alle Vollmachten, dem ein Ende zu bereiten. Wenn uns das gelingt, kehren wir in einigen Monaten nach Rom zurück, und die Angelegenheit ist für uns beendet. Falls wir jedoch nicht in der Lage sein sollten zu helfen, werden wir die Vorgänge beobachten und dann zurückkehren, Bericht erstatten und beteuern, daß wir alles, was in unseren Kräften stand, unternommen haben. Königin Mary ist die legitime Monarchin dieses Landes. Sie ist Katholikin. Als Mensch mag und respektiere ich sie. Aber ich denke, daß sie in politischen Angelegenheiten schlecht beraten wird. Die Verfolgung der Protestanten hat nur Blutvergießen und Leid verursacht. Dennoch bin ich, wie ich bereits sagte, niemandes Feind. An wen die Krone von England nach Marys Tod übergeht, soll nicht meine Sorge sein.«

Orslett grinste und stellte seinen Humpen auf den Tisch.

»Ich nehme an, jetzt wollt Ihr meine Beichte hören, Pater?«

»Eine Beichte ist gut für die Seele, Stephen.«

»Ich glaube weder an Gott noch an die Menschen«, sagte Orslett. »Ich werde die Wahrheit sagen, und, glaubt mir, Nicholas, das tue ich äußerst selten. Mein Vater starb, als ich noch jung war. Ich bewunderte ihn. Er war Soldat, ein sehr tapferer Mann. Er ging in die Kirche und gab brav den zehnten Teil von allem ab. Nach seinem Tod wurde meine Mutter die Mätresse des Priesters in unserem Dorf. Er war einer der Männer, die dem sogenannten reformierten Glauben folgten. Er mißhandelte mich und meine Schwester. Sie starb am Tertianfieber. Mit der Zeit verabscheute ich meine Mutter und haßte den Priester und alles, was er tat. Sobald ich alt genug war, flüchtete ich ins Ausland und schloß mich dem katholischen Heer an. Nicholas, mir ist so viel Schlechtigkeit und Niedertracht begegnet, daß einem schon beim Gedanken daran der Atem stockt. Ich habe meine Seele verloren und dachte, ich könnte sie wiederfinden, wenn ich die Ausbildung eines Priesters durchlaufe. Ich war ein guter Schüler.« Orslett trank einen Schluck. »Während Edwards Regentschaft, als Northumberland Lordprotektor war, kam ich zurück nach Norfolk, wo die meisten katholischen Familien leben. Die Priesterfänger jagten mich. Ich konnte niemandem trauen und zog des Nachts von Haus zu Haus. Eines Tages zelebrierte ich die Messe in Thaxted Hall. Ich lernte die jüngste Tochter eines Gutsherrn kennen, sie hieß Cecily. Nicholas, ich hatte nie zuvor eine solche Schönheit gesehen. Ich dachte Tag und Nacht unaufhörlich nur an sie. Zum erstenmal in meinem Leben war ich jemandem begegnet, an den ich glaubte, jemandem, ohne den ich nicht mehr leben konnte. Wir wurden Liebende und versprachen uns die Ehe. Als ich sie fragte, ob sie mit mir durchbrennen würde, sagte sie ja. Wir kamen nach London, und innerhalb eines Jahres wurde Cecily schwanger. Zwillinge, Nicholas! Zwei kleine Juwele! Und das ist alles, woran ich glaube – an sonst nichts. Man kann sagen, daß ich meine Seele verloren habe.«

»Oder daß Ihr sie gefunden habt?«

Orslett bedachte ihn mit einem Lächeln, diesmal mit einem aufrichtigen. Für einen kurzen Augenblick wich jede Härte von ihm. Er wandte sich ab, um die Tränen zu verbergen.

»Es war gut, daß Ihr das gesagt habt, Segalla. Deshalb werde ich mit meinem Bericht fortfahren. Ich ... laßt es mich einmal so ausdrücken, ich führte mich bei Hofe ein. Als Edward starb und Northumberland versuchte, die Herrschaft an sich zu reißen, war ich auf Marys Seite und hielt mich in Framlingham auf. Wie soll ich sagen? Ich erledigte gewisse delikate Aufgaben, bevor sie nach London marschierte.«

»Welche zum Beispiel?«

»Solche wie heute morgen – ich demaskierte die Feinde der Königin. Ich war einer derjenigen, die Northumberland gefangengenommen und zugesehen haben, wie er auf dem Tower Hill geköpft wurde. Ich wurde ein Mann der Königin im Frieden und im Krieg. Königin Mary vertraute mir. Ich wurde als Bote zu ihrer Halbschwester geschickt, und ich hatte Anweisung, Master Cecils Machenschaften zu beobachten. Ein gefährlicher Mann, dieser Cecil. Er erkennt die Seelen der Menschen. Eines Tages nahm er mich mit in die Speisekammer und sprach über die Zukunft.«

»Und jetzt dient Ihr Elizabeth?«

»Ich werde die Königin nicht verraten.« Orslett lächelte. »Und auch hier gilt: Ich glaube nicht an Elizabeth. Sie hat nicht denselben Glauben, nicht dieselbe Religion wie ich. Es spielt keine Rolle für mich, wer in Westminster auf dem Thron sitzt, Nicholas. Es ist alles nur eine Zeitfrage. Man muß im richtigen Augenblick zum Sprung ansetzen. Die Ereignisse beherrschen, ehe sie einen beherrschen. Cecil wird vielleicht erbost sein, weil die drei Betrüger in Greyfriars entlarvt wurden, aber letzten Endes wird er das Vorkommnis als Teil des großen Spiels ansehen. Wenn sich die Spielregeln ändern, werde auch ich mich ändern.« Orslett spreizte die Hände. »Ich habe Euch die Wahrheit gesagt.«

»Ich dachte, Ihr glaubt nicht daran.«

»Dann habe ich Euch eben das erzählt, was ich für die Wahrheit halte.«

»Und diese Morde?«

»Ihr habt recht, ich war in Theophilus' Gemächern. Aber ich hatte weder bei seinem Tod noch bei dem seiner Hure die Hände im Spiel. Ich bin kein Mörder, Nicholas. Glaubt mir, wenn ich befürchten müßte, daß Ihr eine Bedrohung für Cecily oder die Kinder darstellt, würde ich Euch ohne zu zögern töten, aber ich besitze Ehrgefühl. Ich würde Euch kein Messer in den Rücken stoßen oder Gift in Euren Wein mischen, sondern Euch mit einem Schwert in einer dunklen Gasse gegenübertreten.«

»Also, was wißt Ihr?« fragte Segalla.

»Ich soll ein Judas sein«, bekannte Orslett. »Das behauptet zumindest Cecil. Ich vermute, die Königin denkt genauso. Ein Judas ist immer bereit, etwas zu verkaufen, solange der Preis stimmt.« Orsletts Tonfall wurde schärfer. »Aber ich bin kein Judas. Ich habe Euch gesagt, woran ich glaube. Wenn man mir eine Aufgabe überträgt, erfülle ich sie. Ich halte mein Wort, sofern es mir möglich ist.«

Segalla lehnte sich an die Wand, und Orslett bestellte noch zwei Humpen Ale. Sein Geständnis überraschte Segalla keineswegs. Er hatte viele Männer wie Orslett gekannt. Sie unterschieden sich kaum von Söldnern, von Männern, die Gold dafür bekamen, daß sie kämpften. Und sie waren tapfere und unbarmherzige Kämpfer, aber wenn eine Sache verloren war, wurden sie als erste geopfert. Doch für Orslett war nicht Gold das Leitlicht, sondern die Frau, die er liebte.

»Erzählt mir, was Ihr wißt«, forderte Segalla ihn auf.

»Mary steht allein«, antwortet Orslett mit Bedacht. »Seit sie regiert, hat sie einen Fehler nach dem anderen gemacht. Ihre Eheschließung mit dem Spanier und der Verlust von Calais waren die schlimmsten. Sie hat wenige Freunde und so gut wie keinen Verbündeten. Cecil, da bin ich mir ganz sicher, ist der Drahtzieher der Betrügereien, die wir in Greyfrieras gesehen haben, aber das können wir nicht beweisen. In London kursieren Hunderte von Handschriften, in denen die Königin verunglimpft und angegriffen wird. Philip von Spanien ist ihrer überdrüssig und hat, wie ich vermute, ein Auge auf die junge Elizabeth geworfen. Auch die Franzosen sind wachsam, aber die wahren Meister des Spiels sind Elizabeth und Master Cecil. Sie gehört dem reformierten Glauben an und hat in Cecil den geschicktesten und gewieftesten Sekretär. Vor allem anderen verehrt das Volk sie als Tochter des großen Heinrich. Aber ...«

»Aber was?«

»Alle wollen, daß sehr schnell etwas geschieht. Marys Regentschaft war die Hölle für England, und deshalb wünschen sich die meisten, daß sie so bald wie möglich zu Ende geht. Um es frank und frei zu sagen, Master Segalla, die Königin wird vergiftet, aber ich weiß nicht, von wem. Jede der Personen, von denen ich gesprochen habe, könnte die Anweisung dazu gegeben haben.«

»Und Markus 15, 34?«

»Ah ja. Sowohl Mary als auch Elizabeth sind sehr beunruhigt deswegen. Die Vier Evangelisten, wer immer sie auch sein mögen, drohen, irgendein Geheimnis, einen großen Skandal zu enthüllen.«

»Also ist dies nicht das Werk von Master Cecil?«

»Nein. Weit gefehlt, Nicholas. Elizabeth ängstigt sich deswegen zu Tode. Ich habe die Order, die Quelle dieser Schriften aufzuspüren, doch ich bin nicht imstande, mehr in Erfahrung zu bringen.«

»Man hat Euch Instruktionen gegeben, die Aufzeichnungen im Tower zu studieren.«

»Ja, und ich war dort«, versetzte Orslett ärgerlich. »Aber wo soll ich anfangen? Zwischen 1529 und 1535 waren viele Prediger und noch mehr Besucher im Tower; die Leute sind sozusagen ein- und ausgegangen. Es ist, als würde man die sprichwörtliche Nadel im Heuhaufen suchen. Ich finde keinen Hinweis auf Markus 15, 34 oder auf die Vier Evangelisten. Genau das habe ich Cecil gesagt.«

»Wahrscheinlich weiß er mehr, als er preisgibt«, mutmaßte Segalla. »Aber da er Euch als Judas ansieht, Master Orslett, darf er Euch nicht zuviel anvertrauen. Schön. Ihr seid aufrichtig zu mir gewesen, deshalb sage ich Euch, was ich weiß. Der Papst hat ebenfalls die Briefe der Vier Evangelisten erhalten, und er nannte einen Namen: Philip Savage.«

»Ja, Cecil erwähnte ihn, als ich in Hatfield Bericht über meine ergebnislose Suche erstattete. Savage war in den Jahren, die Cecil besonders interessieren, Aufseher im Tower. Ich habe der Königin davon erzählt. Sie oder Kardinal Pole müssen Rom in Kenntnis gesetzt haben.« Orslett verzog das Gesicht. »Alle Welt kennt den Namen Savage, aber ich kann den Mann nicht ausfindig machen. Doch ich ahne, wer ihn gekannt haben könnte.«

»Wer?«

»Unser guter Doktor, den man für immer zum Schweigen gebracht hat. Er nannte sich Theophilus, aber sein wirklicher Name war John Gresham. Er war Apotheker und Arzt im Tower, besaß ein Haus in Petty Wales und hatte die Aufgabe, die Gefangenen, die krank wurden, zu behandeln. Das war vor Jahren, als Heinrich regierte.«

»Und Theophilus oder Gresham und dieser Philip Savage könnten etwas miteinander zu tun gehabt haben?« hakte Segalla nach.
»Vielleicht. Ich habe Theophilus gefragt, aber er behauptete, nie jemanden mit Namen Savage gekannt zu haben.«
Orslett sah sich in der Taverne um. Er taxierte einen Kesselflikker, der vor kurzem hereingekommen war und jetzt seinen Teller zu einem der Tische brachte und nach Ale schrie. Orslett lächelte und wandte sich wieder an Segalla.
»Ich denke, es wird Zeit zum Aufbruch. Seht Euch den Kesselflicker an, Nicholas. Was fällt Euch an ihm auf?«
Segalla musterte den Mann. Er war schäbig gekleidet, trug jedoch gute Lederstiefel. Orslett erhob sich.
»Sie machen immer denselben Fehler«, flüsterte er. »Es sind immer die Stiefel. Kommt, Nicholas, einer von Cecils Leuten beehrt uns soeben mit seiner Gesellschaft.«

Kapitel 7

Werdet Ihr ständig verfolgt?« fragte Segalla, als sie ihre Pferde aus dem Stall holten.

»Wer folgt den Verfolgern?« spöttelte Orslett. »Wir werden jetzt zum East Watergate reiten, einen Stallknecht bezahlen, damit er unsere Pferde nach Greenwich bringt, und mit einem Kahn flußabwärts nach Lambeth fahren.«

»Ich habe Euch etwas gefragt«, rief ihm Segalla ins Gedächtnis.

Orslett deutete mit einer ausladenden Geste auf die belebte Straße. Die Menschen drängten sich – Kaufleute in ihren feinen Kleidern, zerlumpte Studenten, herausgeputzte Dirnen in grellen Kleidern und ein paar kleine Ganoven trieben sich hier herum. An der Straßenecke bettelte ein Mönch um Almosen und versuchte, die Ohren gegen die Pfiffe und das Grölen einiger Raufbolde zu verschließen. Ein zänkisches Weib, dem man Stroh in den Mund gestopft hatte, wurde zum Fluß geführt, wo es an den Pranger gestellt werden sollte. Die zuständigen Gerichtsdiener waren betrunken, und die Frau ergriff die erstbeste Gelegenheit, um, noch immer mit dem Stroh im Mund, in eine Seitengasse zu fliehen.

»Es gibt viele Männer in London«, erklärte Orslett, »die sich wie der Wind bewegen und in verschiedenen Verkleidungen auftreten: als Kavalier, Student, Bettler oder sogar als eine in Umhang und Kapuze gehüllte Frau. Wie ich selbst leben sie von ihrem Einfallsreichtum. Sie sammeln Informationen wie die Krähen Leckerbissen im Abfall, und es gibt immer jemanden, der diese Informationen kauft. Ja, man folgt mir, und man beobachtet mich. Einige dieser Spione werden in einem Graben sterben, andere werden in einer stinkenden Gasse mit einem Messer im Bauch aufgefunden. Wieder andere werden den Henkertanz in Tyburn aufführen.«

»Und Ihr?«

Orslett blieb stehen und tätschelte den Hals seines Pferdes.

»Ich vertraue Euch, Segalla, und das ist ein Kompliment, das könnt Ihr mir glauben. Jede Woche sehe ich mir genau an, welche Schiffe im Hafen liegen. Ich könnte im Nu mit meiner Frau und den Kindern in Frankreich oder Hainaut sein.«

»Werdet Ihr Philip Savage finden?«

»Nein, aber es gibt jemanden, der es vielleicht kann.«

Sie erreichten die Kreuzung der Thames Street und führten ihre Pferde in den Hof der Taverne Three Cranes. Orslett gab einem anständig aussehenden Stallburschen ein paar Münzen, damit er die Pferde nach Greenwich brachte. Orslett und der Stallbursche malten ihre Zeichen auf ein Pergament, rissen es in der Mitte auseinander, und jeder behielt eine Hälfte.

»Oh, übrigens«, Orslett drückte dem Jungen noch eine Münze in die Hand, »bring mir Monkswood her. Keine Widerrede, bitte! Ich weiß, daß er wieder hier ist. Sag ihm, Stephen Orslett hat einen Auftrag für ihn.«

Segalla und Orslett durchquerten die geräumige Schankstube, und Orslett mietete ein kleines Gastzimmer direkt neben der Spülküche. Es war kaum größer als eine Mönchszelle und nur mit einem Tisch und ein paar Stühlen möbliert; durch das kleine Fenster hoch oben in der Wand fiel ein fahles Licht. Orslett bestellte Pasteten und Ale.

»Tut mir leid«, entschuldigte sich Orslett. »Ich erledige die meisten Geschäfte in Tavernen. Der Wirt kennt mich, deshalb sind wir hier ganz ungestört.«

»Und woher wißt Ihr, daß er nicht Cecils Mann ist?« neckte Segalla ihn.

»Das ist er wahrscheinlich; deshalb habe ich dieses Zimmer gemietet. Die Wände sind aus Stein, und es gibt keine Gucklöcher.«

»Und wer ist Monkswood?«
Orslett wartete, bis die Dirne das Essen und das Ale serviert und die Tür wieder hinter sich geschlossen hatte.
»Das werdet Ihr bald herausfinden, Nicholas. Bis dahin laßt es Euch schmecken.«
Sie waren kaum mit ihren Pasteten fertig, als sich die Tür öffnete und ein kleiner, weißhaariger Mann mit engelhaftem Gesicht hereinwatschelte. Er war wie ein Karmelitermönch in Schwarz und Weiß gekleidet und hatte Sandalen an den Füßen. Die Kutte reichte ihm bis über die Knie, doch sobald er die Tür geschlossen hatte, zog er die Kutte hoch und nahm seinen Waffengürtel ab. Drei Scheiden mit italienischen Wurfmessern hingen an dem Gürtel. Er hängte den Gürtel an einen Haken an der Tür, rieb sich den Bauch und setzte sich mit einem Lächeln zu Segalla und Orslett.
»Pax et bonum, Brüder!«
»Pax et bonum, Monkswood«, antwortete Stephen Orslett. »Hättet Ihr gern Ale?«
»Ich habe bereits Wein auf Eure Kosten bestellt.« Die kindlichen blauen Augen blitzten fröhlich. »Einen großen Becher Rotwein frisch aus Bordeaux. Ich hab mich neben diesen Betrüger von Wirt gestellt, als er das Faß angestochen und den Becher gefüllt hat.« Er schüttelte den Kopf. »Die Welt ist voll von Dieben und hinterlistigen Menschen.« Seine Stimme wurde schrill vor gespielter Empörung, und Segalla wäre beinahe in lautes Gelächter ausgebrochen. »Alle Männer sind Ganoven und alle Frauen Huren.«
»Das glaubt Ihr doch nicht wirklich, Monkswood?« fragte Orslett.
»Im Buch der Sprüche steht«, fuhr der Halunke fort, »daß das Leben ein Strom voller Steine und versteckter Fallen ist. Ah, Gott segne dich.«
Die Dirne kam mit einem großen, bis zum Rand gefüllten Zinnbecher herein. Monkswood nahm den Becher mit einer Hand und liebkoste mit der andern die Brüste der jungen Frau.
»Weich und reif wie Sommerbirnen.«

Das Mädchen kicherte und lief hinaus.
Monkswood prostete den beiden anderen Männern zu.
»Ich muß öfter hierherkommen.« Er trank, ließ aber Segalla dabei nicht aus den Augen. Als er den Becher absetzte, sagte er: »Und wer ist dieser Fremde, Orslett?«
»Ein Freund, Nicholas Segalla. Er ist keine Gefahr für Euch, Monkswood.«
»Das habe ich auch nicht behauptet. Ich kenne jeden einzelnen Gendarm von Cripplegate bis Southwark.«
»Darf ich Euch Monkswood vorstellen, Nicholas?« sagte Orslett. »Gott allein weiß, woher er kommt und wer er wirklich ist. In jedem Fall ist er eine Autorität auf dem Gebiet der Sprüche Salomos.« Orslett prostete dem Gast zu. »Einen hinterhältigeren Schurken findet man in keiner anderen Stadt der Welt.«
Monkswood lächelte so strahlend, daß es Segalla schwerfiel zu glauben, daß dieser weißhaarige Mann, der aussah wie ein frommer Mönch, tatsächlich einer der berüchtigsten Bewohner von Londons schillernder Unterwelt sein sollte.
»Wir nennen ihn Monkswood«, fuhr Orslett fort, »wegen seiner Kleidung. Manche behaupten, er sei einmal ein Mönch gewesen. Er kann Rotwein trinken, bis er platzt, und ist trotzdem noch imstande, eine Predigt zu halten. Zudem ist er feurig und lüstern wie kein zweiter.«
Monkswoods Lächeln wurde noch breiter, als hätte Orslett ihm das größtmögliche Kompliment gemacht.
»Er zieht an noch mehr Drähten als Master Cecil. Früher besaß er ein Bordell in Southwark, wo alte Kaufmänner für saftige Preise so viele junge Dirnen ausziehen und verdreschen konnten, wie ihr Herz begehrte. Monkswood machte noch mehr Profit, als er Gucklöcher in die Wände bohrte und andere dafür bezahlen ließ, daß sie zuschauen durften. Später erweiterte er sein Geschäft, indem er seinen Kunden irgendwelche Kleinigkeiten stahl und ihnen androhte, diese Gegenstände ihren Frauen zu geben. Es sei denn«, Orslett lachte, »sie selbst kauften sie für einen beträchtlichen Preis zurück.«

»Ein äußerst lukratives Geschäft«, brummte Monkswood und schüttelte den Kopf.
»Das war es«, bestätigte Orslett, »aber nur, bis die Gendarmen sich damit befaßten. Monkswood wechselte das Gewerbe, verkaufte Anteile an einer Gesellschaft, die den Orinoko erforschte, bot die goldene Krone eines Häuptlings aus uralter Zeit zum Kauf an und brachte Pelze an den Mann, von denen er behauptete, er hätte sie aus Rußland importiert.«
»Ich hatte die Waren«, verteidigte sich Monkswood.
»Es waren aneinandergenähte Maulwurfsfelle«, gab Orslett zurück.
Monkswood hob die Hände. »Ihr offenbart diesem Fremden alles über meine Geschäfte, Stephen«, beschwerte er sich.
Orslett legte zwei Goldmünzen auf den Tisch. Monkswood stöhnte vor Wohlbehagen und strich sehnsüchtig erst über das eine, dann über das andere Geldstück.
»Ihr hättet Euch das schon vor Wochen verdienen können, als ich zum erstenmal nach Euch geschickt habe.«
»Ich mußte die Stadt für eine Weile verlassen«, nuschelte Monkswood, ohne den Blick von den Münzen zu wenden.
»Monkswood ist ein großer Lauscher und ein aufmerksamer Beobachter«, erklärte Orslett. »Ihr könnt Euch eine davon nehmen.«
Monkswood ließ sich das nicht zweimal sagen und wollte schon zugreifen, aber Orslett packte seine Hand und drückte sie fest.
»Philip Savage?«
Monkswood sah ihn an. »Nie von ihm gehört.«
»Dann laßt das Gold liegen, wo es ist.«
»Ich habe von ihm gehört.«
»Was?«
Monkswood sah seinen Peiniger flehend an.
»Keine Lügen!« warnte Orslett. »Versucht nicht, mich hinters Licht zu führen.«
»Er war im Dienst des Königshauses«, sprudelte es aus Monkswood heraus. »Er arbeitete im Tower.« Der falsche Mönch

schloß die Augen wie ein Schüler, der sich etwas Auswendiggelerntes ins Gedächtnis ruft. »Er war in einen Skandal verwickelt, aber ich habe vergessen, worum es ging. Er hat verschiedene falsche Namen angenommen, um sich vor den Häschern zu verstecken. Man hat ihn gesehen, als er sich an der St. Paul's unter dem anderen Gesindel herumtrieb. Ein niederträchtiger Kerl, den das Glück verlassen hat.«

Orslett stieß Monkswoods Hand weg und nahm die Goldmünzen wieder an sich. Der kleine Weißhaarige jammerte, und Tränen traten ihm in die Augen.

»Markus 15, 34?« fragte Segalla.

Monkswood sah ihn verständnislos an. »Das sagt mir gar nichts, Sir.« Dann betrachtete er gierig Orsletts Hand.

»Ich gebe Euch einen Auftrag, Monkswood«, verkündete Orslett. »Ich will wissen, wie sich Philip Savage jetzt nennt und wo er haust. Findet es heraus, und teilt es mir mit. Ihr könnt einen Brief hier beim Wirt hinterlassen oder mir die Information persönlich in Greenwich überbringen. Ihr wißt, daß auf mein Wort Verlaß ist. Bringt mir die Information, und die Münzen gehören Euch.«

»Sonst noch was?« erkundigte sich Monkswood.

»Vorerst ist das alles. Finde ich Euch im Vintry?«

Monkswood lächelte. »Ich habe Zimmer dort. Ein neues Geschäft: eine Expedition an den Nil, wo unbekannte Gewürze zu finden sind.«

»Nicht alles, was glänzt, ist Gold«, gab Orslett zurück.

»Ah ja, aber es glänzt trotzdem.« Monkswood trank seinen Wein aus und stand auf. »Die Münzen stecken in meiner Börse, noch ehe drei Tage vergangen sind.« So leise, wie er gekommen war, huschte er hinaus.

»Kann man ihm trauen?« fragte Segalla.

»Ich würde eher ihm als irgendeinem Bediensteten der Stadt trauen. Wenn Philip Savage noch am Leben ist und sich in London versteckt hält, dann wird Monkswood ihn aufstöbern.«

Sie verließen das Three Cranes und gingen zum East Watergate, um einen Kahn zu mieten. Die Fahrt verlief ereignislos. Segalla bewunderte die Geschicklichkeit des Bootsmannes, der den Kahn an den großen Koggen, Kriegsschiffen und Getreidekähnen vorbeiruderte. Der Nebel, der plötzlich heranrollte, erschwerte die Sicht. Laternen mußten angezündet werden, und immer wieder läutete der Bootsmann die Schiffsglocke, um andere auf dem Fluß zu warnen. Sie legten in Lambeth an. Der Nebel war noch dichter geworden und hüllte die Bischofsresidenz in einen grauen Schleier. Das Gebäude war düster, feucht und heruntergekommen.

»Kardinal Pole ist ein kranker Mann«, machte Orslett Segalla klar. »Er ist am Ende. Es gibt nur noch wenige, die geblieben sind, um ihm zu dienen.«

Erst im Palast wurden sie von jemandem aufgehalten, der nach ihrem Begehr fragte. Als Orslett sein königliches Empfehlungsschreiben vorzeigte, schlurfte der nachlässig gekleidete Kammerdiener, der offenbar in der Küche gesessen und reichlich dem Ale zugesprochen hatte, auf sie zu. Ächzend und leise vor sich hin murmelnd führte er sie die Treppe hinauf in ein heißes, stickiges Zimmer. Die Fensterläden waren geschlossen. Ein paar Öllampen brannten. Der Kammerdiener wies sie an zu warten, durchquerte den Raum und klopfte an eine Tür.

»Herein!«

Dann winkte der Kammerdiener die Besucher heran. Wenn das Vorzimmer schon finster gewesen war, so schien das Gemach des Kardinals in ewiger Nacht versunken zu sein. Nur das Feuer im Kamin, über dem ein hölzernes Kreuz hing, und jeweils eine Kerze rechts und links davon spendeten ein wenig Licht. Der flakkernde Schein beleuchtete den Christus, der sich, den Kopf zurückgeworfen und den Mund aufgerissen, in Qualen wand. Auf dem Kaminsims stand ein Totenschädel – die weißen Knochen schimmerten schaurig im Kerzenlicht.

»Wer ist da?« fragte eine schwache Stimme.

Segalla kniff die Augen leicht zusammen. Erst jetzt machte er die Gestalt aus, die in einem Sessel vor dem Feuer saß.

»Ein Bote der Königin, Eure Eminenz.«
»Wie geht es ihr? Wie geht es meiner lieben Cousine?«
»Eure Eminenz, sie ist wohlauf und schickt Euch Grüße und die besten Wünsche.«
»Tatsächlich? Tatsächlich? ... Simon, bist du das?«
»Ja, Euer Eminenz«, antwortete der Kammerdiener.
»Zünde mehr Kerzen an, und leg noch etwas Holz ins Feuer. Du kannst soviel Ale trinken, wie du willst, aber sorge wenigstens dafür, daß ich es warm habe.«
Der Kammerdiener lief hin und her, fluchte dabei noch lauter und stieß in der Dunkelheit gegen Stühle. Es gelang ihm dennoch, einige Kerzen zu entfachen, ein dickes Holzscheit in den Kamin zu legen und zwei Stühle dem Sessel des Kardinals gegenüber aufzustellen.
»Kommt näher!«
Segalla gehorchte, beugte das Knie vor dem Kardinal, küßte die mit blauen Adern durchzogene Hand und sah zu ihm auf: Pole war ein todkranker Mann. Segalla hatte ihn einmal in Rom gesehen; damals war er ein kräftiger, energischer Mann gewesen, mit einem entschlossenen Zug um den Mund und vorgeschobenem Kinn. Jetzt war die Kraft aus ihm gewichen, seine Augen lagen tief in den Höhlen, die Haut hatte eine aschgraue Färbung angenommen, das Haar und der Bart waren struppig und ungekämmt. Er trug eine Mönchskutte, die wie die Decken, in die er sich gehüllt hatte, mit Flecken und Essensresten übersät war.
»Ihr seid Segalla, der Gesandte des Papstes?«
»Ja, Eure Eminenz.«
»Und welche Botschaft schickt der Papst?«
»Seine guten Wünsche und den apostolischen Segen.«
»Lügt nicht!« versetzte Pole. »Carafa haßt mich ebensosehr wie ich ihn. Und dennoch«, sein Ton wurde ein wenig sanfter, »waren wir einmal gute Freunde – wahrlich wie David und Jonathan. Setzt Euch, setzt Euch. Ihr auch, Stephen.«
Sie nahmen Platz, und der Kammerdiener verließ den Raum und schloß die Tür hinter sich.

»Der Papst schickt mir gar nichts, habe ich recht?«
»Seine Heiligkeit ist sehr besorgt um Euch.«
»Ja, das kann ich mir vorstellen. Am meisten wird ihn die Frage beschäftigen, wann ich endlich sterbe. Wie soll die Kirche überleben, wenn wir uns gegenseitig bekämpfen? Und die Königin – ist ihr Gesundheitszustand besser?«
»Sie hat gestern abend sehr gut gespeist, Eure Eminenz«, warf Orslett ein.
»Bringt Ihr mir noch mehr Medizin?«
»Theophilus ist letzte Nacht gestorben«, sagte Orslett mit einem schnellen Blick auf Segalla. »An …«
»Er wurde vergiftet!« fiel ihm Pole ins Wort und richtete sich in seinem Sessel auf. »Master Orslett, ich weiß Eure Absicht zu schätzen; ich mag ein kranker Mann sein, aber ich bin kein Narr. Ich habe auch meine Spione in Greenwich.« Seine knochigen Finger umklammerten die Sessellehnen. »Sie töten die Königin«, flüsterte er heiser. »Und kein Mensch kann sie aufhalten.«
»Wer, Euer Eminenz?« fragte Segalla.
»Diese Hexe!« Poles Gesicht war wutverzerrt. »Anne Boleyns Balg.« Sein Tonfall wurde schmeichlerisch. »Die kleine, rothaarige Elizabeth und der heimtückische Cecil. Sie haben Helfershelfer in der nächsten Umgebung der Königin. Sie töten sie und alle, die ihr zu helfen versuchen.«
»Habt Ihr Beweise dafür, Eure Eminenz?«
»Ja, die hab ich, sogar zwei: den Lauf der Geschichte und die Wahrheit. Als Heinrich seine Seele verkaufte und seinem Hosenbeutel die Herrschaft über seinen Verstand überließ«, spie Pole aus, »hat diese Boleyn versucht, Katharina und Mary zu vergiften. Oh, ich lüge nicht.« Er wedelte mit den Fingern hin und her. »Seht in den Dokumenten nach. Sucht den letzten Brief der Boleyn heraus. Sie hat öffentlich eingestanden, daß sie Katharina und Mary großes Unrecht angetan hat.«
Poles magerer Körper wurde von einem Hustenanfall geschüttelt, und er saß eine ganze Weile da und rang nach Atem.
»Elizabeth ist jung, aber sie hat einen alten Kopf auf den Schul-

tern. Cecil hingegen ist aus ganz neuem Holz geschnitzt. Ein Meister der Täuschung und Gerüchte. Seid Ihr durch die Stadt gegangen? Habt Ihr die Pamphlete gegen die Königin gelesen? Das Getuschel gehört? Dahinter steckt Cecil.«
»Aber Gift, Eure Eminenz?«
»Warum nicht? Wenn Mary stirbt, wird Elizabeth den Thron besteigen. Und wenn das geschieht, ist die katholische Religion am Ende.«
»Und Markus 15, 34?«
Pole senkte den Kopf und kratzte sich am Ohrläppchen.
»›Eloi, Eloi‹«, sagte er leise, »›lamma sabacthani? Mein Gott, mein Gott, warum hast du mich verlassen?‹« Er sah auf. »Ein passendes Gebet für die Königin und mich selbst.«
»Wißt Ihr, was es zu bedeuten hat?«
»Nein.«
Die Antwort kam so rasch, daß Segalla seine Zweifel hatte, ob Pole die Wahrheit sagte.
»Ich weiß es nicht«, bekannte Pole. »Aber, glaubt mir, ich würde alles geben, wenn ich in Erfahrung bringen könnte, warum dieses Zitat Elizabeth in Angst und Schrecken versetzt.« Pole hob eine Hand. »Ich kann Euch nicht helfen.« Er machte das Kreuzzeichen. »Sagt der Königin, daß meine Zuneigung ungebrochen ist. Übermittelt ihr meine besten Wünsche und meine Entschuldigung, weil ich ihrem Rat nicht länger angehören kann. Es ist das beste, wenn Ihr jetzt geht.«
Segalla und Orslett verließen den naßkalten, muffigen Palast. Doktor Cesar erwartete sie im Wachhaus am Tor. Der gute Doktor war in einen dicken wollenen Umhang gehüllt; mit seinen roten Wangen und dem Spitzbart sah er aus wie ein gutmütiger Gnom. Segalla stellte ihm Orslett vor, und die beiden Männer tauschten einen Händedruck.
»Ich dachte mir, daß ich Euch hier finde.« Cesar ging zwischen ihnen. »Wie ist das Befinden Seiner Eminenz?«
»Er ist sehr krank.«
»Ich habe eine Medizin hiergelassen«, erwiderte Cesar. Er

stampfte mit den Füßen auf und spähte durch den Nebel zum Fluß. »Ist es auf dieser Insel jemals warm?« brummte er.

»Im Hochsommer.« Orslett lachte. »Und die Drosseln zwitschern, und das Gras ist lang, grün und saftig. Es gibt kein schöneres Land unter dem Himmel.«

Cesar grummelte leise. Sie gingen zum Ufer und mieteten ein Fährboot.

»Nach Greenwich?« fragte Segalla.

Orslett schüttelte den Kopf. »Nein, ich denke, wir sollten in den Tower gehen.«

Sie ließen sich im Heck auf der Bank nieder und schwiegen, während der Fährmann das Boot vom Ufer abstieß.

»Solange wir auf Monkswoods Bericht warten, können wir durchaus eigene Nachforschungen anstellen«, meinte Orslett. »Kopf hoch, Doktor Cesar. Ihr habt zwar einen wunderbaren Sommer verpaßt, aber der Winter hat auch seine Reize.«

»Wieso seid Ihr nach Lambeth gekommen?« wollte Segalla wissen.

»Ich habe Theophilus' Leichnam untersucht«, entgegnete Cesar. »Ihn vom Hals bis zum Schambein aufgeschnitten. Ein starker Mann mit gesundem Herzen und ...«

»Das Gift?« fragte Segalla.

»Oh, er wurde vergiftet mit einer Substanz, die Quecksilber enthielt. Es hat Fäulnis in den Eingeweiden verursacht und den Blutkreislauf blockiert, aber ich kann nicht sagen, welchen Namen das Gift hat.« Cesar seufzte. »Und Ihr, Nicholas, habt Ihr etwas erreicht?«

Segalla erzählte ihm, was in der Stadt vorgefallen war.

Cesar zog eine Grimasse. »Gift und Brandstiftung«, flüsterte er. »Ein großes Pensum für einen Mörder in einer Nacht. Glaubt Ihr, wir sind in Sicherheit, Nicholas?«

»Wenn Ihr Euch vorseht, was Ihr eßt und trinkt«, warf Orslett ein, »und aufpaßt, wohin Ihr geht, dann könntet Ihr in Sicherheit sein.«

Segalla zog die Kapuze gegen die beißende Kälte hoch. Zwar war es erst Mitte September, aber solche Tage im Herbst waren für das Klima in England nichts Ungewöhnliches: Es war, als würden sich die Jahreszeiten vermengen und der Winter früh hereinbrechen.

»Also werden wir den Tag im Tower verbringen?« fragte Cesar.

»Ihr braucht Euch uns nicht anzuschließen«, gab Orslett zurück.

Cesar zuckte mit den Achseln. »Ich habe der Königin heute morgen einen Besuch abgestattet und ihr einige Heilmittel verabreicht. Im Palast ist es düster und still wie in einem Grab. Ich bleibe am besten bei Euch.«

»Warum gehen wir in den Tower?« erkundigte sich Segalla. »Ich dachte, Ihr hättet die Aufzeichnungen durchgesehen und nichts gefunden.«

Orslett zog die Schultern hoch. »Cecil hat sich sehr bedeckt gehalten, als wollte er, daß ich über etwas stolpere, was für ihn von größter und für mich von gar keiner Bedeutung ist.« Er breitete die Arme aus. »Nach einer Weile habe ich aufgegeben, und, wie Ihr selbst gesehen habt, die Königin brauchte mich in der Stadt.« Orslett drehte sich um und spuckte über Bord. »Ich suchte nach einem Hinweis auf das Rätsel von Markus 15, 34 oder auf die Vier Evangelisten. Jetzt, nach Theophilus' Tod, möchte ich mir die Protokolle noch einmal anschauen, besonders die Einträge, die sich auf Theophilus oder Gresham, wie er damals hieß, und Philip Savage beziehen.«

»Also hat Theophilus gelogen, als er sagte, er würde Philip Savage nicht kennen?«

»Natürlich. Ich habe die Königin davon in Kenntnis gesetzt, aber sie hat mir die Anweisung erteilt, die Angelegenheit nicht weiter zu verfolgen: Sie wollte ihrem Arzt keine Unannehmlichkeiten bereiten.«

»Wann war das?«

Orslett schaute nach oben. »Oh, Ende Juni oder in der ersten Juliwoche.«

Als sie den Tower erreichten, lichtete sich der Nebel, und die Sonne brach durch. Dennoch wirkte die Festung bedrohlich mit ihren hohen Türmen, zinnenbewehrten Mauern und den über dem Haupttor aufgespießten Köpfen der Übeltäter. Segalla war schon oft hiergewesen und kannte dieses finstere Gebäude wie seinen Handrücken. Trotzdem täuschte er jetzt Unwissenheit vor und überließ Orslett die Führung auf ihrem Weg an den schmalen Rinnen entlang, durch Seitentore und hinaus auf die breite Grünfläche, die den hochaufragenden Normannenturm umgab. An jeder Ecke wurden sie von Wachsoldaten aufgehalten, aber die königlichen Vollmachten, die sie bei sich trugen, verschafften ihnen zu allem Zugang. Oliver Ingham, ein Offizier und Lieutenant des Constables, erkannte Orslett. Er brachte sie in die Große Halle, einen rauchigen, kargen, dunklen Raum; auf allen Tischen stand etwas zu essen. Massige, zottelige Jagdhunde holten sich die über den Boden verstreuten Abfälle. Augenscheinlich verspürte Ingham den drängenden Wunsch, irgendwo anders zu sein, aber er hörte Orslett geduldig zu und begleitete die Besucher zum Beauchamp Turm, wo sämtliche Dokumente und Aufzeichnungen aufbewahrt wurden. Ingham übergab sie einem rotnasigen, triefäugigen Schreiber, der mit ihnen in den Keller zu den Archiven ging.
»Die Tower-Journale von 1529 bis 1535.« Der Schreiber tippte mit dem Zeigefinger an seine Lippe. »Ihr habt Euch die Dokumente schon einmal angesehen, nicht wahr?«
»Ja, auf Befehl der Königin«, versetzte Orslett.
»O ja, natürlich, das weiß ich!« Der Schreiber umfaßte Orsletts Handgelenk. »Oben ist eine Kammer mit Kaminfeuer und einer Kohlepfanne in jeder Ecke. Dort arbeite ich selbst. Es sind Tische, Sessel und Stühle da. Warum nehmt Ihr die Sachen nicht mit hinauf und seht sie Euch dort an?«
Orslett wechselte einen Blick mit Segalla und verdrehte die Augen, aber er nahm das Angebot an. Der Schreiber versprach auch, ihnen Erfrischungen zukommen zu lassen, und nach einiger Zeit brachte ein griesgrämiger Diener einen Krug mit Ale,

drei verbeulte Zinnbecher, Brot, Käse und ranzigen Speck. Aber wenigstens war die Kammer warm und sauber. Tatsächlich brannte im Kamin ein Holzfeuer, und in den Zimmerecken standen Schüsseln mit glühenden Kohlen. Orslett und Doktor Cesar plauderten angeregt über den Tower und seine berühmten Gefangenen, bis der Schreiber eine kleine Truhe voller Schriftstücke hereinbrachte und auf den Tisch stellte. Als er wieder gegangen war, verriegelte Orslett die Tür von innen.

»Dies sind wahrscheinlich alle Dokumente über die Verwaltung des Towers der Jahre 1529 bis 1535, als König Heinrich regierte und der Tower eine Menge Gefangene beherbergte. Nun, ich habe die Bestätigung gefunden, daß Philip Savage zu dieser Zeit Aufseher hier war. Zudem wissen wir, daß unser verstorbener Doktor Theophilus, damals bekannt als John Gresham, als Arzt sowohl für die Wachmannschaft als auch für die Gefangenen tätig war.« Orslett tippte mit dem Zeigefinger auf die Schriftstükke. »Irgendwo hier liegt die Lösung des großen Rätsels, das uns die Vier Evangelisten beschert haben – ein Hinweis darauf, was Markus 15, 34 uns sagen will. Wer immer diese mysteriösen Briefe verfaßt hat, er könnte ein Gefangener gewesen sein. Nun, wenn das Meer seine Geheimnisse letzten Endes immer preisgibt, dann wollen wir mal sehen, was diese Aufzeichnungen können.«

Er kippte den Inhalt der Truhe auf den Tisch. Kleine Pergamentstücke, Schriftrollen, zusammengeheftete Bögen. In der Hauptsache boten die Schriften nichts Aufregendes. Sie fanden Verordnungen und Vorschriften, Auflistungen der Boten, die kamen und gingen, Aufzeichnungen, wo welcher Häftling gefangengehalten wurde, Besucherverzeichnisse, Protokolle über die Vorbereitungen zu den Hinrichtungen, Lohnlisten und dergleichen.

»Was suchen wir eigentlich?« wollte Doktor Cesar wissen.

»Alles, was Euch stutzig macht«, entgegnete Orslett. »Aber besonders Hinweise auf zwei Männer: Philip Savage und John Gresham. Ich habe diese Namen gesehen. Jetzt möchte ich diese

Einträge noch einmal lesen und mich vergewissern, ob ich nicht etwas übersehen habe.«
Die Zeit verstrich. Hin und wieder hörten sie entfernte Geräusche: Glockenläuten, Schritte auf der Treppe, Rufe der Offiziere. Das Wetter schlug um, der Nebel lichtete sich vollends, und die Sonne stellte ihre Kraft unter Beweis. Es wurde heiß und stickig in der Kammer, deshalb öffneten sie ein Fenster, von dem aus man die Grünanlage sah. Gegen Mittag gesellten sie sich zu der Wachmannschaft in der Großen Halle, um ein schlichtes Mahl einzunehmen, danach setzten sie ihre Suche fort. Nach einiger Zeit stießen sie auf die Namen, die Orslett schon einmal gefunden hatte, und auf neue Einträge, die etwas mit Philip Savage oder Theophilus zu tun hatten. Philip Savage, der Aufseher im Tower, war ein sehr einflußreicher Mann gewesen. Er hatte die Finanzen verwaltet und nicht nur mit den Offizieren und der Wachmannschaft Umgang gepflegt, sondern auch mit den berühmten Häftlingen, von denen es besonders nach Anne Boleyns Niedergang sehr viele gab.
»Was hat man ihr eigentlich zur Last gelegt?« fragte Doktor Cesar.
»Im Grunde war König Heinrich ihrer nur überdrüssig«, erzählte Orslett. »Er hatte ein Auge auf Jane Seymour geworfen. Man beschuldigte sie, eine Hexe zu sein, und der ehelichen Untreue mit einem Hofmusikanten namens Smeaton und ihrem Bruder George, Lord Rochford. Man nahm sie alle gefangen. Smeaton wurde gefoltert. Anne, ihr Bruder und einige Leute, die ihr nahestanden, wurden enthauptet.«
»Und Savage hat sie besucht?«
Segalla schob eine Seite aus dem Haushaltsbuch über den Tisch.
»Seht Euch das an: ›Geld ausbezahlt an Philip Savage für einen Besuch bei Anne Boleyn.‹«
»Wieso sollte er zu ihr gehen?« wollte Doktor Cesar wissen.
»Das könnte mehrere Gründe haben«, erwiderte Segalla. »Bis zu ihrem Tod beteuerte sie ihre Unschuld. König Heinrich hat zweifellos großen Druck auf die Wachmannschaft und Offiziere des

Towers ausgeübt und sie bedrängt, ein Geständnis von ihr zu erzwingen.« Er ließ den Finger über die Zeilen der Seite gleiten. »Segalla hat auch Annes Bruder George aufgesucht und sogar den Musikanten Smeaton, der sehr rüde behandelt wurde. Der Aufseher war für das Wohlbefinden der Gefangenen verantwortlich. König Heinrich mochte es nicht, wenn seine Gefangenen an Flecktyphus starben, ehe sie hingerichtet werden konnten – das wäre ein zu leichter Tod für sie gewesen. Heinrich wollte, daß sie die ganze Härte des Gesetzes zu spüren bekamen. Er war ein Gewaltherrscher und verbreitete Angst und Schrecken.«
»Ihr redet von ihm, als hättet Ihr ihn gekannt«, stellte Doktor Cesar augenzwinkernd fest.
»Nur vom Hörensagen.« Segalla blätterte weiter in den Schriften. »Ah, seht. John Gresham, unser guter Theophilus, hat auch Geld bekommen. Offenbar hat er Smeaton nach den Folterungen behandelt.« Er blätterte weiter. »Na, das ist wirklich interessant.« Er deutete auf einen Eintrag. »Hier geht es um das Weihnachtsfest nach Anne Boleyns Hinrichtung: Savage, Gresham und zwei andere Männer haben zusammen gefeiert und sich Wein, Fleisch et cetera aus den Vorratskammern des Tower besorgt.«
»Wer sind die anderen zwei?« fragte Orslett.
»Peter Dalrymple, der Verwalter der Vorräte, und Simon Kennet, ein Beamter aus dem Kontor.«
Segalla legte die gebundenen Seiten weg und verließ unvermittelt die Kammer. Kurze Zeit später kam er zurück und brachte einen Weidenkorb mit, in dem sich weitere Schriftstücke türmten.
»Master Cecil hat Euch aufgetragen, nur die Aufzeichnungen aus den Jahren 1529 bis 1535 durchzusehen, nicht wahr?«
Orslett nickte.
»Und Ihr habt keinen Hinweis auf Markus 15, 34 oder die Vier Evangelisten gefunden?«
»Das habe ich Euch bereits gesagt«, versetzte Orslett.
»Gut«, Segalla leerte den Korb auf dem Tisch aus, »dann suchen wir in den Jahren danach nach Philip Savage und seinen Freunden.«

Es wurden noch mehr Kerzen angezündet, und die drei Männer blätterten in den Aufzeichnungen und Protokollen der Jahre nach 1535. Die Stille wurde nur vom Rascheln des Pergaments unterbrochen.
»Savage und die anderen schienen ausgesprochen dicke Freunde gewesen zu sein«, sagte Segalla. »Sie haben Weihnachten, Neujahr, Ostern und das Mittsommerfest gemeinsam gefeiert.«
»Das ist nichts Ungewöhnliches«, meinte Orslett. »Der Tower ist wie ein kleines Dorf. Diejenigen, die das Sagen haben, sind daran interessiert, Leute, die sie mögen und denen sie vertrauen, zu den besseren Posten zu verhelfen.«
Segalla schüttelte den Kopf. »Das hier ist etwas anderes.« Er hob ein Haushaltsbuch hoch. »Diese vier scheinen eine sehr enge, profitable Beziehung zueinander gehabt zu haben.«
Sie überprüften noch weitere Einträge verschiedener Jahre. Segalla gewann mehr und mehr den Eindruck, daß sich die vier Männer – Savage, Gresham, Dalrymple und Kennet – gegenseitig sehr geschätzt hatten und sich der Bedeutung ihrer jeweiligen Stellung im Tower sehr bewußt gewesen waren. Sie waren wie eine kleine verschworene Gemeinschaft und trafen sich zu jedem Festtag. Weder Regierungswechsel noch Sturz oder Aufstieg von Ministern konnten ihnen etwas anhaben. Thomas Cromwell, Heinrichs Günstling und zum Earl of Essex ernannt, beherrschte lange das Königreich und verbrachte doch seine letzten Tage als verurteilter Verräter im Tower. Die Howards, die angesehensten Aristokraten Englands, fielen in Ungnade. Die Seymour-Brüder kamen und gingen. Nur diese vier feinen Herren dienten der Krone über alle Wirren hinweg.
Nirgendwo fanden Segalla, Orslett und Doktor Cesar einen Hinweis auf Markus 15, 34 oder auf die Vier Evangelisten, bis sie zu den Einträgen von Ostern 1522 – fünf Jahre nach König Heinrichs Tod – vorgedrungen waren. Damals saß der junge Edward auf dem Thron und wurde geführt und kontrolliert von dem finsteren Herzog von Northumberland. Segalla stieß auf die bis dahin aufschlußreichsten Zeilen. Am 25. April, dem Festtag des

Heiligen Markus, zahlte Philip Savage Gelder »für ein Mahl und ein ausgelassenes Fest« für die »Vier Evangelisten« aus. Segalla klatschte aufgeregt in die Hände, und die anderen sprangen auf und gingen zu ihm, um zu sehen, was er gefunden hatte.

»Da haben wir's«, verkündete Segalla. »Vier Männer – sie haben so was wie eine Loge gegründet; sie arbeiteten nicht nur zusammen, sondern trafen sich auch sonst, um auf ihr Glück und ihren Erfolg zu trinken. Und am Festtag des Heiligen Markus, einer der echten Vier Evangelisten, haben sie zweifellos ein privates Fest hier im Tower gefeiert – Gott allein weiß, warum. Dieser Eintrag zeigt, daß sie sich selbst die Vier Evangelisten genannt haben.«

»Aber wieso haben sie sich gerade diesen Namen ausgesucht?« fragte Orslett. »Ich könnte es ja verstehen, wenn sie mit Vornamen Matthäus, Markus, Lukas und Johannes heißen würden.«

»Keine Ahnung«, gestand Segalla. »Aber ich schätze, diese sauberen vier Herren waren aufgeblasene, arrogante Staatsdiener, die einen erheblichen Umschwung überlebt hatten. Die Großen – Heinrich, seine Frauen, seine Minister – kamen und gingen, aber diese vier blieben. Das hat ihnen das Gefühl gegeben, ungeheuer wichtig zu sein. Jetzt sagt mir, Stephen, wenn Ihr vor einen Richter gerufen werdet und er Euch auffordert, zu schwören, daß Ihr die Wahrheit sagt – wie demonstriert Ihr, daß Ihr wirklich und wahrhaftig die Wahrheit sagt?«

»Ich lege eine Hand auf die Bibel und schwöre bei Gott und allem, was mir heilig ist.« Orslett grinste. »Natürlich! Auf das Evangelium, die von den Vier Evangelisten verfaßten Bücher!«

»Genau«, erwiderte Segalla. »Diese vier Männer hat wesentlich mehr verbunden als die gegenseitige Wertschätzung – nämlich ein großes Geheimnis, das eine noch größere Wahrheit verbarg. Aber was das für ein Geheimnis ist…« Segalla zuckte mit den Schultern und wandte sich wieder den Schriften zu.

Orslett blätterte eines der vielen Haushaltsbücher durch. Plötzlich sah er auf und schüttelte verwirrt den Kopf.

»Das ist eigenartig«, sagte er. »Diese vier Männer lebten in Saus

und Braus, aber von einem Tag auf den anderen – im Jahr 1553 – verschwanden sie alle aus dem Tower. Seht, hier.« Er deutete auf die Einträge, daß ihre Posten von anderen besetzt worden waren. »Aber so werden die Diener der Krone normalerweise nicht behandelt. Sie werden gewöhnlich in Ehren entlassen und mit Pensionen oder einer Leibrente ausgestattet, damit sie den Rest ihrer Jahre ein angenehmes Leben führen können. Wieso sind dann die vier alle auf einmal ihrer Posten enthoben worden? Im Juli 1553 stehen ihre Namen nicht mehr auf den Listen.«
Sie sahen die anderen Schriftstücke durch und erhielten die Bestätigung. Orslett verließ die Kammer, um ein paar Worte mit dem Schreiber zu wechseln, und kam kurze Zeit später wieder zurück.
»Es ist, wie ich gedacht habe«, verkündete er. »Im Sommer 1553 wurden Savage, Gresham, Kennet und Dalrymple von den Lohnlisten gestrichen. Sie erhielten keine Pensionen, und das bedeutet, daß sie in Ungnade gefallen und aus dem Amt gejagt worden waren.«
»Aber weshalb?« Doktor Cesar stand auf und ging zum Kamin, um sich am Feuer die Hände zu wärmen.
»Hier werden wir den Grund für ihre Entlassung nicht finden«, erklärte Orslett. »Solch vertrauliche Aufzeichnungen werden bei Hofe aufbewahrt.« Er erhob sich und legte seinen Waffengürtel um. »Das Rätsel bleibt ungelöst. Wir haben die Vier Evangelisten gefunden, aber ihr großes Geheimnis kennen wir noch immer nicht.«

Kapitel 8

Segalla und seine Begleiter blieben noch im Tower und betrieben weitere Nachforschungen, fanden aber nichts Aufschlußreiches mehr. Die Sonne neigte sich dem Horizont entgegen, und die Schatten waren lang geworden, als sie die Festung verließen und zur Themse gingen, die jetzt im Schein der untergehenden Sonne einen orangefarbenen Schimmer angenommen hatte. Sie mieteten sich einen Kahn, und Orslett erklärte Doktor Cesar, was rechts und links des Flusses zu sehen war. Der Arzt war besonders an den Hinrichtungsstätten und Galgen entlang der Ufer interessiert und berichtete Orslett, daß in Europa die Leichen der exekutierten Verbrecher oft den Doktoren und Hospitälern zur Sektion überlassen wurden.

Segalla schloß die Augen und tat so, als würde er dösen, aber in Wirklichkeit überdachte er das, was sie in Erfahrung gebracht hatten. Die Fortschritte, die sie gemacht hatten, verliehen ihm neuen Mut. Die Vier Evangelisten hatten Namen: Gresham, Savage, Dalrymple und Kennet. Sie mußten ein großes Geheimnis entdeckt haben, aber hieß das, daß sie jetzt Informationen darüber auf dem offenen Markt verkaufen wollten? In ihrem letzten Brief hatten sie einen Preis genannt, aber keine Anweisungen gegeben, wie dieser Preis bezahlt werden sollte. Und wie paßte das alles zu den Morden? Dem Mord an Gresham – oder Theophilus, wie er sich lieber ansprechen ließ – und dem an seiner Mätresse Nicolette? Waren die Verfasser der Briefe verantwortlich für den Giftanschlag auf die Königin, oder mußte man den Attentäter woanders suchen? Cecil hatte Orslett offensichtlich ein paar Brocken hingeworfen, in der Hoffnung, daß sie seinen Judas auf die richtige Spur brachten. Als das nicht der Fall war, hatte ihm Cecil einen Namen verraten: Philip Savage. Wußte Cecil, welche Drohung Markus 15, 34 enthielt und wie groß die Gefahr war, die von den Vier Evangelisten ausging? Wurde Theophilus deshalb umgebracht? So sehr sich Segalla auch dagegen wehrte, er hatte eine böse Vorahnung. An beiden Seiten des Flusses schien noch geschäftiges Treiben zu herrschen: Schiffe machten sich bereit, mit der Abendflut auszulaufen, Proviantboote, Fähren und Kähne huschten den Fluß hin und her wie Wasserflöhe. Trotzdem erschien Segalla das alles unwirklich. Pole, Marys engster Vertrauter und Ratgeber, war ein kranker Einsiedler in Lambeth, während sich die Königin nach Greenwich zurückgezogen hatte und nicht wußte, was sie tun sollte. Das ganze Volk wartete darauf, daß etwas Entscheidendes geschah.

Als sie Greenwich erreichten, war die Dämmerung hereingebrochen. Am Haupttor brannten zwei Fackeln, und zwei riesige Schalen mit glühenden Kohlen waren aufgestellt. Der Weihrauch und die Kräuter, die man über die Kohlen gestreut hatte, verbreiteten Wohlgerüche. Die Wachen ließen sie durch. In der Halle saß Sir Henry Grantchester an einem Tisch und trank mit seinen Offizieren. Er stand auf, als sie hereinkamen, und ging auf sie zu, um sie zu begrüßen. Er ergriff Cesars Hand und schüttelte sie herzlich.

»Ich danke Euch, Sir.«

»Wofür?« Doktor Cesar zog überrascht die Augenbrauen hoch.

»Die Königin hat fast den ganzen Tag geschlafen. Sie ist gerade erwacht und fühlt sich frisch und erholt. Sie und Jane Dormer speisen in ihren Gemächern. Es ist das Tagesgespräch im Palast – die Königin macht einen so gesunden und kräftigen Eindruck wie seit vielen Tagen nicht mehr. Kommt, ich bringe Euch zu ihr.«

Grantchester nickte Segalla und Orslett zu und machte sich mit dem Arzt auf den Weg. Auf der großen Treppe blieb er noch einmal stehen.

»Oh, Master Orslett.« Er gab sich keine Mühe, seine Geringschätzung zu verbergen. »Ein Besucher erwartet Euch – er ist gekleidet wie ein Mönch und spricht wie ein Priester, ist aber keins von beidem. Ich habe ihn im Wachhaus untergebracht. Er behauptet, er hätte eine Botschaft für Euch.«
Ein Soldat brachte sie zum Wachhaus. Monkswood saß auf einer Bank und spielte mit zwei Wachmännern ein Glücksspiel mit einer Münze und drei Bechern. Man sah den Gesichtern der beiden an, daß sie viel verloren hatten. Monkswood stand auf, schob seine Gewinne in einen der Becher und versteckte all seine Utensilien unter der weiten Kutte.
»Ah, Master Stephen. Und Ihr, Master Segalla. Guten Abend. Ich warte schon seit geraumer Zeit auf Euch.«
»Habt Ihr gefunden, wonach wir gesucht haben?« wollte Orslett wissen.
»Natürlich, mein Junge, aber sprechen wir nicht gerade hier darüber.«
Monkswood führte sie hinaus und durch ein kleines Seitentor in einen Innenhof. Das Wasser eines Springbrunnens glitzerte im Licht der mit Wandhaken befestigten Stockfackeln. Monkswood sah zu den Sternen auf.
»Es wird bald Winter«, murmelte er. »Ich freue mich immer, wenn das Wetter wechselt.«
»Philip Savage!« drängte Orslett.
Monkswood streckte seine glatte, weiße Hand aus. Orslett drückte eine Goldmünze auf seine Handfläche, hielt aber Monkswoods Finger fest.
»Tut mir nicht weh, Stephen«, brummte Monkswood. »Wenn Ihr mir Schmerzen bereitet, bin ich nicht mehr Euer Freund – es gibt so etwas wie eine Ganovenehre unter uns Dieben und Betrügern.«
Orslett ließ los.
»Philip Savage«, begann Monkswood, »oder Francis Tuttle, wie er sich manchmal nennt, ist wie der gefallene Engel Luzifer – er war Aufseher im Tower und wurde aus seinem Amt gejagt.«

»Warum?« hakte Segalla nach.
Monkswood fuhr sich mit einem Finger über die Lippen.
»Die Informationen, die ich gesammelt habe, sind keine Bibelwahrheiten. Master Savage hat einen großen Irrtum begangen: Er glaubte, nur weil er ein großer Fisch in einem Teich war, könnte er ein großer Fisch in allen Gewässern sein. Gerüchten zufolge hatte er etwas zu verkaufen.«
»Und?« drängte Segalla ungeduldig.
»Einer meiner Mittelsmänner, ein hübscher Junge mit einem Hinterteil wie ein Pfirsich...« Monkswood leckte sich die Lippen. »Na ja, das tut jetzt nichts zur Sache. Er sagt, es war eine Zeit der großen Veränderungen. Der junge Edward lag im Sterben. Der Herzog von Northumberland, sein Lordprotektor, überlegte, wer wohl als nächstes auf dem Thron in Westminster sitzen würde. Einige waren für Mary, andere für Elizabeth, und wieder andere befürworteten die Ansprüche von Lady Jane Grey. Wie Ihr wißt, hat der gute Herzog auf die falsche Karte gesetzt und alles verloren, und gerade in dieser Zeit beschloß Philip Savage, ein bißchen im trüben zu fischen. Er wollte etwas für Geld an den Mann bringen. Was auch immer geschah«, Monkswood wedelte mit der Hand durch die Luft, »Northumberland wies ihn entweder ab oder war nicht in der Lage zu bezahlen. Statt dessen bekam es Savage mit einem mysteriösen Fremden zu tun, mit einem gewissen Clarence.«
»Clarence?« wiederholte Segalla.
»Das ist alles, was ich weiß. Eigentlich eine lange Geschichte; aber um es kurz zu machen: Ich habe keine Ahnung, was aus Master Clarence geworden ist. Philip Savage wurde seines Postens enthoben. Es wurde sogar ein Haftbefehl gegen ihn erlassen, und die Gendarmen machten Jagd auf ihn und andere.«
»Und was geschah dann?«
»Eine Krise folgte der anderen. Northumberland verlor seine Macht. Königin Mary – Gott segne sie – marschierte nach London. Die Gendarmen hatten andere Dinge zu tun, und Master

Savage verschwand. Er nahm den Namen Francis Tuttle an, und das letzte, was man von ihm in Erfahrung gebracht hat, war, daß er in einer heruntergekommenen Kammer hauste, in einer Dachstube in einem verkommenen Haus in der Dog Leg Lane.«

»Und wart Ihr dort?«

Monkswood lachte leise. »Aber, aber, Master Orslett, die Stadt ist voll von Männern, die im verborgenen bleiben wollen. Sie werden sehr böse, wenn man den Stein umdreht, unter den sie sich verkrochen haben. Ihr habt Eure Informationen und ich mein Gold.«

»Da ist noch mehr«, schritt Segalla ein. Er nahm seine eigene Börse vom Gürtel und schüttelte die Silbermünzen auf seine Handfläche. Frisch geprägte italienische Münzen, die verführerisch im Schein der Fackeln funkelten.

Monkswood sog scharf die Luft ein.

»Noch zwei Namen«, sagte Segalla. »Kennet und Dalrymple.«

»Ja, ich habe von ihnen gehört«, flüsterte Monkswood mit sehnsüchtigem Blick auf die Silberstücke. »Bei meinen heutigen Nachforschungen wurden ihre Namen in einem Atemzug mit dem von Philip Savage genannt.« Wieder leckte er sich die Lippen. »Master Orslett, worum geht es eigentlich bei all dem?«

Segalla stieß mit dem Finger leicht auf Monkswoods Nasenspitze.

»Neugier kann eine tödliche Krankheit sein.«

»Ja, das ist wahr«, stimmte Monkswood zu. »Deshalb gebe ich Euch einen Rat, Master Segalla.«

»Und welchen?«

»Ihr seid nicht die einzigen, die Ausschau nach diesen Männern halten.« Monkswood ging zum Tor. »Das Wunderbare an London ist«, er sah sich mit einem Lächeln um, »daß jeder, auch wenn er sich noch so sehr verkriecht, irgendwann einmal aus seinem Versteck kommen muß, um frische Luft zu schnappen oder lebensnotwendige Dinge zu kaufen, und – ist das nicht eigenartig? – früher oder später den Platz von St. Paul's überquert. Wußtet Ihr, daß Freunde von mir buchstäblich jeden Tag in der Nähe der großen Kathedrale verbringen? Sie haben Zeit, dort zu sitzen und die Augen offenzuhalten. Sie schnappen hier und dort was auf, hören den Klatsch und die Gerüchte. Als ich begann, ein bißchen herumzufischen, stellte ich fest, daß schon andere Leute ihre Netze ausgelegt haben, aber wer, weiß ich nicht. Und soll ich Euch noch was sagen? Einige der ganz Alten erinnern sich an einen Mann namens Segalla, eine schattenhafte Gestalt, die das Licht gescheut hat, aber wie alle anderen ...«

»... an St. Paul's vorbei mußte«, beendete Segalla den Satz für ihn.

»Segalla ist kein englischer Name.«

»Eine Kaufmannsfamilie«, erwiderte Segalla. »Meine Familie hatte immer enge Verbindungen zu England.«

»Natürlich.« Monkswood seufzte, tippte sich an die Nase und verschwand in der Dunkelheit.

»Was wollte er damit sagen?« fragte Orslett.

»Er ist wie ein Pfau«, gab Segalla zurück. »Monkswood ist gefährlich, weil er vieles weiß und das gern allen zeigt. Was mir Kopfzerbrechen bereitet«, fuhr er gewandt fort, um das Gespräch in andere Bahnen zu lenken, »ist die Frage, wer sonst noch auf der Suche ist.«

»Sollen wir zu Savages Behausung gehen?« fragte Orslett.

»Nein«, wehrte Segalla ab. »Es ist Zeit, schlafen zu gehen, Stephen, und nachzudenken.« Er drehte sich zu Orslett um. »Monkswood hat sehr schnell Genaueres in Erfahrung gebracht. Warum ist er nicht schon früher tätig geworden?«

»Ihr habt es selbst gehört«, erklärte Orslett. »Ich habe schon vor Wochen nach Monkswood geschickt.«

»Ja, ich erinnere mich; er hat behauptet, nicht in der Stadt gewesen zu sein.«

Orslett stampfte mit den Füßen auf, um die Kälte aus seinen Gliedern zu vertreiben.

»Möglich«, murmelte er. »Oder Monkswood hat erst jetzt begriffen, in welch schrecklicher Lage sich die Königin befindet, und er möchte helfen. Wie auch immer, Cecil wird nicht erfreut sein.«

»Worüber?«
»Er hat den Auftrag mir gegeben, es wird ihm nicht gefallen, daß ich mich in meiner Verzweiflung ohne sein Einverständnis an Monkswood gewandt habe.«

Peter Dalrymple wickelte sich in seinen schäbigen Umhang, umfaßte den rostigen Griff des Dolchs, den er kürzlich auf dem Markt an der St. Paul's erstanden hatte, und huschte wie eine Ratte durch die dunkle, stinkende Gasse in Richtung Cripplegate. Immer wieder blieb er stehen und sah sich um. Er mußte sichergehen, daß ihm niemand folgte – er und die anderen waren in Gefahr. Jemand hatte ihm erzählt, daß sich der Meister der Täuschungen und des Betrugs, Monkswood, an der Kathedrale herumgedrückt und neugierige Fragen nach Philip gestellt hatte. An einer Straßenecke hielt Dalrymple inne; ein Bettler trat aus dem Schatten und winselte um Almosen. Dalrymple hielt seinen Dolch hoch, und der Mann suchte das Weite. Dalrymple war beunruhigt. Sie hatten die Abmachung getroffen, sich nie gegenseitig zu besuchen, sondern sich statt dessen hin und wieder in einem verfallenen Haus zu treffen, das auf freiem Feld in der Nähe von St. Mary of Bethlehem stand, doch bei den letzten Zusammenkünften hatte Savage gefehlt. Dalrymple und Kennet hatten darüber gesprochen, aber sie wußten nicht einmal, wo Savage wohnte.
Dalrymple bog in eine andere Gasse ein, an deren Ende eine Bierschenke stand. Licht strömte durch das offene Fenster. Er beneidete die Männer, die unbeschwert in der Spelunke zechen konnten. Dalrymple lehnte sich gegen die Hausmauer und hielt den Atem an. Er bemühte sich, den Uringestank und die beißenden Gerüche, die aus der offenen Senkgrube neben dem schmalen Rinnstein stiegen, zu ignorieren. Er hoffte, daß Savage nicht leichtsinnig geworden war – erst vor zwei Wochen hatte man ihm selbst eine Flasche Wein und eine hübsche männliche Hure als Geschenk geschickt. Dalrymple hatte zuerst den Jungen von dem Wein trinken lassen, und er war innerhalb kürzester Zeit

unter schrecklichen Qualen gestorben. Seither war Dalrymple äußerst vorsichtig, wenn er etwas aß oder trank oder irgendwohin ging, und hatte darauf geachtet, mit wem er sprach. Er eilte weiter und kaute nervös an seiner Unterlippe. Einst waren sie voller Hoffnungen gewesen, auch noch, als Gresham unter dem großartigen Namen Theophilus wiederauftauchte. Er hatte sich mit ihnen getroffen, nur ein einziges Mal, und versprochen, er würde alles tun, was in seiner Macht stand, aber der Mann war ein Lügner – er hatte gar nichts unternommen.

Dalrymple überquerte die breite Straße, die zu den Stadttoren führte. Die Abendglocke – das Zeichen, die Tore zu schließen – war noch nicht ertönt, und Dalrymple schlüpfte durch eines der Nebentore. Er lief die Grubb Street entlang nach Norden auf das offene Heideland zu. Als er stolperte und im Schlamm ausrutschte, fluchte er laut. Der Wind kam von Osten, und der Gestank aus dem tiefen Graben drang ihm so ätzend in die Nase, daß er nicht mehr einatmete, sondern sich die Nase zuhielt, bis er den schmalen Holzsteg über den Graben hinter sich hatte. Dann blieb er stehen. Jetzt hüllte ihn der Duft des nahenden Herbstes ein, der von der Heide und den Wiesen ausging. Dalrymple verfluchte sein Pech. Wenn er doch nur nicht auf die anderen gehört und Savages verlockendes Angebot ausgeschlagen hätte! Sie hätten ihr Geheimnis für sich behalten müssen, dann wäre er jetzt noch im Tower und könnte sich wie ein nobler Herr unter den Gefangenen bewegen – mit gut gefülltem Bauch und feinen Kleidern.

Dalrymple setzte seinen Weg fort. Irgendwo heulte ein Hund den aufgehenden Mond an. Fledermäuse stießen gellende Schreie aus, und ein brütender Rabe erschreckte Dalrymple mit seinem heiseren Krächzen. Dalrymple hatte Mühe, seine Angst zu unterdrücken. Kennet hatte das Zeichen, das eine Zusammenkunft ankündigte, neben das kleine Tor zum Grund der St. Paul's Cathedral gemalt, und jetzt sah Dalrymple das verfallene Haus vor sich, in dem sie sich immer trafen. Das Dach war längst eingestürzt, die Balken und Mauern eingefallen. Er schlüpfte durch die

Lücke, wo sich einst das überdachte Gartentor befunden hatte, und ging zur Hintertür, die in die ehemalige Küche führte.
»Simon?« rief er.
»Ich bin hier!«
Dalrymple entspannte sich; es war Kennets Stimme. Sein alter Freund kauerte in einem Zimmer im ersten Stockwerk in einer Ecke, eine kleine Laterne stand neben ihm. Er wärmte sich die Hände über den glühenden Kohlen, die auf ein paar Ziegelsteinen ausgebreitet waren.
»Ich habe das Zeug im Keller gefunden.« Kennet spreizte die Finger. »Man kann das Feuer von draußen nicht sehen, und mir ist so kalt.«
Dalrymple setzte sich seinem Freund gegenüber. Kennet sah krank aus. In dem trüben Licht erkannte Dalrymple, daß sein Gesicht hagerer, seine Pupillen geweitet und starr waren; Schweißtropfen liefen ihm über die unrasierten Wangen.
»Du hast Fieber, Simon.«
Kennet hustete, sein ganzer Körper verkrampfte sich dabei.
»Muß mich irgendwo angesteckt haben.«
»Kommt Philip auch?«
Kennet schüttelte den Kopf. »Ich weiß es nicht. Aber du hast die Gerüchte gehört, oder?«
»Man sucht uns.«
»Mehr als das: Gresham ist tot. Ermordet, wie man munkelt, und Nicolette ist in der gleichen Nacht bei einem Brand ums Leben gekommen. Ein Kesselflicker hat mir das erzählt.«
»Ermordet?« Dalrymple schnappte nach Luft.
»Vergiftet«, führte Kennet näher aus. »Und Savage ist verschwunden.«
»Was können wir tun?« wollte Dalrymple wissen.
»London verlassen«, erwiderte Kennet. Er klopfte auf das Bündel, das neben ihm lag. »Wenn wir bleiben, Peter, dann sind wir bald tot. Verdammter Gresham!« fügte Kennet hinzu. »Vielleicht hat er versucht, das Geheimnis zu verschachern, und deshalb suchen sie uns.«

»Wohin willst du gehen?« fragte Dalrymple.
»Zuerst in irgendein Dorf. Vielleicht kann ich irgendwo arbeiten, gut essen und das Fieber kurieren, dann gehe ich nach Cornwall.«
Dalrymple stand auf und schlenderte zum Fenster. Er war versucht, seinen Freund zu begleiten, aber er hatte ein paar Habseligkeiten in der Stadt zurückgelassen. Sein Magen krampfte sich vor Angst zusammen. Konnte er jetzt noch eine Rückkehr riskieren?
»Komm mit mir«, keuchte Kennet. »Peter, du besitzt nichts, was das Risiko wert wäre. Laß alles zurück.«
Dalrymple wollte sich gerade vom Fenster abwenden, als er im Garten einen Schatten wahrnahm. Er wich einen Schritt zurück und spähte in die Dunkelheit. Im ersten Moment dachte er, er hätte sich geirrt, aber dann sah er mehrere Gestalten, die sich im dunklen Garten bewegten. Dalrymple lief zu Kennet, packte seinen Arm und zerrte ihn auf die Füße.
»Was ist los? Was machst du?«
Dalrymple schnappte sich Kennets Bündel. »Frag nicht!« zischte er. »Wir sind nicht allein.«
Kennet, der wieder von einem Hustenanfall erschüttert wurde, wehrte sich nicht, als Dalrymple ihn auf den staubigen Korridor schubste. Sie rannten die Treppe hinunter und durch eine Seitentür in den überwucherten Garten. Dalrymple blieb stehen. Hatte er sich doch getäuscht? Ein Armbrustpfeil zischte über seinen Kopf hinweg. Er hastete weiter. Sie zwängten sich durch die Hecke, aber Kennet brach gleich dahinter zusammen.
»Ich kann nicht«, keuchte er. »Ich krieg' eine Luft mehr.«
Dalrymple schwang seinen Dolch. Der Angstschweiß brach ihm aus allen Poren. Mindestens drei Gestalten stürmten auf sie zu.
»Gott sei dir gnädig, Kennet!« flüsterte Dalrymple. »Ich kann nichts mehr für dich tun.«
Er brach durch das Gestrüpp und rannte geschwind wie ein Reh über das Heideland auf die einladenden Lichter der Stadt zu. Hinter ihm kämpfte sich Kennet auf die Füße. In dem spärlichen

Licht konnte er seine maskierten und in Kapuzen gehüllten Angreifer ausmachen.
»W... was wollt Ihr?« stammelte er. »Ich bin ein armer Mann.«
Eine der Gestalten trat vor und packte Kennet.
»Du hast nichts zu befürchten. Wir wollen nur mit dir plaudern. Sieh her, wir haben dir ein Pferd mitgebracht.«
Kennet drehte sich um, und noch mitten in dieser Bewegung schnitt ihm der Anführer der Bande fachmännisch die Kehle durch. Kennet sackte in sich zusammen. Der Mörder wischte seinen Dolch am Umhang des Toten ab, dann zog er ihn mit Hilfe seiner Komplizen aus und durchsuchte seine Kleider. Er war sehr zufrieden.
»Gute Arbeit!« lobte er. »Aber wir müssen unserem Auftraggeber sagen, daß eines unserer Kaninchen in die Heide entsprungen ist.«

Am nächsten Morgen statteten Segalla und Doktor Cesar, in Begleitung von Sir Henry Grantchester, der Königin einen Besuch in ihren Privatgemächern ab; Jane Dormer war ebenfalls anwesend. Segalla freute sich, daß die Königin gesünder aussah. Sie hatte ihre graue Blässe verloren und klagte nicht mehr über Leibschmerzen. Sie lächelte, als sie dem strahlenden Doktor Cesar eine prall gefüllte Börse in die Hand drückte.
»Die Medizin, die Ihr mir gegeben habt, Sir, hat Wunder gewirkt. Ich habe geschlafen wie ein Baby. Ich fühle mich kräftiger, stark genug, um im Park ein wenig zu jagen.«
»Madame, ich würde entschieden davon abraten.«
Doktor Cesar half der Königin behutsam zurück zu ihrem Sessel. Jane Dormer schüttelte die Polster und Kissen auf und reichte ihr einen silbernen Becher.
»Trinkt, eßt und ruht Euch aus«, fuhr Doktor Cesar fort.
Die Königin nippte an dem Ale und nickte.
»Und Ihr, Nicholas? Hattet Ihr Erfolg?«
Segalla erzählte mit knappen Worten von seinem Besuch bei Kar-

dinal Pole. Die Königin runzelte besorgt die Stirn. Danach berichtete er von den Entdeckungen, die sie bei ihren Nachforschungen im Tower gemacht hatten. Mary saß eine ganze Weile mit halb geschlossenen Augen da und drehte den Becher zwischen den Händen.

»Ich weiß nichts von alldem«, erwiderte sie schließlich. »Ihr sagt, Doktor Gresham war in die Sache verwickelt? Oder Theophilus«, fügte sie bitter hinzu, »wie er sich zu nennen pflegte.«

»Eure Hoheit, wißt Ihr wirklich nichts?«

Die Königin stieß einen langen Seufzer aus.

»Natürlich wußte ich, daß Doktor Theophilus im Tower Arzt war und eine gutgehende Praxis in Petty Wales hatte. Zudem kam mir zu Ohren, daß er nicht in der Gunst des Herzogs von Northumberland stand, und das war einer der Gründe, warum ich ihn an den Hof berufen habe. Er war ein guter Arzt.« Sie bedachte Doktor Cesar mit einem Lächeln. »Ihr seid natürlich beträchtlich besser.«

»Und Ihr wißt nichts über die Vier Evangelisten, Eure Hoheit?«

Mary schüttelte den Kopf. »Darf ich Euch erinnern, Master Segalla, wie turbulent und verworren die Tage nach dem Tod meines Bruders waren? Im Juli 1553 war ganz London in Aufruhr. Mein Bruder war tot, der Herzog von Northumberland hat Lady Jane Grey zur Königin ausgerufen. Ich war in Framlingham, rollte mein Banner aus und machte meine eigenen Ansprüche auf den Thron meines Vaters geltend. Die Stadt und das ganze Land waren, wie gesagt, in Aufruhr.« Sie lächelte säuerlich. »Oh, wie sich die Dinge ändern«, flüsterte sie. »In London haben sie ihre Hüte in die Luft geworfen und gerufen: ›Lang lebe Königin Mary!‹ Die Leute stellten meine Banner auf. Schon auf halbem Weg nach London hatten sich mir dreitausend Fußsoldaten und tausend Kavalleristen angeschlossen. Jetzt ist die Politik ein schmutziger Tümpel, weil 1553 ein dicker Stock darin gerührt und allen Dreck und Schlamm nach oben gespült hat. Die Leute schworen heilige Eide, nur um sie in der nächsten Stunde wieder zu brechen. Ah«, seufzte sie, »das ist jetzt alles Geschichte. Northumberland wurde in Cambridge ge-

fangengenommen. Er wurde all seiner Ämter enthoben und barhäuptig nach London gebracht. Seine Handlanger, seine Günstlinge und Helfershelfer wurden aufgefegt wie Scherben. Alles war Chaos und Verwirrung.« Mary preßte die Finger an die Schläfen.
»Was die Königin damit sagen will«, meldete sich Jane Dormer zu Wort, »ist, daß viele der Dokumente, Vollmachten, Befehle und Briefe, die Northumberlands Regierung verfaßt hat, entweder versteckt oder vernichtet wurden. Viele Männer verloren ihre Posten. Einige verschwanden, weil sie Angst vor einer Verhaftung hatten, und wurden seither nicht mehr gesehen. Wir haben nie erfahren, welche Dokumente ausgestellt wurden oder warum man gewisse Maßnahmen ergriff. Es war eine turbulente Zeit«, fügte die Hofdame hinzu. »Northumberland hatte Lady Jane Grey zur Königin ausgerufen. Dennoch hofften einige in London, daß er umschwenken und Prinzessin Elizabeth seine Loyalität schenken würde.«
»Wo werden die Dokumente des Herzogs jetzt aufbewahrt?« erkundigte sich Cesar.
»Die Ratsmitglieder haben sie an sich genommen«, antwortete Mary, »durchgesehen und gebündelt. Sie werden vermutlich wie alle anderen Schriftstücke im Urkundenarchiv in Westminster unter Verschluß gehalten. Ich könnte sie herbringen lassen. Ja, das werde ich tun. Die Ratsekretäre haben bereits Anweisung, sie durchzusehen, um nach Verrätern und Northumberlands Komplizen zu suchen: Es wäre kein Vertrauensbruch.«
Segalla dankte ihr mit einer Verbeugung.
»Und was unternehmt Ihr als nächstes, Master Segalla?« erkundigte sich die Königin. Sie verbarg die untere Hälfte ihres Gesichts hinter der Hand. »Geht Ihr nach Hatfield?«
Segalla entging ihr höhnischer Unterton keineswegs.
»Eure Hoheit, ich darf Euch versichern, daß weder Seine Heiligkeit der Papst noch ich in irgendwelche geheimen Machenschaften mit Prinzessin Elizabeth verwickelt sind. Inoffizielle Absprachen gehören nicht zu meiner Mission, und es ist reine Höflichkeit, wenn ich bei Elizabeth vorspreche.«

Die Königin zog den schweren Pelzumhang fester um ihre Schultern. Sie hat eine gesunde Gesichtsfarbe, dachte Segalla. Ihr Gesicht ist weniger zerfurcht; die Erschöpfung und der Schmerz sind aus ihren Augen gewichen. Jane Dormer begegnete seinem Blick.
»Ich habe die Königin überredet, einige Zeit auf meinem Gut Sinistrel in Essex zu verbringen. Master Segalla, Ihr seid herzlich willkommen, wenn Ihr Euch zu uns gesellen wollt.«
Segalla dankte ihr, empfahl sich der Königin mit einer tiefen Verbeugung und zog sich zurück. Er ging durch den Korridor und blieb stehen, als er hörte, wie jemand seinen Namen rief. Doktor Cesar lief auf ihn zu, seine kleinen Augen blitzten.
»Die Königin ist wohlauf, nicht wahr, Nicholas? Wohin wollt Ihr?«
»Master Orslett hat mit mir ein Treffen im Anrichteraum vereinbart. Wir wollen Master Savage in der Dog Leg Lane aufsuchen. Möchtet Ihr Euch uns anschließen?«
Cesar nickte. Sie fanden Orslett in Stiefeln und Mantel, bereit zum Aufbruch. Der »Diener und Squire der Königin«, wie sich Orslett zu bezeichnen pflegte, sah frisch und munter aus, summte ein Lied und trommelte dazu mit den Fingern auf der Scheide seines Schwertes. Sie begrüßten sich. Segalla erzählte ihm von der Audienz bei der Königin, und Cesar rühmte sich selbst, als er ihren verbesserten Gesundheitszustand beschrieb. Orslett schnalzte mit der Zunge.
»Potzdonner!« murmelte er. Er umfaßte Segallas Ellbogen und führte ihn durch einen Flur zu einer Seitentür. »Das gibt einem zu denken, nicht wahr, Sir?«
»Was soll das heißen?« fragte Doktor Cesar scharf und beeilte sich, mit ihnen Schritt zu halten.
»Nun, die Königin war leidend, solange Doktor Theophilus sie betreut hat. Theophilus stirbt, ein neuer Arzt ist im Palast, und über Nacht geht es der Königin wesentlich besser.«
»Wollt Ihr damit sagen, daß Theophilus ihr Gift verabreicht hat?«

Orslett zuckte mit den Schultern. »Möglich wär's.«
»Das glaube ich nicht.« Cesar blieb stehen und winkte die beiden anderen Männer in eine Nische, weit ab von den umherlaufenden Dienern und Wachmännern. »Ihre Hoheit ist noch immer sehr krank«, fuhr er leise fort. »Die Medizin, die ich ihr verordnet habe, enthielt ein Opiat und etwas, was das Blut wärmt. Ich denke, sie ist erleichtert, daß es der Mörder tatsächlich auf Doktor Theophilus und nicht auf sie abgesehen hatte. Die Königin mag für eine Weile aufblühen, aber ich bin Arzt und kein Wunderheiler. Ich wäre ein Lügner, wenn ich etwas anderes sagen würde. Zudem«, setzte er hastig hinzu, »habt Ihr zwei Dinge vergessen. Erstens, wenn die Königin Gift zu sich genommen hat – wer auch immer es ihr eingeflößt haben mag –, dann hat es möglicherweise längst seine Wirkung getan und beträchtlichen Schaden angerichtet. Zweitens, der Giftmörder könnte seine Bemühungen nur für eine Weile eingestellt haben. Theophilus war ein Narr und vielleicht nicht so wachsam, wie er hätte sein müssen.« Cesar strich über sein burgunderfarbenes Wams und zupfte die Rüschen an seinem Hals zurecht. »Der Giftmörder könnte mich ebenso beobachten wie die Königin, also sollten wir nicht allzu auffallend triumphieren.«
Sie disputierten noch über diese Angelegenheit, als sie mit einem Kahn von Greenwich in die Stadt fuhren. Orslett war erpicht darauf, Savage zu treffen, und überlegte, wie sie vorgehen sollten.
»Ich habe die Vollmacht der Königin.« Er saß im Heck des Bootes und beugte sich vor. »Wir können ihn festnehmen und in den Tower bringen. Allein der Anblick des Kerkers löst manch einem Mann die Zunge.«
Segalla hörte ihm zu, war aber keineswegs so zuversichtlich wie Orslett. Er hatte eine böse Vorahnung, daß die Dinge nicht so glatt ablaufen würden, wie Stephen hoffte.
»Aber«, gab er zu bedenken, »wenn Theophilus ermordet wurde, weil er einer der Vier Evangelisten war, dann steht zu befürchten, daß der Mörder die anderen drei observiert.«
»Was haben diese vier getan?« fragte Doktor Cesar.

»Ich weiß es nicht«, gab Segalla zurück. »Aber vielleicht bringen ja die Dokumente aus Westminster etwas Licht in diese Angelegenheit.«
Die Kirchtürme kamen in Sicht. Orslett gab Befehl, das Boot am Kai in der Nähe der St. Paul's Cathedral festzumachen. Es war ein gefährliches Unterfangen, denn am Vormittag herrschte auf dem Fluß reger Verkehr. Die Straßen waren ebenso belebt. Orslett kehrte in eine Taverne in der Knight Rider Street ein. Segalla drängte zur Eile, aber Orslett bestand darauf, den Gendarmen zu sehen, den er hierherbestellt hatte. Dieser saß in einer Ecke der Schankstube. Orslett ging zu ihm, hörte sich an, was er zu sagen hatte, nickte hin und wieder und sah zurück zu Segalla und Doktor Cesar, die an einem Tisch gleich neben der Tür saßen und Ale tranken. Schließlich erhob sich der königliche Beamte und machte sich mit schwerfälligen Schritten davon. Orslett gesellte sich zu seinen Begleitern. Er prostete ihnen mit dem Humpen, der für ihn bereitstand, zu und trank einen großen Schluck.
»Diese Betrüger, die gestern in Greyfriars verhaftet wurden«, begann er. »Sie streiten ab, jemals Verbindung zu Master Cecil gehabt zu haben. Angeblich glaubten sie, ein Werk Gottes zu tun, wenn sie die Leute gegen die Königin aufhetzen, weil so viel Blut an ihren Händen klebt.« Er klopfte leicht auf Segallas Hand. »Habt Ihr irgend etwas in den Schriftstücken gefunden, die den Brand in Nicolettes Kammer überstanden haben?«
Segalla schüttelte den Kopf.
»Na dann.« Orslett seufzte. »Gehen wir.«
Sie verließen die Taverne. Orslett führte sie durch die übelriechenden, mit Unrat und Fäkalien übersäten Gassen abseits der großen Straßen. Schließlich kamen sie in die Dog Leg Lane. Orslett zog Erkundigungen bei einem bettelnden Jungen ein, der auf ein schmales, halb verfallenes Haus deutete. Der Balken über der Tür war verrottet, die schwarze Farbe längst abgeblättert, der Putz grau und schmutzig, und die Haustür hing schief in den Angeln. Ein alter Mann ohne Zähne kam ihnen im Flur entgegen und sah sie aus trüben Augen an.

»O ja, o ja.« Er kratzte sich den fast kahlen Kopf. »Francis Tuttle hat hier gewohnt, aber ich habe ihn schon eine ganze Weile nicht mehr gesehen. Die meisten Kammern, na ja, sind vermietet an …« Er grinste boshaft. »Ihr wißt ja, wie das ist. Die Damen aus der Stadt brauchen einen Platz für ihr Stelldichein.« Er wedelte mit der Hand. »Ihr findet ihn unter dem Dach.«
Sie stiegen die gewundene, nicht enden wollende Treppe hinauf. Segalla, der die Elendsviertel von Rom kannte, war schockiert, als ihm der faulige Gestank in dieser Absteige in die Nase stieg und er die mit Fliegendreck verschmierten Fenster, das Regenwasser, das durch Dach und Wände gedrungen war und die Holzstufen glatt und schlüpfrig machte, und die aus der Wand gebrochenen Mörtelstücke sah. Der alte Mann hatte die Wahrheit gesagt: Die meisten Kammern waren jetzt, am Tage, leer. Sie warfen einen Blick durch eine offenstehende Tür und sahen dreckige, zerschlissene Kleider auf einem alten Bett und einen zerbrochenen Stuhl; ein leerer Nachttopf stand im Treppenhaus. Als sie schließlich den Dachboden erreichten, hielt sich Segalla ein Tuch vor Nase und Mund. Er hämmerte an die Tür der Dachkammer.
»Pfui Teufel!« flüsterte Cesar. »Hier liegt irgendwo ein Toter.«
Orslett zog seinen Dolch und stieß damit auf die Tür ein. Das Holz zersplitterte. Segalla trat zurück.
»Die Tür ist neu«, bemerkte er. »Sie ist das einzig stabile in diesem Haus. Seht, die Angeln sind geölt, das Holz ist fest. Master Savage muß viel Geld für seine Sicherheit ausgegeben haben.«
Segalla spähte durch das Schlüsselloch, aber irgend etwas blokkierte ihm die Sicht. Immer wieder stieß Orslett mit dem Stiefelabsatz gegen die Tür, und endlich knirschte das Holz, das Schloß brach heraus, und die Tür schwang auf. Segalla wich zurück, als ihm der Gestank entgegenschlug. Orslett ging als erster in die Kammer. Segalla warf nur einen kurzen Blick auf die aufgeblähte Leiche, die halb auf dem Bett lag, und machte dann kehrt. Doktor Cesar lief ihm nach. Wenige Minuten später stieß Orslett unten im Flur zu ihnen.

»Mausetot«, sagte er, »und das seit geraumer Zeit. Der Leichnam ist schon in Verwesung begriffen. Ich werde veranlassen, daß er entfernt wird.«

»Und die Ursache?«

Orslett holte tief Luft – sogar der faulige Geruch im Flur kam ihm nach seinem Aufenthalt in der Dachkammer wie eine Wohltat vor.

»Gehirnschlag, Fallsucht, etwas in der Art könnte die Todesursache gewesen sein. Aber ich denke, er wurde vergiftet. Ich konnte keine Verletzung an der Leiche entdecken. Zudem hat jemand die Kammer ausgeräumt. Nirgendwo war auch nur ein einziges Schriftstück zu finden, nicht einmal ein Fetzen Pergament.«

»Vielleicht kann ich helfen.«

Segalla wirbelte herum. Monkswood, engelhaft wie immer, stand mit hocherhobenen Händen in der Haustür. Die weiten Ärmel seiner Kutte fielen ihm bis auf die Taille. Er kam näher und rümpfte die Nase.

»Ich wußte, daß Ihr herkommen würdet. Ich ließ das Haus beobachten.« Er blies die Backen auf. »Master Savage ist tot, habe ich recht? Ah, und ich habe Master Kennet gefunden.« Er grinste zynisch. »Aber macht Euch keine allzu großen Hoffnungen: Sein Gesundheitszustand ist derselbe wie der von Master Savage.«

Kapitel 9

Sie folgten Monkswood durch die Straßen zum Cripplegate im Norden. Segalla amüsierte sich im stillen darüber, daß alle Welt Monkswood zu kennen schien: Falschspieler, Taschendiebe, Schläger, all das Gesindel, das nach möglichen Opfern Ausschau hielt, machte ihm beinahe ehrfürchtig Platz, wenn er vorbeiging. Noch erstaunlicher war, daß auch die Gesetzeshüter und Büttel, ganz zu schweigen von den ehrbaren Schreibern und den wohlhabenden Goldschmieden, den guten Monkswood wie einen Heiligen behandelten. Der König der Gauner mit dem engelsgleichen Gesicht nahm ihre Grüße entgegen wie ein Bischof die Huldigungen seiner Schäfchen.

»Ihr seid wohlbekannt, Master Monkswood, wie ich sehe«, sagte Segalla.

»Mein Sohn«, erwiderte der Schurke volltönend und schwülstig wie ein Prälat. »London ist eine kleine Stadt, und man hat einen Ruf zu wahren.«

»Weshalb?« fragte Segalla.

»Damit ich Dinge erfahre, Master Segalla. Wer wohin geht und wann. Wo gestohlenes Eigentum zu finden ist. Wohin ehemals sittsame Mädchen durchgebrannt sind. Welche Verstecke die Schurken benutzen. Wem Bestechungsgeld angeboten wurde, wer welches angenommen hat.« Er faßte sich an sein Ohr. »Das alles ist Musik für mich, und meine Ohren picken die Leckerbissen auf, wie eine Elster alles, was glänzt.«

»Und was wird allgemein über Königin Mary gesprochen?« fragte Segalla.

»Daß sie bald sterben wird, aber das ist kein Verrat an ihr, son-

dern nur eine Feststellung. Wir alle werden früher oder später vor das himmlische Gericht gerufen.«
»Hat man ihr Gift gegeben? Wie denkt das Gesindel darüber?«
»Master Segalla, das Gesindel schert sich keinen Deut darum, wer auf dem Thron sitzt, aber diejenigen, denen es nicht gleichgültig ist, sagen, daß Mary sich nicht gerade großer Beliebtheit erfreut. Und«, setzte er hinzu, »sie steht allein.«
»Und wenn sie stirbt?« hakte Segalla nach.
Monkswood blieb so abrupt stehen, daß Orslett und Cesar, die hinter ihm gingen, beinahe mit ihm kollidiert wären.
»So sicher wie die Nacht auf den Tag folgt, so sicher wird Prinzessin Elizabeth Mary nachfolgen. Sie ist die Tochter des großen Heinrich und kein Prinz aus dem Ausland.«
»Und Philip von Spanien und die schottische Mary?«
»Die können bleiben, wo der Pfeffer wächst.« Monkswood schob seinen Kopf vor wie ein neugieriger Spatz. »Master Segalla, Ihr als Geschichtskundiger solltet mir sagen, wann England jemals nach einem Prinzen aus einem fremden Land geschickt hat, damit er Herrscher in diesem Königreich wird«, forderte er mit einem sardonischen Grinsen. Prinzessin Elizabeth und Master Cecil werden künftig regieren.« Er deutete auf Orslett. »Das ist, abgesehen von dem Gold, der wahre Grund, warum ich meine Hilfe zur Verfügung stelle.« Monkswood watschelte weiter.
Segalla blieb noch eine Weile nachdenklich stehen. »Suche immer nach dem Naheliegenden«, murmelte er.
»Führt Ihr oft Selbstgespräche?« rief Orslett über die Schulter.
Segalla schüttelte den Kopf und setzte seinen Weg fort. Was Monkswood gesagt hatte, war nur vernünftig. Mary litt unter einer schweren Krankheit, und Elizabeth war ihre natürliche Nachfolgerin; Philip von Spanien konnte hoffen, und die Franzosen konnten träumen, aber wie sah die Lage in Wahrheit aus? Und wenn Elizabeth die vom Volk herbeigesehnte neue Königin werden würde, wieso sollte sie dann noch ein Komplott gegen ihre kranke Halbschwester schmieden? Sie brauchte nichts ande-

res zu tun als warten. Doch wenn Elizabeth nicht hinter den Anschlägen auf das Leben der Königin steckte, wer dann?
Segalla folgte seinen Gefährten durch das Cripplegate und freute sich, auf offenem Gelände zu sein. Der Tag war warm, Grillen zirpten im Gras, ein Turmfalke zog am Himmel über dem Moor seine Kreise und hielt nach Beute Ausschau. Die schmalen Straßen und Wege waren menschenleer, da sie nicht zu einer der großen Routen in die Stadt gehörten. Segalla lockerte sein Wams. Er nahm sich vor, auf dem Rückweg Pferde zu mieten, damit sie nach Hatfield reiten konnten. Orslett sah zu ihm zurück und grinste.
»Kommt, Nicholas, ein Engländer geht zu Fuß, wenn ein Italiener reiten würde.«
Sie kamen zu dem verfallenen Haus. Monkswood führte sie durch eine Lücke in der Hecke und deutete auf den Leichnam, der mit aufgeschlitzter Kehle in einer Pfütze getrockneten Blutes in einem schmalen Graben lag. Segalla kniete sich hin und drehte den toten Mann um. Er trug nur noch ein fadenscheiniges Hemd, eine schäbige Hose lag neben ihm. Stiefel, Strümpfe, Gürtel sowie eventuelle Habseligkeiten hatte man ihm weggenommen.
»Und wir sind nur deswegen den ganzen Weg hierher gekommen, Monkswood?«
Der Gauner zuckte mit den Schultern. »Ihr habt nach Kennet gefragt, und das ist er.«
»Wie können wir dessen sicher sein?« gab Segalla ungehalten zurück, bedauerte sene Worte jedoch sofort, als er den geringschätzigen Blick in Monkswoods Augen sah. »Tut mir leid«, brummte er, »aber es ist sehr stickig, und ich bin müde.«
»Entschuldigung angenommen«, sagte Monkswood.
Segalla richtete sich auf.
»Ich weiß, daß dies Kennet ist, weil einer meiner Hübschen ihm gestern abend hierher gefolgt ist«, erklärte Monkswood. »Offensichtlich war dies der Treffpunkt für Kennet, Dalrymple und Savage. Gott allein weiß, aus welchem Grund sie ausgerechnet in

diesem Haus ihre Zusammenkünfte abhielten. Einer meiner Lieben hat am gestrigen Abend gesehen, wie Kennet seine Kammer verließ.«
»Ihr habt herausgefunden, wo er wohnte?« mischte sich Orslett ein.
»O ja. Kennet war nicht so vorsichtig wie die anderen. Nachdem er weg war, hat mein Junge die Tür zu seiner Kammer aufgebrochen. Es hätte also keinen Zweck, dorthin zu gehen. Es ist nichts mehr da. Nach Einbruch der Dunkelheit hat Kennet sein Bündel gepackt und die Stadt mit seinen spärlichen Habseligkeiten verlassen. Er ist schnurstracks zu dieser Ruine gegangen. Mein Junge hat sich dort drüben versteckt.« Monkswood deutete auf ein paar Bäume. »Kurze Zeit später traf ein anderer ein. Wir glauben, es war Dalrymple. Mein Hübscher schlich sich ins Haus. Dalrymple und Kennet trafen sich in der oberen Etage. Mein Junge lief hinauf. Er hörte sie reden, konnte aber nur ein paar Wortfetzen verstehen. Beide Männer hatten Angst. Kennet drängte Dalrymple, mit ihm die Stadt zu verlassen, weil eine Rückkehr zu gefährlich sei. Dann geschah etwas. Andere Nachtschwärmer, Meuchelmörder, betraten den Garten. Mein Junge erstarrte wie das Kaninchen, das er ist. Kennet war krank, deshalb war es nicht schwer, seine Spur zu verfolgen. Er hustete so laut, wie ein Hund bellt, und kramte ständig in seinem Bündel nach der Medizin. Wie auch immer – Dalrymple gelang die Flucht, aber die Mörder schnappten sich Kennet. Schnitten ihm die Kehle durch, zogen ihn aus und verschwanden in die Nacht.«
»Wißt Ihr, wer diese Männer waren?« fragte Segalla.
»Glaubt mir, Sir, ich habe sie nicht geschickt. Schläger und Mörder gehören nicht zu den Leuten, mit denen ich Geschäfte mache. Sie sind zu unzuverlässig. Sie sind Säufer und Angeber, und über kurz oder lang werden sie alle erwischt.«
»Warum habt Ihr uns hergebracht?« wollte Orslett wissen.
»Ich habe etwas gefunden.« Monkswood streckte die Hände aus. »Wie die alten Weiber sagen: ›Besticht mich mit Silber.‹ Es ist kein Betrug.«

Segalla gab ihm zwei Silberstücke. Monkswood winkte sie ins Haus. Sie gingen eine Treppe hinauf und betraten einen Raum, in dem es noch nach Kohlefeuer roch. In einer Ecke lagen Essensreste, ein ramponierter Weinschlauch und ein verbeulter Becher.
»Das gehört alles Euch.« Monkswood lächelte.
Segalla wollte schon protestieren, als er das Gekritzel an der Wand entdeckte. Er bückte sich und versuchte, die mit Kohle gezeichneten Buchstaben zu entziffern. Zunächst sagten ihm die Zeichen nichts, aber dann erkannte er die Botschaft, die er schon in Handschriften gesehen hatte: Markus 15, 34. Doch diesmal waren die Worte Christi anders angeordnet als sonst. Da stand nicht »Eloi, Eloi, lamma sabacthani«, sondern »sabacthani lamma, Eloi«. Neben den Vers war der Name Markus gekritzelt und dazu eine grobe Zeichnung vom Tower oder zumindest von einem Teil der Festung. Segalla erkannte das Normannentor und rechts daneben einen Turm, rund und zylindrisch. Kennet – er mußte diese Botschaft geschrieben haben, während er auf Dalrymple gewartet hatte – hatte mitten in den Tower ein Kreuz gemalt. Neben dem Kreuz waren noch andere, seltsame Zeichen und undeutliche Buchstaben zu erkennen. Segalla hob den Saum seines Umhangs und rieb an der Kohleinschrift. Er warf einen Blick über die Schulter – Orslett lächelte zynisch.
»Sehr schön«, raunte Segalla und ließ den Blick zu Monkswood wandern.
»Ihr habt Euch das Silber verdient«, erklärte Orslett.
»Dann werde ich Euch jetzt verlassen.« Monkswood machte höhnisch grinsend das Kreuzzeichen. »Ich gehe zum Richter und fordere die Belohnung für das Auffinden des Toten.«
»Und Dalrymple?«
»Wenn er sich in London aufhält«, erwiderte Monkswood, »wird man ihn aufspüren.«
Sie verließen alle das Haus. Monkswood eilte zurück in die Stadt. Cesar entschuldigte sich ebenfalls und folgte ihm. Segalla und Orslett schlugen eine andere Richtung ein. Sie überquerten den stinkenden Stadtgraben und machten sich auf den Weg zum Klo-

ster St. Mary of Bethlehem. Orslett erklärte, daß die Brüder des Klosters die Anweisung der Krone erhalten hatten, in ihren Ställen Pferde für königliche Boten und andere Höflinge bereitzuhalten. Die Gebäude waren baufällig, viele von ihnen ganz eingerissen, und nur wenige Mönche waren nach Marys Thronbesteigung hierher zurückgekehrt. Sie empfingen Segalla und Orslett freundlich und hilfsbereit und luden sie ein, sich an einen Tisch im Freien zu setzen und Dörrfleisch, Früchte und frisches, würziges Ale mit ihnen zu teilen.

»Warum sind wir hergekommen?« fragte Segalla. Er streckte die Beine aus und drehte das Gesicht der Sonne zu. »Ich gebe zu, daß es mir besser gefällt, als Master Monkswood durch die stinkenden Gassen der Stadt zu begleiten.«

»Es ist an der Zeit, Hatfield einen Besuch abzustatten«, erläuterte Orslett. »Ihr selbst habt davon gesprochen.«

Segalla kaute auf seiner Unterlippe. Es gefiel ihm nicht, daß Orslett entschied, wann er wohin gehen sollte.

»Wird Master Cecil sich nicht über einen solchen Besuch wundern?«

Orslett schüttelte den Kopf. »Ich kann nie erraten, was in Master Cecils Kopf vor sich geht«, erwiderte er und nahm einen Apfel aus der Schale. »Nie etwas aufschieben, das ist mein Motto. Mutig sein und entsprechend handeln – das erweckt am wenigsten Verdacht.«

Peter Dalrymple kauerte in seiner Kammer auf der strohgefüllten Matratze und biß seinen Daumennagel so weit ab, bis es blutete. Er war spät in der Nacht schweißgebadet zurückgekommen, hatte seine letzten Münzen für Wein ausgegeben und sich bis zur Bewußtlosigkeit betrunken. Am späten Vormittag war er mit trockenem Mund, trockener Kehle und Kopfschmerzen aufgewacht. Dalrymple war am Ende seiner Kräfte und vollkommen mittellos. Was sollte er tun? Wenn er hierblieb, würde er verhungern, oder – noch schlimmer – die Mörder würden kommen und ihm das Lebenslicht ausblasen, wie sie es mit dem armen Kennet getan hatten. Aber wohin sollte er sich wenden? Dalrymple lehnte sich an die feuchte Wand und nahm das Pergament in die Hand, auf dem er ein detailliertes Geständnis abgelegt hatte. Dieses Geständnis nützte ihm rein gar nichts. Was konnte er schon damit anfangen? Er riß das Pergament in kleine Fetzen und warf sie in den gesprungenen Nachttopf. Dalrymple schloß die Augen. Seine Gedanken wanderten zum Anfang zurück: Er und die anderen im Tower. Sie waren einem abscheulichen Geheimnis auf die Spur gekommen, und in den stürmischen Tagen nach Edwards Tod versuchten sie, ihr Wissen zu verkaufen. Aber alles ging schief. Master Clarence erschien und versprach ihnen eine Menge Silber. Wo hatten sie sich mit ihm getroffen? Ah ja, in der Bischofsresidenz am Rand von Smithfield. Eine finstere Gestalt, dieser Master Clarence, mit Maske und Kapuze. Er bat sie spät in der Nacht in ein Zimmer und blieb selbst immer im Schatten, so daß man kaum etwas von ihm sehen konnte. Dalrymple wußte nur noch, daß er ein großgewachsener Mann gewesen war und sich wie ein Gelehrter ausgedrückt hatte. Sie händigten ihm keine Dokumente aus. Doch als er einen großen Beutel mit Silber hervorzog und ihn verächtlich in den trüben Schein der Kerze auf den Tisch warf, fing Savage an zu reden – er schnatterte drauflos wie eine Gans. Master Clarence saß ganz still da und hörte zu. Hin und wieder heuchelte er Erstaunen, sog scharf die Luft ein, stieß einen leisen Schrei aus oder schüttelte ungläubig den Kopf, doch am Ende hatten sie ihn überzeugt. Die Kerze wurde gelöscht, und Master Clarence verließ den Raum. Sie waren gerade dabei, das Silber zu zählen, als die Justizbeamten hereinstürmten.

Dalrymple wischte sich den Mund mit dem Handrücken ab. Wären sie doch nur klüger gewesen! Aber in ihrer Gier waren sie in die Falle getappt. Master Clarence hatte offenbar von Anfang an die Polizei eingeschaltet, und sobald er gegangen war, schritten die Gesetzeshüter zur Tat und verhafteten sie. Ihr Leben hätte damit zu Ende sein können, aber Savage war sehr geschickt vorgegangen und hatte ausgehandelt, daß man sie verschonte und sie die Flucht ergreifen konnten, wenn sie das Silber wieder hergaben und dann jeder seiner eigenen Wege ging. Nur zwei Tage später wurde ein neuer Haftbefehl gegen sie erlassen. Die Gendarmen und bezahlten Spitzel jagten sie um die St. Paul's Cathedral oder durch die armseligen Gassen um Whitefriars. Gresham, der besonnener war als alle anderen, besaß noch Silber von seiner Arztpraxis und konnte ins Ausland fliehen, aber die anderen drei waren sich selbst überlassen. Nur Königin Marys Einmarsch in die Stadt und der Sturz Northumberlands hatten sie gerettet. Man vergaß die gesuchten Männer, weil die Gesetzeshüter bedeutendere Beute zu jagen hatten.

Dalrymple zuckte erschrocken zusammen, als jemand an seine Tür klopfte. Er schluckte schwer und holte den Dolch hervor, den er unter den Decken versteckt hatte. Wieder ein Klopfen.

»Master Dalrymple?«

»Kommt rein.«

Die klapprige Tür schwang auf. Der Mann, der eintrat, war gekleidet wie ein Mönch, hatte schlohweißes Haar und ein engelsgleiches Gesicht. Dalrymple hielt den Dolch hoch.

»Ich kenne Euch«, keuchte er. »Ich habe zumindest von Euch gehört.«

»Mein Name ist Monkswood.« Der Mann machte die Tür zu und lehnte sich dagegen. Die Hände hatte er in die weiten Ärmel seiner Kutte gesteckt. »Master Dalrymple, ich schlage vor, Ihr legt den Dolch weg. Draußen stehen zwei meiner Freunde. Was könnt Ihr tun? Wohin solltet Ihr gehen? Kennet ist tot. Nackt wie ein Wurm, sein Leichnam liegt noch vor dem verlassenen Haus, in dem Ihr ihn letzte Nacht getroffen habt.«

Dalrymple ließ den Dolch sinken. Monkswood sah sich in der Kammer um.

»Wie tief die Mächtigen gefallen sind!« brummte er. »Ich bin gekommen, um Euch Leben oder Tod zu geben, Master Dalrymple. Es sind Menschen in der Stadt, die sehr gern mit Euch reden würden. Sie bezahlen mich mit gutem Silber, und vielleicht entlohnen sie auch Euch für das, was Ihr wißt.«

Monkswood nahm unaufgefordert auf einem schiefen Stuhl Platz; er hielt die Hände immer noch in den Ärmeln verborgen, und Dalrymple war überzeugt, daß er Waffen bei sich trug.
»Was wollt Ihr?« krächzte Dalrymple.
»Nun, Ihr könnt hierbleiben und darauf warten, umgebracht zu werden; diejenigen, die Kennet getötet haben, suchen auch nach Euch.«
»Oder?«
»Oder«, flüsterte Monkswood, »Ihr kommt mit mir nach Greenwich, übergebt Euch der Justiz der Königin, unterwerft Euch ihrer Gnade und sprecht mit jenen, die Euch Fragen stellen wollen.«
Dalrymple blinzelte und leckte sich über die Lippen.
»Ihr seid allein in dieser Stadt, Ihr seid hungrig und vollkommen mittellos«, beharrte Monkswood. Er zog die Hände aus den Ärmeln. »Kommt mit mir, und Ihr seid sicher.«
Dalrymple sah zu den Fliegen, die er an die schmutzige Wand gequetscht hatte. Mit einem Mal war er entsetzlich müde – er hatte all das leid.
»Ich habe Euer Wort?«
»Ihr habt mein Wort.« Monkswood stand auf. »Ihr werdet sicher sein.«

»Wieso seid Ihr hier, Master Segalla?«
Prinzessin Elizabeth saß in ihrem Sessel und musterte die beiden Männer, die ihr gegenüber Platz genommen hatten. Ihr zur Seite stand Master Cecil und hatte oberhalb ihrer Schultern eine Hand auf die Sessellehne gelegt. Segalla beobachtete die beiden aufmerksam. Draußen war die Dunkelheit hereingebrochen. Es hatte ihn überrascht, daß ihm die Prinzessin so rasch eine Audienz gewährt hatte. Er und Orslett hatten fast den ganzen Nachmittag im Sattel gesessen. Der Ritt nach Hatfield auf den trockenen Wegen war angenehm gewesen; sie hatten einmal haltgemacht, um ihren Pferden eine Ruhepause zu gönnen, und waren vor Einbruch der Dämmerung am Ziel eingetroffen.

»Tut mir leid.« Elizabeths blasses Gesicht erstrahlte mit einem Lächeln; ihre grünen, katzenhaften Augen forschten in Segallas und Orsletts Gesicht. »Wünscht Ihr eine Erfrischung?« Sie warf einen Blick auf ihren Sekretär. »Master Cecil, wenn Ihr so freundlich wärt?«

Cecil füllte die Becher. Der Wein, weiß und kühl, spülte den Staub aus Segallas Kehle.

»Ich bin gekommen, weil Eure Schwester, die Königin, großmütig zugestimmt hat, daß mich Master Orslett herbegleitet. Ich überbringe die guten Wünsche und den Segen Seiner Heiligkeit Papst Pauls IV....«

Elizabeth fing an zu lachen – ein tiefes, kehliges Glucksen. Sie glättete die Falten ihres rot-goldenen Damastkleides und zupfte mit ihren langen, schlanken Fingern an den Rüschen. Für eine Weile wiegte sie sich vor und zurück, die Lachtränen glitzerten in ihren Augen. Sogar der schwarzgekleidete Cecil mit dem grimmigen Gesicht gestattete sich ein kleines, verschlagenes Lächeln. Das Lachen der Prinzessin war so ansteckend, daß auch Segalla vor Verlegenheit mit den Füßen scharrte.

»Carafa.« Elizabeth klopfte sich auf die Brust und wischte sich mit dem Handrücken die Tränen aus den Augen. »Carafa schickt seinen Segen und Grüße an das Balg der Boleyn? So nennt er mich doch, nicht?«

»Seine Heiligkeit ist besorgt...«

»Seine Heiligkeit«, fiel ihm Elizabeth ins Wort, und ihre Miene wurde todernst, »schert sich keinen Deut um mich und würde Freudentänze vollführen, wenn ich tot umfiele. Also, weshalb seid Ihr hier, Segalla? Nein, nein.« Sie wedelte mit dem kleinen Lederhandschuh, den sie in der Hand hielt, hin und her. »Genaugenommen weiß ich, weshalb Ihr gekommen seid. Meine Schwester ist leidend.«

»Eure Schwester, Madame«, Segalla entschied, daß Direktheit die beste Methode war, »stirbt. Einige sagen: an einem Gift.«

Elizabeths Gesicht wurde noch blasser. Sie senkte den Kopf, und als sie wieder aufsah, waren ihre Augen riesengroß und hart wie

Glas. All die Heiterkeit war von ihr gewichen. Sie schüttelte Cecils warnende Hand von ihrer Schulter.
»Master Segalla, ich weiß, daß Ihr dem Jesuitenorden angehört und ein Priester seid. Was ich bin und woran ich glaube, geht nur mich etwas an. Was andere glauben, ist ihre Sache. Ich möchte den Menschen nicht in die Seele schauen. Wenn meine Schwester krank ist, dann helfe ihr Gott. Falls sie vergiftet wurde, dann strafe Gott diejenigen, die dafür verantwortlich sind. Ich bin keine Mörderin, Master Segalla.«
»Das habe ich auch nicht gesagt...« Segalla bemühte sich, die Kontrolle über das Gespräch zu gewinnen.
»Und ich habe nicht gesagt, daß Ihr das sagtet!« versetzte Elizabeth. »Doch ich möchte zwei Dinge klarstellen. Erstens, ich trachte meiner Schwester nicht nach dem Leben. Zweitens, wenn Ihre Majestät, was Gott verhüten möge, tatsächlich stirbt, geht die Krone von England an mich, nicht an einen fremden Potentaten oder an die schmächtige junge Dame, die ihren neuen Gemahl am französischen Hof anschmachtet. Cousine Mary Stuart sollte ihre Nase nicht in Angelegenheiten stecken, die sie nichts angehen!« Elizabeth hielt inne, preßte die Hand auf ihr juwelenbesetztes Mieder und sog die Luft durch die Nase ein. »Niemals werde ich mein Geburtsrecht aufgeben, um einer Fremden den Vortritt zu lassen! Habt Ihr verstanden, Master Segalla?«
»Und Philip von Spanien?«
Elizabeth zwang sich zu einem Lächeln. »Philip von Spanien spielt den Gassenkater. Er hat meine Schwester Mary zugrunde gerichtet, und jetzt will er sich in mein Bett schleichen. Ihr habt meine Antwort.«
»Und Markus 15, 34?«
Elizabeth schlug die Hand vor den Mund und schielte aus dem Augenwinkel zu Cecil.
»Wir haben von diesem verrückten Unsinn gehört«, warf der Sekretär in aalglattem Ton ein. »Es gibt Briefe, in denen Mary für tot und begraben erklärt und nach dem Preis für die Krone von England gefragt wird.«

»Was hat das zu bedeuten?« fragte Segalla.
Cecil zog die Augenbrauen zusammen. Segalla entging keineswegs, daß er nervös geworden war. Cecil drehte den Kopf, kratzte sich die Stirn und sah verstohlen zu Orslett; dann kehrte er ihnen abrupt den Rücken zu und ging zum Fenster.
»Habt Ihr bemerkt, Master Segalla, wie rasch der Winter kommt? In wenigen Tagen ist Michaeli, Ende September. Ihr wart in London, und Euch ist sicher die Rastlosigkeit und Unruhe aufgefallen.«
Segalla hörte, daß Cecil jetzt dicht hinter ihm stand und Blickkontakt mit Elizabeth herstellen konnte, ohne beobachtet zu werden.
»Und?« hakte Segalla nach.
»Alles verändert sich, Master Segalla. Das Königreich ist ruhelos. Es braucht Frieden und Sicherheit.«
»Und Markus 15, 34 bedroht den Frieden und die Sicherheit? Kein Mensch scheint zu wissen, was es bedeutet«, fuhr Segalla fort, »dennoch verursacht es hier und bei Hofe größte Besorgnis.«
Segalla taxierte Elizabeth – sie beobachtete aufmerksam ihren Sekretär.
»Wir wissen nicht, worauf diese Briefe anspielen«, erwiderte Cecil tonlos. »Ja, es ist eine Drohung, aber Näheres wissen wir nicht.« Segalla sah am Gesichtsausdruck der Prinzessin, daß Cecil log.
»Die Vier Evangelisten.« Segalla ließ Elizabeth nicht aus den Augen. »Die Vier Evangelisten«, wiederholte er, »sind dezimiert. Savage ist tot, er lag vergiftet in seiner Dachkammer. John Gresham, besser bekannt als Theophilus, wurde ebenfalls ermordet. Kennet hat man mit durchgeschnittener Kehle im Moor gefunden. Dalrymple versteckt sich in London, und morgen, Madame, werde ich mit der großzügigen Erlaubnis der Königin die Aufzeichnungen aus dem Geheimarchiv durchsehen. Dalrymple wird bald gefunden, und vielleicht kommt noch mehr ans Licht?«

Die Veränderung an Elizabeth war, obwohl sie sich zu verstellen versuchte, nicht zu übersehen. Eine mutige, resolute Frau, dachte Segalla, mit eisernem Willen und entsprechend scharfem Verstand. Trotzdem war sie aufgeregt. Sie sah erst Orslett, dann Cecil an, der sich jetzt hinter ihm postiert hatte.
»Ich weiß nicht, wovon Ihr sprecht«, entgegnete die Prinzessin mit bemüht ruhiger Stimme. »Master Cecil, ich denke, ich habe genug gesagt. Es ist bereits dunkel. Segalla, Ihr könnt, wenn Ihr wünscht, die Nacht hier verbringen. Ich bitte Euch, Hatfield gleich am Morgen zu verlassen.«
Segalla stand auf und verbeugte sich. Er war schon an der Tür, als Elizabeth seinen Namen rief.
»Madame?«
Elizabeth hatte sich ebenfalls erhoben. Ihr Gesicht war von Wut und Zorn gezeichnet, als sie mit dem Finger auf ihn zeigte.
»Master Segalla!« wiederholte sie harsch. »Wie ich bereits sagte, Gott möge verhüten, daß meine Schwester stirbt, aber wenn es so kommt und Gott so gnädig ist, mir die Krone zu übertragen, dann dulde ich nicht, daß Ihr auch nur einen Fuß in mein Reich setzt!«
Orslett, der auch aufgestanden war, wollte wie Segalla das Gemach verlassen.
»Ihr bleibt!« befahl Elizabeth. »Ich habe Botschaften an meine gute Schwester!«
Segalla ging. Cecil folgte ihm hinaus und zupfte an seinem Ärmel.
»Ihr dürft über Nacht bleiben«, erklärte er. Seine klugen Augen hielten Segallas Blick stand. »Ihr befaßt Euch mit Angelegenheiten, die nicht die Euren sind.« Er deutete auf den Korridor hinter dem Vorzimmer. »Wartet dort auf Orslett. Er wird sich in Kürze zu Euch gesellen.«
Cecil kehrte zurück in Elizabeths Gemach. Die Prinzessin stand noch immer, Orslett kniete vor ihr. Elizabeth wartete, bis Cecil die Tür geschlossen hatte.
»Mylady, er ist außer Hörweite.«

Elizabeth ging einmal um Orslett herum. »Gut, gut, Master Stephen.« Ihre Stimme war leise, schnurrend, aber sie hatte die Hände zu Fäusten geballt. »Das ist ja ein schönes Durcheinander. Ich werde bedroht und bitte Euch, Nachforschungen anzustellen; Ihr kommt mit leeren Händen zurück, aber der Handlanger des Papstes kann in England herumwandern und Geheimnisse aufstöbern.«
»Wer hat Euch aufgetragen, Monkswood anzuheuern?« zischte Cecil. »Wenn ich das gewollt hätte, hätte ich es selbst getan.«
»Ich hatte keine andere Wahl«, erwiderte Orslett. »Von nichts kommt nichts. Monkswood erhielt den Auftrag, und«, Orslett schnippte mit den Fingern, »alle möglichen Dinge kamen ans Licht.«
»Seht Euch vor!« Elizabeth trat gegen Orsletts Stiefelsohle. »Monkswood und seinesgleichen arbeiten für Geld und Vergünstigungen.«
»Mylady«, sagte Orslett, »ich tue, was ich kann. Falls ich zu weit gegangen sein sollte, bitte ich um Vergebung.«
»Ah, da liegt der Hase im Pfeffer.« Elizabeth bückte sich. »Der schlaue Master Orslett steht mit je einem Bein in beiden Lagern. Ich denke, Ihr seid mein Mann, und meine reizende Schwester denkt, Ihr seid ihrer. Aber was seid Ihr wirklich, Master Orslett?« Elizabeth richtete sich auf und umrundete Orslett noch einmal. Wieder trat sie zu, diesmal traf sie Orsletts Schienbein mit voller Wucht. »Die Vier Evangelisten, diese gerissenen Gauner ... drei von ihnen sind also tot, ja? Und der vierte wird bald gefaßt? Was werdet Ihr für mich tun?«
»Mylady.« Orslett zuckte zusammen, weil sein Bein bei jeder Bewegung schmerzte. »Ich habe keine andere Wahl, als mit Segalla zusammenzuarbeiten. Ich glaube nicht ...?«
»Was glaubt Ihr nicht?«
»Ich glaube nicht, daß Savage oder einer seiner Kollegen diese Briefe geschrieben hat, die Ihr erhalten habt. Diese Männer waren schwach und hilflos und hatten Angst vor ihrem eigenen Schatten.«

»So?« Elizabeth nahm wieder in ihrem Sessel Platz.
»Sie haben ein Geheimnis aufgedeckt, Mylady. Und ich vermute, sie sind jetzt vollkommen verschreckt, weil sie etwas Ungeheuerliches wissen. Noch jemand kennt dieses Geheimnis, und das ist die Person, die wir finden müssen.«
»Nein, Master Orslett«, fauchte Elizabeth. »Das ist die Person, die *Ihr* finden müßt, und zwar schnell!«
Orslett verlagerte sein Gewicht, um den Schmerz im Bein zu lindern. Elizabeths Stimmung schlug von einem Augenblick zum anderen um. Sie ging zu Orslett und streckte ihm die Hand entgegen.
»Kommt, Master Orslett, steht auf, steht auf!« befahl sie matt. Sie half ihm auf die Füße und deutete auf einen Stuhl. »Ich bitte um Verzeihung wegen des Trittes.« Sie lächelte schelmisch. »Mein Temperament ist mit mir durchgegangen.«
Orslett setzte sich, blieb aber wachsam.
»Ich weiß.« Elizabeth winkte ab. »Ihr müßt meiner Schwester ebenso dienen wie mir, und Ihr könnt nur das tun, was Ihr als Euer Bestes anseht. Master Cecil, stellt sicher, daß Orslett Hatfield mit einer angemessenen Belohnung verläßt.«
Sie neigte den Kopf, und Orslett, der das Gespräch als beendet ansah, stand auf.
»Oh, und Stephen!«
Er drehte sich um; die Prinzessin bedachte ihn mit einem betörenden Lächeln.
»Wenn Ihr Master Dalrymple und die Person, die diese Briefe verfaßt hat, findet...«
»Ja, Mylady?«
Elizabeths Lächeln verblaßte. »Tötet sie!« flüsterte sie. »Habt Ihr verstanden? Schnell und ohne Gnade.«
Orslett verließ das Gemach. Obwohl er sich alle Mühe gab, konnte er sich nur hinkend fortbewegen. Er hinkte durch das Vorzimmer in den Korridor dahinter, in dem Segalla wartete. Ein Kammerdiener hielt sich in der Nähe auf. Orslett zwinkerte Segalla vielsagend zu, und sie gingen schweigend weiter, bis man

sie zu ihrem Quartier in einem abgelegenen Flügel des großen Palastes gebracht hatte. Orslett setzte sich auf den Bettrand. Er zog seine Stiefel aus, rollte die Wollstrümpfe herunter und rieb sich die schmerzende Stelle.
»Die Prinzessin war ungehalten?« erkundigte sich Segalla.
»Elizabeth ist ein hitziges Mädchen.« Orslett stellte die Füße auf den Boden. »Sie hat das Temperament ihres Vaters. Sie kann schlagen und treten wie ein Mann, und in der nächsten Minute umschmeichelt sie einen wie ein sanftes Kätzchen.«
Segalla ging im Zimmer herum und klopfte gegen die Holzvertäfelung.
»Wollen mal sehen«, sagte er. »Es muß schwer für Euch sein, zwei Meistern zu dienen, Stephen«, fügte er hinzu.
»Es ist, als stünde ich mit je einem Fuß auf beiden Seiten eines Feuers. Man läuft Gefahr, sich den Hosenboden zu verbrennen.«
»Und die Prinzessin war wütend, weil Ihr auch Königin Mary dient«, folgerte Segalla. »Ihr habt drei der Evangelisten aufgespürt, und alle drei sind tot. Die Chancen stehen gut, daß wir den vierten fangen, aber zwei Fragen bleiben offen. Die erste lautet: Welches Geheimnis hatten sie?« Segalla schnalzte mit der Zunge.
»Und die zweite?« drängte Orslett ungeduldig.
»Oh, ich bin überzeugt, Ihr habt dieselben Schlüsse gezogen wie ich, Stephen. John Gresham mag in Saus und Braus gelebt haben, aber seine drei Freunde waren verängstigte, bettelarme Männer. Sie kannten das Geheimnis, doch sie sind bestimmt nicht die Verfasser dieser Briefe. Das ist ein anderer. Und das führt mich zu einer noch beunruhigenderen Schlußfolgerung.« Segalla sah aus dem Fenster. »Ich glaube, Prinzessin Elizabeth hat ihre Hand nicht im Spiel bei den Anschlägen gegen Mary. Trotzdem fürchtet sich Elizabeth vor etwas, das ihren Anspruch auf den Thron zunichte machen könnte. In diesem verlassenen Haus war eine Zeichnung an der Wand ...«
»Ja, ich habe sie gesehen«, unterbrach ihn Orslett. »Eine grobe Skizze vom Tower.«

»Und die Stelle, an die Kennet das X gemalt hat?«
»Der Blutturm«, antwortete Orslett. »Die Kammer befindet sich im zweiten Stock.«
Segalla zog ebenfalls seine Stiefel aus und setzte sich aufs Bett. »Dann, Stephen, ist der Tower morgen erneut unser Ziel.«

Kapitel 10

Sie erreichten den Tower kurz vor Mittag. Segalla bezahlte einen Stallburschen, damit er die Pferde zurück zu St. Mary of Bethlehem brachte. Ein mürrischer Wachmann kam ihnen in der Grünanlage entgegen und winkte sie zum Blutturm.

»Im Augenblick«, erklärte der Mann säuerlich, als empfinde er tiefstes Bedauern, »gibt es dort keine Gefangenen. Die Türen zu allen Zellen sind offen.«

Orslett hielt dem Mann die königliche Vollmacht vor die Nase.

»Wir sind keine Bauern vom Land«, fuhr er ihn an, »die die Sehenswürdigkeiten der Stadt bewundern wollen!«

Der Bursche wich zurück. »Was wollt Ihr?« Er bemühte sich um einen höflicheren Ton.

»Als erstes, daß Ihr gute Manieren an den Tag legt, und als zweites Eure Mithilfe.«

Der Wachmann führte sie in den Turm. Die Wände waren kalt und feucht, und auf den Treppen war Schimmel zu sehen. Im Erdgeschoß befand sich der Wachraum, der derzeit nicht genutzt wurde. Im ersten Stock führte eine schmale Galerie in zwei miteinander verbundene Kammern, in die durch die Bogenschlitzfenster spärliches Licht fiel. Auf Orsletts Befehl hin entfachte der Wachmann die Wandfackeln und eine Talgkerze. Beide Kammern waren sauber gefegt. An den Wänden und auf dem Boden war nichts zu finden – abgesehen von den paar Möbelstücken.

»Was war so besonders an diesen Räumen?« fragte Segalla.

Dann entdeckte er die Schrift an der Wand, die Zeichen, die die Gefangenen über Jahre hinweg gemacht hatten. Er studierte sie genauer, und Orslett tat es ihm gleich. Sie gingen sämtliche Wände ab. Für Segalla war das eine unangenehme Aufgabe. In seinen Alpträumen sah er sich als Gefangenen in einem Kerker wie diesem. Die Inschriften an den Wänden legten beredtes Zeugnis vom Zustand der Gefangenen vieler Jahre ab. »Jesus sei Adam Belcher gnädig.« »Gott möge uns von den Fußeisen befreien.« »Betet für meine Frau und meine Familie.« Manchmal standen da nur Namen und ein Datum: »Michael Foliot 1487.« Andere Schriften waren obszön, oder ein mittlerweile längst verblichener Feind wurde verflucht. Manche Zeichnungen muteten makaber an: ein Galgen, das Schafott, ein tanzendes Skelett. Orslett und Segalla gingen in den angrenzenden Raum, und unter dem Fenster fand Segalla, wonach sie suchten.

»Eloi, Eloi, lamma sabacthani. Markus 15, 34.« »Jesus sei uns gnädig«, dann: »Smeaton, Rochford und Norris.«

»Anne Boleyns angebliche Liebhaber«, erklärte Orslett. »Offenbar wurden sie hier gefangengehalten, bevor die Urteile vollstreckt wurden. Rochford und Norris wurden geköpft. Smeaton, ein gewöhnlicher Musikant, wurde auf der Streckbank gefoltert, bis man ihm die Glieder ausgerissen hatte, erst dann kam er an den Galgen in Tyburn.«

»In welchem Jahr wurden sie hingerichtet?«

Orslett kniff die Augen zusammen. »1536; elf Jahre vor Heinrichs Tod.«

»Haben sie Geständnisse abgelegt?«

»Heinrich war seiner Anne überdrüssig«, führte Orslett aus. »Er hatte sich bereits entschlossen, Jane Seymour zu seiner Frau zu machen. Anne war ein kokettes Ding; es gefiel ihr, den König mit ihren Bewunderern zu foppen. Ihre Geständnisse, die sie unter der Folter abgelegt haben, waren dennoch bedeutungslos.«

Sie verließen den Turm, dankten dem Wachmann und gingen zum Fluß, wo sie ein Fährboot mieteten, das sie nach Greenwich bringen sollte. Der Nachmittag war schön, die Sonne schien warm, und als sie am Kai des Palastes festmachten, sahen sie, daß die Banner der Königin gehißt waren, zum Zeichen, daß sie noch im Palast weilte. Monkswood erwartete sie vor den Toren. Er grinste von einem Ohr zum anderen und hüpfte aufgeregt.

»Master Orslett, Master Segalla, dankt Gott, daß Ihr Euch an Monkswood gewandt habt!«

»Was hat das zu bedeuten?«

»Ich habe Dalrymple gefunden.« Er kicherte über ihre erstaunten Gesichter. »Er ist da drin und wird von den Männern der Königin in einer Kammer bewacht.«

»Ist Doktor Cesar hier?« wollte Segalla wissen.

»Er meinte, er hätte dringende Geschäfte in der Stadt zu erledigen; er muß Heilmittel und Pulver kaufen. Jedenfalls läßt die Königin Dalrymple strengstens bewachen. Kein Mensch darf sich ihm nähern, bis Master Orslett sein Geständnis hat. Ich habe ihn überredet, sich zu ergeben.« Monkswood tänzelte neben ihnen her. »Ich habe ihm eine Belohnung versprochen. War das richtig, Master Stephen?«

Orslett klopfte dem schlauen Fuchs auf die Schulter.

»Das habt Ihr gut gemacht. Ihr seid ein zuverlässiger, vertrauenswürdiger Mann und werdet dementsprechend entlohnt«, sagte er.

Sie stiegen die lange Treppe hinauf und bogen in den Korridor ab, der zu den königlichen Räumen führte. Sir Henry Grantchester führte sie ins Gemach der Königin. Mary saß vor dem Kamin an einem kleinen Schreibtisch, umgeben von Sekretären, die Briefe versiegelten. Jane Dormer, die in einem Stundenbuch blätterte, hatte in einem Sessel ihr gegenüber Platz genommen. Orslett und Segalla sanken auf die Knie. Die Königin schenkte ihnen ein Lächeln und bedeutete ihnen mit einer Geste, sich zu erheben und sich an den Kamin zu setzen. Lady Jane eilte herbei und kredenzte ihnen Wein.

»Sieht die Königin nicht viel besser aus?« flüsterte sie. »Sie schreibt diese Briefe zu Ende, und dann will sie mit mir nach Sinistrel fahren. Die Landluft wird ihr guttun.«

Segalla beobachtete die Königin: Ihre Bewegungen wirkten kraftvoll, sie zitterte nicht mehr wie bei ihrer ersten Begegnung

und preßte auch nicht mehr die Hände auf den Leib. Sie nahm ein paar Briefe, die ihr ein Sekretär reichte, entgegen, drückte ihr Siegel in das weiche Wachs und gab sie rasch wieder zurück.
»Und Dalrymple?« fragte Segalla.
»Er wurde von einem eigenartigen Mann hergebracht«, erzählte Lady Jane. »Ein Mönch?«
»Monkswood«, erwiderte Segalla.
»Ganz recht. Dalrymple hat sich freiwillig in Sir Henry Grantchesters Gewahrsam begeben. Jetzt wird er streng bewacht.«
»Was hat die Königin zu ihm gesagt?«
Jane zog ihre wohlgeformten Augenbrauen hoch. »Das weiß ich nicht. Die Königin hat alle Anwesenden gebeten, den Raum zu verlassen, und zum erstenmal forderte sie auch mich zum Gehen auf. Sie war etwa eine Viertelstunde mit Dalrymple allein.« Sie lächelte. »Ich gestehe, ich habe gelauscht, aber die Königin hat zu leise gesprochen. Ich glaube, sie hat Dalrymple Fragen gestellt. Sir Henry Grantchester war sehr besorgt und lief im Vorzimmer auf und ab wie ein tollwütiger Hund. Ich dachte schon, er würde die Tür aufbrechen, aber jeder Narr kann sehen, daß Dalrymple ein kranker Mann ist und für niemanden eine Bedrohung darstellt.«
»Gut.« Die Königin klatschte in die Hände und faltete sie wie zum Gebet. »Wenn ich noch ein einziges Schriftstück versiegle, fallen mir die Finger ab! Ich habe genug getan!«
Sobald die Sekretäre gegangen waren, unterbrach die Königin Segallas Unterhaltung mit Jane Dormer.
»Die Dokumente, die Ihr sehen wolltet, sind hier im Palast«, eröffnete sie ihnen. »Ich hoffe, sie sind Euch von Nutzen. Braucht Ihr sonst noch etwas?«
Segalla berichtete von seinen Besuchen in Hatfield und im Tower und ihren Entdeckungen.
»Ja, gut.« Die Königin schürzte geziert die Lippen.
»Und Master Dalrymple?« fragte Segalla.
»Ah.« Die Königin lächelte. »Ich bin ihm schon einmal begegnet, vor Jahren, als ich im Tower war.« Sie blinzelte, preßte die Lippen zusammen und fuhr mit dem Zeigefinger darüber.

»Eure Hoheit, ich muß noch einmal fragen«, beharrte Segalla. »Wer hat Euch Theophilus empfohlen?«
»Oh, er kam vor zwei Jahren mit besten Empfehlungsschreiben, Briefen aus Paris und Rom. Es war nach«, sie stockte, »nach der Zeit, in der ich dachte, schwanger zu sein.« Sie legte den Kopf zurück. »Die Höflinge haben mich ausgelacht. Doktor Theophilus gehörte der Arztgilde an, und als ich im Tower war, hat er sowohl mich als auch meine Mutter behandelt. Er hat gute Arbeit geleistet.«
»Eure Hoheit, seid Ihr Euch im klaren, daß die sogenannten Evangelisten Savage, Dalrymple, Gresham und Kennet nicht die Verfasser der Briefe sind, die Ihr und andere erhalten habt?«
»Das ist mir bewußt«, erwiderte sie.
»Madam, wer könnte dann dafür verantwortlich sein?«
Die Königin starrte auf einen Punkt über Segallas Kopf.
»Madam, diese Person könnte es auf Euer Leben abgesehen haben.«
»Das glaube ich nicht«, entgegnete die Königin. Sie seufzte und ließ die Hände auf ihren Schoß sinken. »Aber was spielt das schon für eine Rolle?«
»Eure Hoheit.« Segalla beugte sich vor und rieb die Hände aneinander. »Madam, Ihr seid die Königin. Wen Ihr empfangt und aus welchem Grund, ist ganz allein Eure Angelegenheit. Aber wieso habt Ihr Dalrymple unter vier Augen befragt?«
Die Königin funkelte Jane Dormer an.
»Ich weiß es nicht. Ich kann Euch nicht sagen, wieso.« Sie holte scharf Luft. »Ich wollte mehr über Theophilus erfahren.« Die Königin wollte aufrichtig sein, aber Segalla spürte, daß seine Fragen ihr nicht behagten. »Genug ist genug.« Sie seufzte. »Ich beabsichtige, nach Sinistrel in Essex zu fahren. Der Oktober beginnt, und der Winter ist nahe. Bald ist die Luft kühl, und es wird eine Freude sein ...«
Ein lautes Hämmern an der Tür unterbrach sie, und Grantchester stürzte herein. »Eure Hoheit.« Er rang nach Atem. »Ich bitte um Vergebung. Master Segalla, Master Orslett, Ihr solltet schnell

kommen. Der Gefangene Dalrymple – ein Feuer ist in seiner Kammer ausgebrochen!«

Segalla und Orslett verließen die Königin und folgten Grantchester im Eilschritt durch den Korridor und die Treppe hinunter. Sobald sie im Erdgeschoß ankamen, roch Segalla das Feuer. Rauch wehte ihnen entgegen, und sie hörten die Schreie der Diener und Küchengehilfen. Sie liefen an dem Küchentrakt vorbei und kamen in einen mit Steinen gepflasterten, vollkommen verqualmten Flur. Einer der königlichen Leibgardisten hatte eine Löschkette organisiert, Wassereimer wurden rasch von einem zum anderen gereicht. Segalla und seine beiden Begleiter hielten sich Mund und Nase zu und bahnten sich einen Weg zur Brandstelle. Die Flammen waren gelöscht, die Fenster geöffnet, aber die Kammer, in die man Dalrymple gesperrt hatte, war rußgeschwärzt und verkohlt. Segalla entdeckte Beine, die unter einer schmutzigen Pferdedecke herausragten.

»Das ist Dalrymple«, sagte einer der Wachmänner, »oder das, was von ihm übrig ist.«

»Was ist passiert?« wollte Orslett wissen.

Er und Segalla betraten die Kammer. Wände, Decke und Boden waren verbrannt und rußig, das Bett und die Möbel nur noch verkohlte Holzstücke. Über dem Bett befand sich ein vergittertes Fenster, dessen stark angesengte Läden jetzt offenstanden, damit der Rauch abziehen konnte und frische Luft hereinkam.

»Dalrymple wurde hierhergebracht?« fragte Segalla.

»Auf meinen Befehl«, bestätigte Grantchester und kam ebenfalls in den kleinen Raum. »Zwei Wachen standen draußen auf dem Flur und zwei im Hof. Das Fenster war geschlossen.«

»Und?« drängte Segalla.

»Die Wachen draußen sahen den Rauch als erste. Doch als sie vor der Tür anlangten, waren die inneren Wachen bereits ebenfalls alarmiert. Die Tür war von außen verriegelt. Die Soldaten traten sie ein. Offenbar lag Dalrymple auf dem Bett – er, das Bett und die Laken standen in Flammen, Dalrymple schrie. Meine Männer taten, was sie konnten. Im Hof ist ein Brunnen, von dort und aus der Küche holten sie Wasser. Der Boden ist aus Stein, deshalb wurden sie dem Feuer so rasch Herr, aber für Dalrymple kam jede Hilfe zu spät.«

Segalla kauerte sich hin. Die meisten Binsen, die auf dem Boden ausgestreut gewesen waren, hatten die Flammen verschlungen, aber ein paar Halme waren unversehrt. Segalla befühlte sie – sie waren hart und trocken.

»Welchem Zweck dient dieser Raum normalerweise?« fragte er.

»Hier hält sich einer der Vorratsverwalter auf. Ihre Hoheit wies uns an, Dalrymple in einem bequemen Quartier unterzubringen, ihn aber unter strengster Bewachung zu halten. Abgesehen vom Kerker erschien mir dies der beste Platz zu sein.«

Orslett ging zur Tür. »Laßt den Flur räumen!« befahl er einem der Soldaten.

»Und wer hat ihn besucht?«

Grantchester schüttelte den Kopf und wischte sich graue Asche vom Wams.

»Nach Aussage der Wachmänner niemand.«

Segalla ging hinaus auf den Flur. Noch immer wirbelten Rauchschwaden durch die Luft. Deshalb schlenderte er in den Hof, Orslett und Grantchester folgten ihm.

»Also, Sir Henry«, begann Segalla, »da ist ein Mann, der uns äußerst wichtige Informationen hätte geben können. Er wird in eine Kammer aus Stein gebracht, und sowohl auf dem Flur davor als auch vor dem Fenster stehen Wachen. Niemand ging zu ihm hinein, ja?«

Grantchester nickte.

»Seid Ihr dessen ganz sicher?«

»So sicher, wie die Sonne am Himmel steht.«

»Doktor Cesar?«

»Er war zugegen, als Dalrymple sich der Justiz der Königin übergab, aber die einzige Person, die den Raum betrat, war ich selbst. Ich brachte ihm zu essen und zu trinken. Er hatte zur Beleuchtung nur eine Kerze. Ich habe den Wachen strikte Anweisungen

gegeben.« Grantchester hatte alle Mühe, seinen Zorn im Zaum zu halten. »Ich gab strikte Anweisungen«, wiederholte er, »niemanden hinein oder hinaus zu lassen. Die Königin hat mir eingeschärft, daß Dalrymple ein wichtiger Mann ist.«
»Und Ihr könnt mit Sicherheit sagen, daß niemand hier war?« hakte Orslett nach.
»Befragt die Wachen selbst!« versetzte Grantchester ungehalten. »Der einzige, der zwischen gestern nachmittag und dem Ausbruch des Feuers in die Kammer ging, war ich.«
»Wie oft wart Ihr bei Dalrymple?« wollte Segalla wissen.
»Gestern abend, heute ganz früh und kurz vor Mittag. Ich brachte ihm jedesmal etwas zu essen.«
»Und wie ging es Dalrymple?«
»Zuerst war er sehr verängstigt, und er war krank. Heute morgen erschien er mir ruhiger, zuversichtlicher. Er meinte, daß er sich jetzt wünschen würde, er hätte sich schon vor Jahren gestellt.«
Segalla warf einen Blick über Grantchesters Schulter und entdeckte Monkswood, der auf der Türschwelle stand.
»Und er dort drüben – seit wann ist er hier?«
Grantchester folgte Segallas Blick.
»Er kam gestern mit Dalrymple an.«
»Sagt ihm, daß er auf uns warten soll«, ordnete Segalla an. »Sir Henry, könnt ihr mir die Wachmänner schicken, die Dienst taten, als das Feuer ausbrach?«
Sir Henry stakste davon und schubste Monkswood zurück ins Haus. Segalla und Orslett setzten sich auf eine Bank. Die vier Wachmänner waren kräftig, jung und daran gewöhnt, Befehle auszuführen. Sie hörten sich Segallas und Orsletts Fragen an und zuckten mit den Schultern.
»Wir sind nur auf und ab gegangen«, sagte der Mann, der sich als Corporal Tipping vorgestellt hatte. »Plötzlich hörten wir einen Schrei. Ich rannte los, und als ich zu der Kammer kam, traute ich meinen Augen nicht. Die Binsen, das Bett und der arme Teufel, der darauf lag – alles war ein einziges Flammenmeer, als wäre die Hölle durch den Erdboden gebrochen.«

»Und niemand hatte sich zuvor dem Raum genähert?« fragte Segalla.
»So ist es, Sir«, mischte sich ein anderer ein. »Ich war mit Corporal Tipping im Flur. Browngate und Hallem standen draußen. Kein Mensch ist auch nur in die Nähe der Kammer gekommen. Das Feuer schien einfach so dagewesen zu sein, und zwar rasend schnell. Die beiden sahen, wie sich der Rauch aus dem Fenster kräuselte, in dem Moment, als auch wir merkten, daß etwas nicht stimmte.«
»Als wir die Tür aufgebrochen hatten«, schaltete sich Tipping wieder ein, »standen wir vor einer Feuerwand. Ich alarmierte den Hauptmann der Garde und lief los, um Leute zu holen, die Wasser aus dem Brunnen schöpfen sollten. Hat dem armen Kerl nicht mehr viel genützt!«
Segalla gab dem Corporal eine Silbermünze und entließ ihn und die anderen drei Männer. Gleich darauf führte Grantchester Monkswood zu ihnen. Zum erstenmal erlebte Segalla den scheinheiligen Ganoven aufgeregt und nervös.
»Mir ist meine Belohnung durch die Lappen gegangen«, jammerte er. »Ich habe mein ganzes schönes Silber verloren!«
»Nein, das habt Ihr nicht«, gab Orslett schroff zurück. »Ich sorge dafür, daß Ihr es bekommt, Monkswood. Wart Ihr in der Nähe von Dalrymples Zelle?«
»Was glaubt Ihr wohl?« höhnte der Halunke. »Man hätte mich hier kaum geduldet. Aber immerhin haben sie mir ein warmes Bett und etwas zu essen gegeben.«
»Und Ihr hieltet Euch nie in der Nähe der Kammer auf?« insistierte Orslett.
»Sir, Sir.« Monkswood rieb sich das Gesicht. »Ich habe Euch gesagt, was ich weiß.« Er spähte wehmütig über die Schulter. »Ich gehe jetzt besser, ich habe noch Geschäfte in der Stadt zu tätigen.«
»Nicht so eilig«, wehrte Segalla ab.
Monkswood seufzte und verdrehte die Augen zum Himmel.
»Ihr habt Dalrymple in seiner Bleibe in der Stadt aufgespürt, ja?«

Monkswood nickte.
»Und ihn überredet, sich der Justiz der Königin zu übergeben?«
Monkswood nickte wieder.
»Dalrymple hat auf dem Weg hierher sicherlich mit Euch gesprochen, oder?«
»Er war verschlossen wie die Börse eines Geizhalses«, erwiderte Monkswood. »Er sagte, er würde den Mund halten, bis er mit den Männern der Königin geredet hat. Nach allem, was ich gehört habe, hat Ihre Majestät die Königin, Gott segne sie, auf Eure Rückkehr gewartet. Und, Master Stephen, wenn es Euch nichts ausmacht...?« Monkswood hielt ihm die Hand hin. »Gönnt mir den Lohn für meine Bemühungen, und ich verschwinde, bis Ihr meine Dienste wieder benötigt.«
Orslett warf ihm ein Silberstück zu. Monkswood fing es auf und watschelte über das Kopfsteinpflaster in Richtung Tor. Orslett rief den Wachen zu, daß sie ihn durchlassen sollten.
Grantchester kam zurück. »Ihre Hoheit bricht noch heute abend nach Sinistrel auf«, verkündete er. »Für Euch sind etliche Truhen abgeliefert worden, werte Herren«, setzte er knapp und mit unbewegtem Gesicht hinzu.
»Und was habt Ihr vor, bleibt Ihr bei uns?« Segalla hob den Kopf und blinzelte in die Sonne.
»Der Hauptmann der Garde folgt seiner Königin auf Schritt und Tritt«, erwiderte Grantchester und verbeugte sich. »Dalrymple ist tot, das Feuer gelöscht. Möglicherweise möchtet Ihr die Kammer gründlich untersuchen.«
Orslett entschuldigte sich und ging mit Grantchester ins Haus.
Segalla blieb noch eine Weile sitzen, starrte in den Himmel und versuchte zu ordnen, was er inzwischen in Erfahrung gebracht hatte. Jetzt wünschte er, er wäre nicht nach Hatfield geritten, sondern statt dessen bei Dalrymples Ankunft hier gewesen. Jetzt waren alle Vier Evangelisten tot; die Königin hatte einen neuen Arzt, und es schien ihr wesentlich besser zu gehen; das Spiel war vorbei. In diesem Fall sollte er eigentlich abreisen. Segalla richtete

sich auf und beobachtete einen Sperling, der Samen vom Kopfsteinpflaster pickte. Wollte sein mysteriöser Feind das? Den Eindruck erwecken, daß jetzt alles vorbei und gut war? Segalla wurde nicht mehr gebraucht und würde sich deshalb auf den Weg nach Tilbury machen oder das nächste Schiff nach Frankreich oder Italien besteigen. Segalla wischte ein wenig Asche von seinem Handrücken. Wenn das Leben nur einfach wäre. Er hörte ein Geräusch und sah auf. Eins der Flügelfenster im oberen Stock öffnete sich langsam. Segalla erkannte die Zeichen der Gefahr. Er entdeckte keine Hand, kein Gesicht. Im nächsten Moment warf er sich zur Seite, und gleich darauf schlug ein Armbrustpfeil neben ihm gegen die Wand. Segalla hob den Pfeil auf, dessen ehemals scharfe Spitze von dem Aufprall abgeflacht war, und ging mit schnellen Schritten in den noch immer nach Qualm stinkenden Flur. Gleich hinter der Tür blieb er stehen. Diener waren dabei, alles sauberzumachen und aufzuräumen. Sie starrten ihn neugierig an. Segalla öffnete sein Wams und wischte sich den Schweiß vom Hals. Er wäre gern die Treppe hinaufgelaufen, aber was hätte ihm das genutzt? Es war besser, stehenzubleiben, abzuwarten und die Augen offenzuhalten. Wer hielt sich im Palast auf? Cesar war in London. Wo könnte Grantchester sein? Und wieso hatte sich Orslett so überstürzt davongemacht? Segalla erinnerte sich, daß der Bote der Königin etwas von anderen Dingen gesagt hatte, die er noch erledigen mußte. Oder hatte ein anderer auf ihn gezielt? Jemand, der sich noch nicht gezeigt hatte? In Betracht käme auch Monkswood – woher sollte er wissen, ob der Ganove tatsächlich gegangen war? Und was war mit der hübschen Jane Dormer? Eine Frau konnte mit einer kleinen Armbrust ebensogut umgehen und genau zielen wie ein Mann, und hatte Jane nicht gesagt, daß sie gern auf die Jagd ging? Oder hatten Elizabeth und der gewiefte Cecil ihre Hände im Spiel? Sie haben ganz sicher Agenten in Greenwich ... Oder war der Schütze derselbe Mann, der Kennet umgebracht hatte? Das Werk eines gedungenen Mörders?
»Entschuldigung, Sir.«

Segalla wich einem Küchenjungen aus, der den Schmutz vom Boden wischte, dann ging er in die Kammer, in der Dalrymple den Tod gefunden hatte. Das Löschwasser hatte sich mit dem Ruß vermischt und bildete eine schwarze Schlammschicht auf dem Boden. Alle brennbaren Gegenstände waren zu Asche geworden. Segalla hob einen geschmolzenen Kerzenständer auf. Es wäre töricht, den Brand als Unfall anzusehen. Eine einzige Kerze hätte den Raum nicht so schnell in ein flammendes Inferno verwandelt.

»Habt Ihr noch etwas gefunden, Sir?«

Segalla drehte sich um. Corporal Tipping stand in der Tür und sah ihn neugierig an. Segalla bemerkte, daß eine kleine Armbrust an Tippings Waffengürtel hing.

»Könnt Ihr gut damit umgehen?« erkundigte sich Segalla und deutete auf die Waffe.

Tipping starrte ihn mit offenem Mund an, dann warf er den Kopf zurück und lachte.

»Gut? Ich bin einer der besten Schützen im königlichen Hofstaat. Wie wär's mit einer Wette, Sir? Um ein Silberstück?«

Segalla schüttelte den Kopf. Die Antwort des Mannes war so aufrichtig, daß sie jeden Verdacht von ihm nahm.

»Ich vertraue auf Euer Wort, aber...« Segalla holte eine Silbermünze aus seiner Tasche und ging zu dem Corporal, der sich die Lippen leckte und den Blick nicht von der Münze wendete. »Kommt, Corporal Tipping«, raunte Segalla. »Jemand muß mit dem Gefangenen gesprochen haben.« Tipping, der noch immer die Münze anstierte, schüttelte den Kopf.

»Sir, ich würde gern sagen, daß es so war, wirklich, aber sogar Sir Henry, der ihm das Essen brachte, war nur jeweils für einen kurzen Augenblick bei ihm. Ihr dürft nicht vergessen, Sir, daß wir mit Dalrymple sprechen wollten, aber er hat kein Wort zu uns gesagt. Wenn Sir Henry ihm etwas brachte, lag er mit dem Rükken zur Tür auf dem Bett.«

»Und wo habt Ihr Euch genau befunden, als das Feuer ausbrach?«

»Wie ich schon sagte, auf dem Flur vor der Tür. Ich saß in der Nische dort und überlegte, ob ich heute abend ein Fährboot in die Stadt nehmen soll. Es ist einsam so ganz ohne Liebste. Jetzt, da ich mehr Geld verdient hab' als sonst in einem ganzen Monat, gönne ich mir was.«
»Einen Humpen Ale und eine Dirne auf dem Schoß?«
»Ja, Sir, und damit warte ich nicht mehr lang.«
»Ihr habt den Rauch gerochen und den Mann schreien gehört?«
»Ja, so war's.« Der Corporal kniff die Augen leicht zusammen. »Aber da war noch etwas, Sir. Kurz bevor das Feuer ausbrach, hörte ich … na ja, es klang wie ein Surren in der Luft, aber das kann auch nur Einbildung gewesen sein.«
Segalla warf ihm die Münze zu; Tipping fing sie geschickt auf.
»Ich sehe mich noch ein wenig um«, meinte Segalla.
»Wird nicht viel nützen, Sir; es ist ja nichts mehr da.«
Segalla inspizierte die Fensterläden und die Tür. Er konnte nichts feststellen. Beides war stark beschädigt, aber nichts deutete darauf hin, daß dort das Feuer entfacht worden war. Er schaute zur Decke – sie war aus Stein, und nirgendwo war ein Riß oder eine Lücke zu sehen.
»Natürlich«, murmelte Segalla. »Ein Vorratsraum muß trocken gehalten werden.«
Er stellte sich in einen Winkel und versuchte sich vorzustellen, was geschehen war. Wenn Dalrymple die Kerze umgeworfen hatte, hätte es Minuten gedauert, bis ein Flammenmeer entstanden wäre, und Dalrymple hätte den Brand leicht rechtzeitig löschen oder um Hilfe rufen können. Und was war das für ein Geräusch, das Tipping gehört hatte? Wie ein Surren in der Luft? Segalla erinnerte sich an eine Belagerung in St. Quentin. Die Kanoniere und Munitionsmeister hatten eine Pulverlinie gelegt und angezündet, und die Flamme züngelte an der Linie entlang … Aber wie könnte das Feuer hier entstanden sein? Schießpulver hätte man gerochen – Salpeter stank ätzend; zudem waren das Fenster und die Tür geschlossen gewesen und bewacht worden.

Segalla ging noch einmal zum Fenster. Er lehnte sich hinaus und atmete tief die frische Luft ein, dann drehte er sich wieder um und betrachtete den Boden. Ihm fiel ein kleiner Wirbel im schmutzigen Wasser auf. Zunächst dachte er, er selbst hätte ihn verursacht, aber dann merkte er, daß das Wasser auf die gegenüberliegende Wand zufloß, als wäre dort ein Abfluß oder ein Loch. Segalla nahm seinen Dolch, kauerte sich hin und stocherte herum, fand aber keine Vertiefung im Boden. Erst unmittelbar an der Wand entdeckte er eine Öffnung und tastete sie mit der Hand ab. Sie hatte die Form eines Halbmondes. Was hatte das zu bedeuten? Er sah zu den verkohlten Balken an der Decke auf und sah die Haken. Natürlich! An diesen Haken hingen früher die frisch geschlachteten Tiere, und durch dieses Loch war das Blut abgeflossen. Segalla stand auf und stürmte aus der Zelle, durch den Flur und zum angrenzenden Raum. Die Tür war nicht abgeriegelt; er stieß sie auf und ging hinein. Die Luft roch süß nach Zukker und anderen Gewürzen. Regale mit Flaschen und kleinen Fässern standen an den Wänden; die Läden des Fensters, das hoch oben in die Wand eingelassen war, waren geschlossen. Durch die Ritzen drang nur spärliches Licht. Segalla suchte und fand eine Kerze. Er nahm seinen Zunder und zündete sie an. Als er sich auf den Boden hockte und alles ableuchtete, entdeckte er die eine flache Rinne, die zur Wand verlief. Er stellte die Kerze ab. Ein bißchen von dem rußigen Wasser war bereits durch das Loch in der Wand gesickert. Segalla steckte die Hand in das Loch, zog sie wieder zurück und wischte sie an seinen Kleidern ab. Er inspizierte die Umgebung des Loches, strich über den Boden und roch an den feuchten Körnchen, die an seinen Fingern kleben geblieben waren.
»Schießpulver und Öl«, murmelte er.
Segalla erhob sich, blies die Kerze aus und ging. Wieder im Hof, betrachtete er eingehend seine Fingerspitzen. Ja, das war nicht das rußige Wasser aus dem ausgebrannten Raum, es war dickflüssiger. Er sah sogar die kleinen Körner vom Schießpulver. Und was konnte man daraus schließen? Das Loch war kaum groß

genug, daß man eine Hand hineinstecken konnte, und die Mauer zwischen den beiden Räumen war mindestens dreißig Zentimeter dick.

»Wie kann ein Mörder Öl und Schießpulver durch ein solches Loch in die andere Kammer befördern?« brummte er vor sich hin.

Ein kleiner in Öl getränkter und in Pulver getauchter Stoffball, der mit einem Stock durch das Loch geschoben wurde? Nein, das war nicht möglich; er hätte zwar ein Feuer entfacht, aber niemals ein solches Flammenmeer, wie Tipping es beschrieben hatte. Segalla ging wieder ins Haus. Der Corporal und sein Kollege lümmelten noch auf einer Bank. Segalla rief sie zu sich.

»Ich möchte, daß die Zelle augenblicklich saubergemacht wird«, ordnete er an.

»Warum die Eile?« Tipping wollte Einwände erheben.

»Macht sie einfach sauber!« versetzte Segalla. »Und ich möchte, daß der angrenzende Raum zugänglich bleibt. Du«, er hielt einen Küchenjungen auf, der an ihnen vorbeihastete, »bring mir einen Krug Ale und etwas Brot aus der Küche... Corporal Tipping, ich möchte Euch nachher etwas zeigen, und vielleicht seid Ihr am Ende des Tages um vieles reicher, als Ihr dachtet.«

Segalla suchte sich im Hof einen Platz, der weit weg von allen Fenstern war. Der Küchenjunge brachte ihm ein Tablett mit weichem, weißem Brot, gekochtem Schinken und stinkendem Käse, dazu einen Krug mit schaumigem Ale. Segalla aß und trank mit Bedacht und beschloß, dies immer so zu tun, solange er sich in Greenwich aufhielt. Er mußte diejenigen im Auge behalten, die ihm eine Mahlzeit zubereiteten, Wein einschenkten oder einen Teller mit Speisen in sein Zimmer brachten. Aus dem Haus hörte er Tippings geschriene Befehle. Diener hatten sich mit Besen und Schaufeln im Flur eingefunden, und es verging eine gute Stunde, bis Segalla, der an der Mauer lehnte und döste, von Tipping wachgerüttelt wurde.

»Die Kammer ist sauber wie nie zuvor, Sir. Ihr könntet vom Boden essen.«

Sie gingen zusammen hinein. Nichts lag mehr auf dem Boden. Er war mit Kopfsteinen gepflastert wie der Hof draußen, aber jetzt war die Abflußrinne, die zu der Wand führte, deutlich sichtbar. Segalla führte Tipping und die anderen drei Wachmänner, die neugierig geworden waren, in die angrenzende Vorratskammer. Kerzen wurden angezündet. Tipping stieß einen überraschten Schrei aus, als er den klebrigen Schmutz vor dem Loch an der Wand entdeckte.

»Wer immer Dalrymple getötet hat«, erklärte Segalla, »hat dieses Abflußloch benützt.«

»Aber das ist lächerlich!« widersprach einer der Wachmänner. »Man kann gerade mal die Hand durchstecken, aber bestimmt nichts anderes.«

Tipping hockte sich hin.

»Vor dem Feuer«, meinte der Corporal mit erhobenem Finger, »lag drüben eine dicke Schicht trockener Binsen. Die Abflußrinne und das Loch waren demnach verdeckt. Dalrymples Mörder muß hierhergekommen sein und dies hier entdeckt haben.«

»Was Ihr gehört habt, dieses Surren in der Luft, wie Ihr es bezeichnet habt«, führte Segalla aus, »war das Geräusch, das entsteht, wenn eine Pulverlinie angezündet wird.«

»Ja – das könnte sein, richtig.« Tipping richtete sich auf. »Wollt Ihr damit sagen, daß jemand Schießpulver von hier bis in die Kammer drüben gestreut hat?«

»Nicht nur Schießpulver, Corporal, sondern auch Öl. Was hat Dalrymple in seiner Zelle getan, könnt Ihr mir das sagen?«

»Geschlafen«, erwiderte einer der Wachmänner. »Er schlief, als hätte er seit Wochen kein Auge zugetan.«

»Ich gebe Euch ein Rätsel auf, Corporal«, sagte Segalla. »Wie kann man Öl und Schießpulver durch ein Loch wie dieses in den angrenzenden Raum befördern? Wenn Ihr die Lösung findet, bekommt Ihr zwei Silbermünzen.« Segalla schlug dem Mann auf die Schulter. »Das ist die Denkaufgabe für Euch. Und wenn Ihr die Lösung gefunden habt, sprecht darüber mit niemandem außer mit mir.«

Kapitel 11

Segalla ging in sein Zimmer, legte sich hin und schlief ein. Er wachte auf, als Doktor Cesar sich besorgt über ihn beugte.

»Habt Ihr gehört, was geschehen ist?« fragte Segalla und schwang die Beine vom Bett.

Cesar strich sich über den Schnurrbart und nickte.

»Ich war in der Apotheke in der Hind Street.« Er schwenkte die Ledertasche, die er in der Hand hielt. »Und dann«, er setzte ein Lächeln auf, »bummelte ich mit einem jungen Frauenzimmer durch die Straßen. Sie wollte sich mit mir in der Golden Mitre unterhalten.«

»Warum wart Ihr in der Apotheke?«

»Ich brauchte Medizin und verschiedene Pulver.« Cesar zog seinen Umhang fester um sich. »Das Wetter schlägt um. Bald ist Winter. Nicholas, wie lange bleiben wir noch auf dieser kalten, unwirtlichen Insel?«

»Ich weiß es nicht«, erwiderte Segalla. »Ihr habt gehört, daß Dalrymple bei einem Brand ums Leben gekommen ist?«

»Ja, Orslett ist mir auf der Treppe begegnet. Er ist der Königin und Jane Dormer behilflich. Sie beabsichtigen, noch vor Einbruch der Dämmerung ihre Reise anzutreten. Möglicherweise machen sie über Nacht in einer der königlichen Gutshäuser halt und fahren morgen weiter nach Sinistrel.«

»Habt Ihr Dalrymple gesehen?« fragte Segalla.

»Von weitem. Ich habe das Getuschel über ihn gehört. Die Königin war unerbittlich – niemand durfte in seine Nähe kommen, bevor Ihr und Orslett zurück wart.«

»Es war Mord«, erklärte Segalla ausdruckslos.

Cesar zog erstaunt die Augenbrauen hoch.
»Ich habe mit den Wachen gesprochen. Das Feuer brach zu schnell aus und verbreitete sich rapide.«
»Aber wie könnte es gelegt worden sein?« flüsterte Cesar. »Er stand, soviel ich weiß, unter strikter Bewachung.«
»Ich weiß es nicht«, behauptete Segalla. »Wie es scheint, sind jetzt alle Vier Evangelisten tot. Theophilus, Savage, Kennet und Dalrymple.«
»Aber Ihr glaubt nicht, daß sie diese Briefe verschickt haben?«
»Nein, das glaube ich nicht.«
»Ich auch nicht.« Orslett stieß die Tür auf. Er hielt eine Schriftrolle in der Hand, das rote Band hing lose herunter. Orslett reichte Segalla das Pergament, und der nahm es mit zum Fenster, um zu lesen, was darauf geschrieben stand.
Wieder die gestochene Handschrift:

Ave Maria sepulta? Welchen Preis hat die Krone von England? Sie ist über alle Maßen kostbar. Man sollte die Perlen nicht vor die Säue werfen. Denkt an Markus 15, 34.

Die Vier Evangelisten

»Wann wurde dieser Brief abgegeben?« wollte Segalla wissen.
»Irgendwann letzte Nacht oder ganz früh am Morgen. Wir wissen es nicht genau«, antwortete Orslett und nahm auf der Bank gleich neben der Tür Platz. »Er lag heute morgen am Tor.«
Segalla befühlte das Pergament. Es war von guter Qualität, die Schrift deutete auf einen gebildeten Verfasser hin, und die Worte waren überlegt gewählt.
»Was wissen wir bis jetzt«, sagte er. »Erstens, der Königin wurde zweifellos Gift verabreicht – möglicherweise von Theophilus –, aber Doktor Cesar konnte rechtzeitig eingreifen und Schaden abwenden.«
»Nein, nein. Wie ich schon einmal sagte«, warf Cesar ein, »die Königin ist sehr krank. Ich habe ihr gute Heilmittel und Tränke gegeben, aber sie leidet an Wassersucht und hohem Fieber und ist

allgemein geschwächt. Ich bin Arzt, kein Zauberer, und wir dürfen Marys Geistes- und Gemütszustand nicht außer acht lassen. Im Augenblick fühlt sie sich besser, ist vielleicht sogar glücklich, aber Gott allein weiß, was die Zukunft bringt.«
Segalla verzog das Gesicht. »Sei es, wie es sei, ich vermute nach wie vor, daß Theophilus der Giftmischer war, aber wer ihn dazu angestiftet hat und warum, ist mir noch immer ein Rätsel. All seine Aufzeichnungen wurden gestohlen, und die Schriftstücke, die er bei seiner Hure aufbewahrt hat, sind den Flammen zum Opfer gefallen. Die anderen drei Evangelisten sind ebenfalls eines gewaltsamen Todes gestorben. Wir wissen jetzt, daß sie nicht die Verfasser dieser Briefe sind.« Er warf Orslett die Schriftrolle zu. »Sie waren zu verängstigt, um tätig zu werden. Es waren arme Schlucker, die nie die Mittel oder den Willen hatten, ein Komplott zu schmieden, aber ihr Ende ist so rätselhaft wie die Geheimnisse, die sie all die Jahre bewahrt haben. Und daraus schließen wir, daß noch jemand die Geheimnisse kennen muß und daß dieser Jemand die Briefe schreibt. Er oder sie sieht Mary bereits als gestorben an und macht seine Späße über die englische Krone.« Segalla schwieg eine Weile, dann fügte er hinzu: »Ich frage mich, was mit ›Perlen vor die Säue werfen‹ gemeint sein kann. Die Lösung des Rätsels liegt in Markus 15, 34 verborgen. Außerdem steht es irgendwie in Zusammenhang mit Anne Boleyns Gefolge und dessen Aufenthalt im Tower vor ihrer Hinrichtung. Wir wissen auch, daß die Vier Evangelisten in ihrer Blütezeit einem schrecklichen Geheimnis auf die Spur gekommen sind und ihr Wissen an einen mysteriösen Master Clarence verkaufen wollten. Was haben wir sonst noch erfahren?«
»Daß die Königin nicht erfreut ist über diese Briefe«, sagte Orslett. »Genausowenig wie Elizabeth. Diese beiden sind also nicht die Verfasser, aber wer könnte es dann sein?«
»Die Franzosen«, mutmaßte Cesar. »Sie beobachten Marys Gesundheitszustand mit größtem Interesse. Sie spinnen ihr eigenes Netz.«
»Das stimmt«, murmelte Segalla. Ein Verdacht keimte in ihm auf,

aber noch konnte er ihn nicht greifen. Und wenn Cesar recht hatte? Würden die Franzosen den Versuch unternehmen, Mary zu töten? Den Weg frei zu machen für ihre eigene Thronanwärterin, die Dauphinesse? Caterina de' Medici war die Königin der Gifte und die geborene Intrigantin.

»Philip von Spanien ist nicht so unschuldig, wie er erscheint«, fügte Orslett hinzu. »Er hat Mary satt und wendet sich jetzt gegen sie.«

»Aber die Briefe?« gab Segalla zu bedenken. »Könnten die Franzosen wirklich ein großes Geheimnis kennen?«

»Philip von Spanien könnte hinter etwas gekommen sein«, meinte Orslett. »Er ist der Gemahl der Königin und hat Zugang zu Dokumenten und Chroniken. Weiß Gott, was er alles in Erfahrung gebracht hat.«

»Wenn das der Fall ist...« Segalla setzte sich aufs Bett. »Morgen früh, wenn die Königin abgereist ist...« Er schaute zum Fenster. Der Himmel war bezogen, der Wind hatte aufgefrischt und fegte Laub gegen die Scheibe. »Morgen sehen wir die Dokumente aus dem Geheimarchiv durch.«

Orslett und Cesar ließen Segalla allein. Segalla dachte lange nach. Schließlich ertönten eine Glocke und Trompetenstöße. Er zog Umhang und Stiefel an und ging in die Halle, wo die Königin und Jane Dormer mit Mitgliedern des Hofstaates zuammengekommen waren, um sich vor ihrer Abreise zu verabschieden. Mary trug einen grünen Umhang und war frisch geschminkt. Ihre Bewegungen wirkten kraftvoll, als sie von einem zum anderen ging und den Wachmännern und Dienern dankte, die in Greenwich bleiben sollten. Schließlich nahm sie Doktor Cesar beiseite, drückte ihm eine kleine Börse in die Hand und klopfte ihm liebevoll auf die Schulter. Sie verabschiedete sich auch von Segalla; er kniete nieder und küßte ihre Hand, und die Königin beugte sich zu ihm

»Nicholas, ich fühle mich besser. Ich danke Euch für Doktor Cesar. Vielleicht könnt Ihr dem Heiligen Vater übermitteln, wie dankbar ich ihm bin.«

Segalla sah auf. Er hatte den Wink verstanden: Die Königin

glaubte, daß die Gefahr vorüber war und er keinen Grund mehr hatte, sich noch länger in England aufzuhalten.
»Es liegt an Euch«, raunte sie und ging weiter zu Orslett.
»Sie ist nicht so kräftig, wie es den Anschein hat.«
Lady Jane schenkte Segalla ein Lächeln und zog den dünnen Tüllschleier hoch, der ihr Gesicht verdeckte. Sie war blaß, und in ihren Augen glitzerten Tränen.
»Was meint Ihr damit?« fragte Segalla.
»Ich weiß es selbst nicht«, flüsterte sie. »Aber habt Ihr schon mal eine Flamme gesehen, kurz bevor sie verlöscht? Sie scheint aufzulodern und heller zu brennen.«
»Und ebenso ergeht es der Königin?«
»Ja, Nicholas, so ergeht es der Königin.«
Lady Jane Dormer ging weiter, und Segalla trat zurück zur Treppe und legte eine Hand auf den Geländerpfosten.
»Sir?«
Segalla wirbelte herum. Er hätte beinahe laut losgelacht, als Corporal Tipping aus dem Schatten trat. Sein Gesicht mit dem triumphierenden Lächeln war rußverschmiert.
»Ich bin wirklich froh, Euch zu sehen, Sir.«
»Wieso das, Corporal?«
Der Soldat winkte ihn näher zu sich. »Kommt mit mir, Sir! Kommt.«
Er führte Segalla durch den Palast zu der Kammer, in der Dalrymple gefangengehalten worden war. Segalla war überrascht. Die Wände waren noch verkohlt, aber frische Binsen bedeckten den Boden, man hatte eine neue Pritsche hereingebracht, und der Zimmerer hatte die Tür repariert.
»Bleibt hier und beobachtet das Kerzenlicht«, sagte Tipping, ehe er die Tür zumachte.
Segalla spähte durch das kleine Gitter in der Tür. Eine brennende Talgkerze stand auf dem Tisch. Tipping lief in den angrenzenden Vorratsraum. Segalla hörte seine Schritte und seine leisen Flüche, als er dort herumhantierte, und ging zur Tür, aber sie war von innen verriegelt.

»Stellt Euch vor die andere Kammer, Sir«, rief Tipping, »und beobachtet die Kerze!«
Segalla gehorchte. Er vernahm ein Geräusch und riß die Augen auf. Zuerst sah er Rauch, dann züngelten Flammen von den Binsen auf. Innerhalb weniger Augenblicke brannte ein kleines, aber lebhaftes Feuer. Tipping stürmte aus der Vorratskammer. Er hielt zwei große Blasebälge mit Ledersäcken und Holzgriffen in den Händen. Die kurzen Tüllen am Ende waren aus Metall. Er ließ die Blasebälge vor Segallas Füße fallen, schnappte sich einen Leinensack und lief in die Kammer, um die Flammen mit dem Sack zu ersticken. Im ersten Augenblick hatte Segalla Angst, daß sich das Feuer ausbreiten würde, bis er bemerkte, daß sich in der Nähe der Pritsche keine Binsen befanden. Tipping gelang es schließlich, den selbstentfachten Brand zu löschen. Der Rauch wehte noch durch den Flur. Tipping kam keuchend aus der Kammer – jetzt ähnelte er noch mehr einem Kobold aus der Hölle.
»Das ist der Fehler, den wir gemacht haben«, erklärte er und warf den Leinensack auf den Boden. »Man darf nie Wasser auf ein Ölfeuer gießen, sondern muß die Flammen ersticken.«
Segalla folgte ihm gespannt in die Vorratskammer.
»Es ist ganz einfach«, behauptete Tipping. »Der Mörder hat schlicht den einen Blasebalg mit Schießpulver gefüllt, Sir. Ich habe gesehen, wie ein Witzbold in der Küche das einmal gemacht hat.«
»Natürlich!« hauchte Segalla.
»Die Tülle paßt in das Loch.« Tipping demonstrierte ihm, was er meinte: Er schüttelte ein bißchen Schießpulver aus dem Horn in den Blasebalgsack, drückte die Griffe zusammen, und das Pulver schoß aus der Tülle auf den Boden.
»Und dasselbe wurde mit dem Öl gemacht?« fragte Segalla.
»Das ging sogar noch leichter«, erwiderte Tippling. »Flüssiges kann man weiter blasen.«
Segalla kauerte sich neben das Loch in der Wand.
»Und das geht?«
»Ich hab's getan. Es geht leise und schnell. Vergeßt nicht, Dal-

rymple hat viel geschlafen. Wenn er ein Rascheln gehört hat, dachte er bestimmt, es war eine Ratte oder eine Maus. Im Palast wimmelte es von diesen Viechern. Die Binsen waren sehr trokken, und durch das Öl und das Schießpulver verbreitete sich das Feuer rasch.«

»Und wie wurde es angezündet?«

Tipping grinste, ging in eine Ecke des Raums und brachte eine lange Rute mit, an deren einem Ende eine dünne, angebrannte Wachskerze angebunden war. Einen solchen Fidibus benutzte ein Küster, um Kerzen am Hochaltar anzuzünden.

»Ja, natürlich!« Segalla nahm Tipping die Rute aus der Hand. »Man zündet dies hier einfach an, steckt die Rute durch das Loch und entfacht die Binsen in der Nähe des Bettes.«

»Ja, so denke ich es mir jedenfalls«, stimmte Tipping zu. »Die Flammen verbreiten sich in Windeseile. Die Bettdecke wird erfaßt, der arme Dalrymple wacht auf. Er ist in seinen Umhang gewickelt und hat nur Strümpfe an den Füßen – sie und ein Teil seiner anderen Kleider könnten etwas von dem Öl und vom Schießpulver abbekommen haben. Das Feuer erfaßt ihn.« Der Soldat zuckte mit den Schultern. »Den Rest kennt Ihr.«

Segalla ging zur Tür.

»Und das alles habt Ihr allein entdeckt?« rief er über die Schulter.

Tipping folgte ihm verlegen.

»Das möchte ich behaupten, Sir. Ich bin wie Ihr der Ansicht, daß der Mörder in diesem Vorratsraum war. Ich habe mich hier umgesehen und Öl gefunden. Ich rückte ein paar der Fässer ein wenig vor und entdeckte einen kleinen Korb mit Schießpulver und die Rute mit der dünnen Wachskerze. Dann kombinierte ich, wie der Mörder vorgegangen war.«

Segalla ging hinaus. Es war dunkel und kalt geworden. Der Wind peitschte das trockene Laub über den kleinen, verlassenen Hof. Was Tipping ihm vor Augen geführt hatte, machte Sinn. Es wäre ganz einfach gewesen, die trockenen, in Öl und Schießpulver getränkten Binsen mit dem Fidibus in Brand zu setzen. Er hatte oft gesehen, daß Verteidiger zahlreicher Burgen oder Stadtmauern die Kriegsmaschinerie eines Belagerungsheeres auf ähnliche Weise beschädigt hatten. Es war eine billige, unkomplizierte und in der Wirkung tödliche Methode. Der Mörder, verkleidet als Diener, hatte heimlich seine Utensilien in den Vorratsraum geschafft. Niemand hätte Verdacht geschöpft: Die Vorratskammer wurde nicht bewacht; Diener kamen und gingen. Trotzdem gab es noch etwas, das nicht ins Bild paßte.

»Was war mit der Verpflegung des Gefangenen?« fragte Segalla. »Wo wurden die Speisen und Getränke zubereitet?«

»In der Palastküche, und man brachte sie auf einem Tablett hierher. Ich selbst habe das getan und das Tablett dann an Sir Henry Grantchester übergeben, der es in die Kammer zu dem Gefangenen trug.«

»Also hätte jeder, der das Essen zubereitet hat, ein Opiat untermischen können? Einen Schlaftrunk?«

»War das nötig, Sir?« Tipping schüttelte den Kopf. »Dalrymple war erschöpft, wir hatten immer Wein für ihn, und er war regelrecht ausgehungert.«

Segalla nickte. »Ihr habt Wache gestanden, habt Ihr jemanden gesehen, der sich in die Vorratskammer geschlichen hat?«

»Ich habe gar nicht darauf geachtet, Sir. Dies sind die Vorratskammern des Palastes; Bedienstete gehen ein und aus, wie es ihnen beliebt. Meine Aufgabe war es, den Gefangenen zu bewachen, nichts weiter.«

Segalla atmete tief durch und betrachtete den Himmel.

»Um wieviel Uhr brach das Feuer aus?«

»Etwa um eins.«

»Und wann machen die Bediensteten ihre Pause, um zu essen?«

»Etwa um eins.«

»Und wann bekam der Gefangene sein Essen.«

»So um zwölf.«

Segalla kramte zwei Silbermünzen aus seiner Börse und drückte sie Tipping in die Hand.

»Ihr habt gute Arbeit geleistet, Corporal, aber ich bitte Euch, mit keiner Menschenseele über Eure Entdeckungen zu sprechen. Auch nicht über die Blasebälge und das Öl. Seht zu, daß Ihr die Dinge irgendwie loswerdet, und macht die Zelle wieder sauber.«

Der Dank des Corporals klang ihm noch in den Ohren, als Segalla sich auf den Weg in sein Gemach machte. Jetzt wußte er, wie Dalrymple zu Tode gekommen war. Der als Diener verkleidete Meuchelmörder konnte sich ungehindert Zugang zu der Vorratskammer verschaffen; das Öl, die Blasebälge und der Fidibus hatten sich womöglich schon vorher dort befunden, und den kleinen Korb mit dem Schießpulver brachte er selbst mit. Der Brand wurde gestiftet, als sich die Bediensteten im gemeinsamen Speisesaal aufhielten. Corporal Tippings Schilderung hatte die Gepflogenheiten der Soldaten widergespiegelt. Sie hatten Befehl gehabt, den Gefangenen zu bewachen und hätten nicht im Traum daran gedacht, einen Diener aufzuhalten, der in die Vorratskammer neben der Zelle wollte. Und der Mörder? Ein gedungener Mann in Verkleidung: Ihm war bewußt gewesen, daß der Gefangene strikt bewacht wurde. Deshalb hatte er sich nach einer sicheren Möglichkeit umgesehen, Dalrymple für immer zum Schweigen zu bringen. Es dürfte ihm nicht schwergefallen sein, in Erfahrung zu bringen, wo sich die Vorratskammern befanden, und nach der Schwachstelle zu suchen; die angrenzende Kammer hatte ihm alles geboten, was er brauchte. Dalrymple war ein wehrloses Opfer – er war müde, verängstigt, hatte gerade gegessen und Wein getrunken. Er würde auf dem Bett liegen und fest schlafen. Der Mörder tat sein Werk. Dalrymple, aus dem Schlaf gerissen, fing an zu zappeln. Eine so beengte Steinkammer, auf deren Boden mit Öl und Schießpulver bestreute Binsen lagen, war eine tödliche Falle.

Aber wer war für den Mord verantwortlich? Segalla setzte sich an seinen Schreibtisch. Sir Henry Grantchester? Orslett war mit Segalla zusammengewesen, als das Feuer ausbrach. Doktor Cesar hatte sich zu diesem Zeitpunkt in der Stadt befunden – also mußte es ein anderer gewesen sein. Segalla wurde sich bewußt, daß er an einem toten Punkt angelangt war. Die Vier Evangelisten, die Mitglieder der kleinen Geheimloge, die sich vor so vielen Jahren im Tower gebildet hatte, waren alle nicht mehr am Leben, dennoch wurden weiterhin Briefe in ihrem Namen verschickt. Segalla ging in die Küche. Ein griesgrämiger Koch brachte ihm kalte Pastete, Brot und Ale. Segalla aß und zog sich dann in sein Bett zurück.

Am nächsten Morgen traf er sich mit Orslett und Doktor Cesar in der kleinen Schreibstube, in die man die Kisten, Truhen und Körbe mit den Dokumenten aus dem königlichen Geheimarchiv von Westminster gebracht hatte. Sie machten sich daran, die vielen Memoranden, Haushaltsbücher, Briefe und Vollmachten zu sichten. Die Schriftstücke datierten von Januar 1553 bis Februar 1554 – das war die Zeitspanne der Konfusion nach dem Tod Edwards VI. Schon bald erfaßten Segalla und seine Gefährten, wie turbulent die ständig wechselnde politische Lage damals gewesen war, als Northumberland versuchte, Mary aus der Erbfolge auszuschließen, und sie sich tapfer gegen seine Intrigen wehrte. Sie lasen Berichte von Spionen, die versuchten mitzubestimmen, wer in dem Machtkampf die Oberhand gewinnen sollte: Gesetzeshüter, Kaufleute und angesehene Bürger schickten Briefe an jeweils das Lager, dem sie nahestanden. Protokolle waren angefertigt worden: über Truppenerhebungen, die Sperrung von Häfen und die verzweifelten Versuche beider Seiten, die Kontrolle über London zu erlangen.

»Es ist ein aussichtsloses Unterfangen«, erklärte Orslett, nachdem sie eine Woche lang jeden Tag in der Stube verbracht hatten; er deutete auf die vielen Schriftstücke auf dem Boden, die sie als nicht zweckdienlich für ihre Nachforschungen ausgesondert hatten.

»Zeitverschwendung!« bekräftigte Doktor Cesar.

Der Arzt hatte längst seine fröhliche, unbekümmerte Art verloren und deutete immer häufiger an, daß er und Segalla ihre Mission erfüllt hätten und an die Rückkehr nach Rom denken sollten.

Segalla hatte seine Anspielungen stets ignoriert, aber gegen Ende der Woche legte Cesar mehr Beharrlichkeit an den Tag.
»Nicholas«, sagte der Doktor, nachdem Segalla in einer kleinen Votivkapelle die Messe gelesen hatte und sie gerade durch einen der Flure gingen, »wir haben hier unser Werk vollendet. Der Gesundheitszustand der Königin ist gut oder zumindest besser, als er jemals wieder sein wird. Wir können nichts mehr tun. In London gibt es Unmengen von guten, erfahrenen Ärzten. Die Vier Evangelisten sind tot, und der anonyme Briefeschreiber scheint keine Gefahr für die Königin darzustellen.«
Segalla schüttelte den Kopf. Er ging zu einem Erker, und sie beide nahmen auf der gepolsterten Bank Platz.
»Woher wollen wir wissen«, widersprach er, »daß der Königsmörder nicht zuschlägt, sobald wir von der Bildfläche verschwunden sind? Zudem haben wir keinen Beweis, daß der Briefeschreiber der Königin wohlgesinnt ist. Er bejubelt immerhin Marys Tod und sieht sie bereits als begraben an.« Segalla kratzte einen Tropfen Kerzenwachs von seinem Ärmel. Wenn Ihr es wünscht, Doktor Cesar, könnt Ihr abreisen. Ich bin überzeugt, die Königin wird Euch die Erlaubnis dazu erteilen. Ich werde bleiben, bis die Sache restlos aufgeklärt ist.«
Doktor Cesar seufzte verzweifelt, brachte sein Anliegen jedoch nie wieder zur Sprache.
Die Tage wurden zu Wochen: Segalla und seine beiden Gefährten paßten sich der Alltagsroutine in dem beinahe verlassenen Palast an. Die Köche bereiteten ihnen Mahlzeiten zu, die Diener reinigten ihre Schlafräume. Die Atmosphäre war zwanglos. Hin und wieder machten sie eine Pause, fuhren in die Stadt oder gingen am Flußufer spazieren. Briefe von Jane Dormer und der Königin trafen ein – alles schien in bester Ordnung zu sein. Segalla fragte sich bereits im stillen, ob sie nicht doch ihre Zeit vergeudeten, als Orslett wenige Tage vor Allerheiligen auf ein Schriftstück stieß und aufgeregt damit in der Luft herumfuchtelte. Er reichte es Segalla, der die Kerze näher heranrückte, um die kleine Handschrift besser entziffern zu können. Ein Ratsherr, Mitglied der

ehemaligen Stadtverwaltung, hatte »an die Schutzleute, Stadtrichter und Büttel« geschrieben und sie gebeten, nach drei Verrätern zu suchen, die ehemals hohe Posten im Tower eingenommen hatten: Dalrymple, Kennet und Savage. Man beschuldigte sie, »großes Unheil angerichtet« zu haben, und bezeichnete ihre Vergehen näher: Nötigung, Wucher und Erpressung. Eine kurze Personenbeschreibung war beigefügt, und am Ende des Haftbefehls wurde ein eigenartiger Hinweis auf Master Clarence gegeben.
Segalla erinnerte sich an den mysteriösen Unbekannten, der erst so getan hatte, als würde er den drei Verschworenen das Geheimnis abkaufen, und sie dann den Hütern des Gesetzes übergab.
Nach diesem kleinen Erfolg setzten die drei ihre Suche mit mehr Begeisterung fort und fanden weitere Hinweise auf Master Clarence sowie Berichte von Spitzeln über Kennet, Savage und Dalrymple.
»Der gute Theophilus scheint sich im Hintergrund gehalten zu haben«, bemerkte Segalla.
Kurze Zeit später entdeckten sie den Grund für Theophilus' Abwesenheit: die Abschrift einer Genehmigung für Doktor John Gresham, »ehemals königlicher Hofarzt im Tower, ins Ausland zu reisen«.
»Ah!« rief Orslett. »Das erklärt einiges. Theophilus war tatsächlich einer der Vier Evangelisten, aber möglicherweise nicht so tief in ihre Machenschaften verstrickt wie die anderen drei.«
Es wurde November, und noch immer hatten sie keine großen Fortschritte gemacht. Am Abend von Allerseelen beschlossen Segalla und Orslett, eine Pause zu machen, und sie verließen den Palast, um zu einer Taverne am Flußufer zu gehen. Sie unterhielten sich über das, was sie gefunden hatten, und darüber, daß keine Briefe aus Sinistrel mehr ankamen, die ihnen Aufschluß über das Befinden der Königin hätten geben können.
»Was werdet Ihr tun?« fragte Segalla, als sie in der Taverne nahe am Kaminfeuer saßen.
»Was werde ich wann tun?« Orslett bestellte zwei Becher mit heißem, gewürztem Wein.

Segalla wartete, bis die Getränke gebracht wurden.
»Wenn die Königin stirbt«, erläuterte er schließlich genauer. »Doktor Cesar und ich werden England wahrscheinlich verlassen, und zwar so schnell und lautlos wie möglich. Aber Ihr?«
Orslett rieb sich die unrasierte Wange. »Noch heute abend«, sagte er, »gehe ich zu meiner Frau und den Kindern und vergewissere mich, ob alles in Ordnung ist. Ihr habt die Dokumente gelesen, Nicholas. Was 1553 geschah, als unser guter König Edward VI. starb, kann wieder geschehen. Eine Flut könnte über uns hereinbrechen und alles verändern.« Er nahm seinen Becher und trank einen Schluck von dem heißen Wein. »Wie ich schon sagte«, flüsterte er, »es kommt nur darauf an, daß man zur rechten Zeit den Sprung wagt.« Er stellte den Becher ab. »Ich rate Euch eines, Nicholas.« Er sah sich verstohlen in der Taverne um, in der lauter Fischer und Leute saßen, die am Fluß Handel trieben. »Macht nicht den Fehler zu glauben, daß Ihr unbemerkt die Insel verlassen könnt. Wenn Mary stirbt, was Gott verhüten möge, wird ihr Elizabeth auf den Thron nachfolgen. Cecil ist eine äußerst wendige Spinne, eine hinterlistige Schlange. Er hat Helfershelfer in der Stadt und im Hafen. Ich weiß, daß er bereits den Befehl über die Flotte übernommen hat. Also: Vergeßt Spanien, Frankreich und die Mächtigen in Rom. Dieses Königreich wird Heinrichs Tochter zu seiner Herrscherin machen. Gebt Euch in diesem Punkt keiner Täuschung hin.« Er senkte die Stimme noch mehr. »Wenn ich an Eurer Stelle und Mitglied des Jesuitenordens wäre, Master Segalla, würde ich meine Abreise nicht zu lange hinausschieben.«
Segalla nahm die Warnung zur Kenntnis und fragte sich argwöhnisch, wie weit er Orslett trauen konnte. Sie tranken ihren Wein und verließen die Taverne. Nebel türmte sich über der Themse auf, die Lichter brachen sich in geisterhaften Schwaden, und die Geräusche vom Fluß klangen gedämpft.
Die Stille war bedrückend. Segalla wollte Orslett gerade ein paar Fragen über seine Familie stellen, als sein Gefährte nach seinem Handgelenk faßte und abrupt stehenblieb. Orslett legte einen

Finger an die Lippen. Segalla lauschte. Erst nach einer Weile hörte er die Schritte, gefolgt von einem metallischen Klicken. Segalla tastete unter seinem Umhang nach dem Schwertgriff. Orslett trat zurück, warf sich den Umhang von den Schultern und zückte gleichzeitig Schwert und Dolch. Er bedeutete Segalla mit einer Kopfbewegung, daß sie ihren Weg fortsetzen sollten. Während sie weitergingen, hielten sie ein bißchen Abstand voneinander. Orslett schaute nach links zum Fluß, Segalla nach rechts. Eilige Schritte waren zu hören. Ein verhüllter Mann tauchte aus dem wirbelnden Nebel auf. Zwei andere traten aus der Dunkelheit und schwangen ihre Schwerter und Dolche. Grunzlaute und Flüche durchbrachen die Stille, als die Wegelagerer angriffen und merkten, daß ihre Opfer bestens vorbereitet waren. Segalla hatte schon oft derart mörderische Überfälle erlebt. Immer wieder war er gezwungen gewesen, sich in verlassenen Gassen oder auf offenem Land gegen Straßenräuber und Meuchelmörder zur Wehr zu setzen. Diese Situation war nicht anders als viele andere. Statt einer Mauer oder einem Baum hatte er nur Orsletts Rücken, der ihm von hinten Deckung geben konnte. Er schickte ein Stoßgebet zum Himmel, daß Orslett kein Komplize der Angreifer war. Segalla wußte zwar, daß er nicht sterben oder getötet werden konnte, aber er hatte in seinem langen Leben schon viele Wunden und schwere Verletzungen davongetragen. Sein Körper war mit Narben übersät. Doch Orslett war ein sehr geschickter Schwertkämpfer. Er tötete einen der Angreifer und kam Segalla mit aufblitzendem Schwert und Dolch zu Hilfe. Segalla gelang es, die Schulter eines Wegelagerers zu durchbohren, und im nächsten Augenblick verschwanden die Angreifer so leise und schnell, wie sie gekommen waren. Eine Weile standen Orslett und Segalla keuchend da, der Schweiß, der ihnen auf die Stirn getreten war, kühlte rasch ab. Sie steckten ihre Waffen in die Scheiden und zogen wieder ihre Umhänge über. Segalla ging zu dem Toten, drehte ihn um und riß ihm die Maske weg. In dem trüben Licht sah er ein scharfgeschnittenes, finsteres Gesicht. Orslett durchsuchte flink die Taschen des Mannes, fand jedoch nichts.

»Ein gedungener Mörder«, mutmaßte er und trat dem Toten mit dem Stiefel in die Seite. »Er hat nichts bei sich, was verraten könnte, wer er ist, woher er kommt oder – was noch wichtiger wäre – wer ihn bezahlt hat. Wir lassen ihn hier liegen: Die Flußleute werden ihn in Kürze entdecken und ihm all seine Sachen wegnehmen.«

»War er einer von Cecils Männern?« überlegte Segalla laut, als sie weitergingen.

»Das glaube ich nicht«, entgegnete Orslett. »Cecil hat subtilere Methoden.« Am Wachhaus blieb Orslett stehen und klopfte Segalla auf die Schulter. »Cecil braucht mich noch, er würde mich nicht töten, aber er wird mich beobachten, um zu sehen, wann ich den Sprung wage. Vergeßt das nicht, Nicholas.«

Er verschwand in der Dunkelheit, und Segalla machte sich auf den Weg in sein Schlafgemach. Er ging durch den Korridor und stieß die Tür zu Doktor Cesars Zimmer auf. Der gute Doktor lag mit einem Weinschlauch im Arm auf dem Bett und schnarchte laut. Segalla zog sich in die Schreibstube zurück. Er war noch zu aufgewühlt von den Ereignissen des Abends, als daß er sich schon hätte schlafen legen können. Deshalb zündete er einige Kerzen an und machte sich daran, weitere Schriftstücke zu sichten. Das beruhigte zumindest sein Gemüt. Gerade als er beschloß, sich zur Ruhe zu begeben, kam ihm der Rohentwurf eines Briefes in die Hände, der auf Geheiß eines Gefolgsmannes von Northumberland aufgesetzt worden war. Er befahl seinen Spionen, Gerüchten auf den Grund zu gehen, denen zufolge »Mary Tudors Ratgeber, der ruchlose Verräter Reginald Pole«, heimlich in die Stadt gekommen sein sollte. Segallas Neugier war geweckt, und er las den Brief noch einmal. König Heinrich VIII. haßte Pole abgrundtief: Reginald war ins Ausland geflohen und hatte die Scheidung des englischen Königs von Katharina von Aragonien und den anschließenden Bruch mit Rom scharf kritisiert. Pole war Heinrichs Erzfeind und auch der seines Nachfolgers Edward VI: Segalla tippte mit dem Finger auf den Brief.

»Da steckt mehr dahinter«, brummte er vor sich hin. »Reginald

Pole war der Sohn von Margaret, Gräfin von Salisbury, Nichte Edwards IV. und Tochter des Herzogs von...« Segalla schlug sich mit der flachen Hand gegen die Stirn und sprang auf. »Natürlich«, hauchte er, »die Tochter von Georg, Herzog von Clarence.«

Segalla ging zum Fenster und spähte in die Dunkelheit. Nebel waberte im Hof. Segallas Müdigkeit war wie weggeblasen. Also, dachte er, diese vier Männer, die sogenannten Vier Evangelisten, entdeckten ein Geheimnis. In den turbulenten Tagen des Jahres 1553, als das Königreich zwischen Mary Tudor und dem Herzog von Northumberland aufgeteilt war, versuchten zumindest drei von ihnen, das Geheimnis an beide Lager zu verkaufen. Northumberland antwortete auf das Angebot mit Haftbefehlen und ließ die Männer jagen, aber Mary ging geschickter vor und sandte ihren Freund, Vertrauten und Minister Reginald Pole als Master Clarence nach London. Er gab vor, für die Informationen zu bezahlen, verriet die Evangelisten jedoch an die Gesetzeshüter.

»Das heißt«, sagte Segalla laut, »daß Mary die ungeheure Bedeutung des Geheimnisses erkannt hatte, also...«

Segalla überlegte, ob er nach Lambeth oder sogar nach Sinistrel in Essex reiten sollte, aber da sowohl die Königin als auch Pole bisher die Karten nicht offen auf den Tisch gelegt hatten, wieso sollten sie ihm jetzt die ganze Wahrheit offenbaren? Segalla faltete das Pergament zusammen und steckte es in seine Tasche. Und was, wenn Mary und Pole für die Morde an Savage, Dalrymple, Kennet und Theophilus verantwortlich waren? Vielleicht konnte er ja eigenständig alles aufdecken.

Segalla setzte sich wieder hin, nahm einen Federkiel und schrieb: »Markus 15, 34«, und dann: »Eloi, Eloi, lamma sabacthani? Mein Gott, mein Gott, warum hast du mich verlassen?« Er stellte die Kerze auf den Rand des Pergaments und beobachtete, wie der Schein der Flamme über die großen Buchstaben tanzte. Bisher hatte er versucht, das Rätsel dieses Verweises auf eine Bibelstelle zu ergründen, aber was hatte er erreicht? Es mußte etwas sein, was sowohl Mary als auch Elizabeth und jene, die wegen ihrer

Beziehung zu Anne Boleyn hingerichtet worden waren, in Unruhe versetzte.
»In welchem Jahr?« fragte sich Segalla und schrieb die Antwort auf: »1536.«
»Und 1534? Was geschah 1534?«
Segalla kramte in seinem Gedächtnis: Es war das Jahr, in dem Loyola den Jesuitenorden gründete. Es kam zu einem Aufstand in Münster, und Suleimann der Prächtige nahm Bagdad ein. Und in England? Heinrich hatte mit Rom gebrochen. Und sonst? Segalla dachte nach. Ah ja. Anne Boleyn gebar 1533 ihre Tochter Elizabeth, und 1534 wurde durch ein Erbfolgegesetz festgelegt, daß Elizabeth und nicht Mary Heinrichs rechtmäßige Erbin war. Segalla erinnerte sich an das Gekritzel an der Wand im Blutturm: Mark Smeaton, der Musikant, war angeklagt gewesen, Ehebruch mit der Königin begangen zu haben, und er war als einziger aus Anne Boleyns Kreis auf der Streckbank gefoltert worden.
Segalla betrachtete die Worte: »Eloi, Eloi, lamma sabacthani.« Dann schrieb er sie so hin, wie Kennet sie an die Wand in dem verlassenen Haus gekritzelt hatte, und fügte Smeatons Vornamen Mark hinzu. Er begann Buchstaben aus dem hebräischen Zitat auszustreichen. Segalla schloß die Augen: Es war das Anagramm eines Namens! Jetzt wußte er, warum Elizabeth und Cecil zu Tode erschrocken waren. Er hatte den Namen des anonymen Briefeschreibers erraten. Aber der Mörder? Die Person, die für so viele Tode verantwortlich war. Segalla rollte das Pergament zusammen. Jetzt sah er klarer. Der Mörder hatte nichts mit den anonymen Briefen zu tun, aber wer er oder sie war, blieb ein Geheimnis.

Kapitel 12

Segalla enthüllte den anderen nicht, was er herausgefunden hatte. Er und Orslett erzählten von dem Überfall, und Doktor Cesar meinte, sie sollten vielleicht alle vorsichtig sein und den Palast besser nicht mehr verlassen. Sie arbeiteten noch zwei weitere Tage, stießen jedoch auf keine interessanten Hinweise mehr. Segalla war nicht bei der Sache, seine Gedanken kreisten um seine Entdeckung. Wenn Pole das Geheimnis kannte, dann wußte auch Mary davon, dessen war er sicher.

Gleich nach dem Festtag der Heiligen Elisabeth und des Heiligen Zacharias traf Segalla Vorbereitungen für einen Ausflug nach Lambeth, als ein Bote mit schlammbespritzten Stiefeln und Sporen in Greenwich eintraf. Die Nachricht, die er überbrachte, rief Niedergeschlagenheit und Besorgnis hervor. Orslett traf Segalla und Doktor Cesar in der kleinen Schreibstube an, sein Gesicht war grimmig und fahl. Segalla hatte diesen äußerst verschwiegenen Mann noch nie so außer sich erlebt.

»Die Königin wird nach Greenwich zurückgebracht«, berichtete er. »Sie hat einen Rückfall erlitten und ist sehr schwach. Ihr Zustand ist bedenklich. Gott allein weiß, wie das geschehen konnte, aber die Nachricht hat sich bereits in der ganzen Stadt herumgesprochen. Der französische und der spanische Botschafter haben Gesandte geschickt, um Erkundigungen einzuziehen.«

Cesar sank auf einen Stuhl und rieb sich die Wangen. »Es gibt nichts, was ich tun kann«, flüsterte er. »Ich hatte das schon vermutet.«

»Was habt Ihr vermutet?« fuhr Segalla in an. Er wünschte, der Arzt würde sich präziser ausdrücken.

»Nun, wir wissen, daß die Königin an Wassersucht leidet«, erklärte Cesar bedächtig. »Aber ich vermute, sie hat ein Geschwür, einen Tumor im Leib, der ihr die Kraft entzieht.« Er bedachte Segalla mit einem flehentlichen Blick. »Ich habe Euch gesagt, daß ich Arzt, aber kein Zauberer bin. Wenn ich sie schon vor Jahren behandelt hätte, dann wäre vielleicht noch etwas abzuwenden gewesen. Ich vermute, die Symptome sind folgende: Schwindelgefühle, aufgetriebener Leib, dicke, mit Wasser gefüllte Beine. Die Königin wird stark geschwächt sein und beständig Schmerzen haben.«

»Es heißt, sie wird morgen früh hier eintreffen«, unterbrach Orslett ihn und wedelte mit der Hand. »Ich schlage vor, wir bringen all das hier zu einem Ende.« Er schloß die Tür und setzte eindringlich hinzu: »Nicholas, ich bitte Euch – Cecil wird uns schon sehr bald seinen Einfluß spüren lassen. Es ist an der Zeit, daß Ihr und Doktor Cesar nach Rom zurückkehrt.«

Cesar stimmte ihm lautstark zu. Doch Segalla schüttelte nur den Kopf und wandte sich wieder den Schriften zu. Cesar erklärte, daß die Arbeit zwecklos sei, und verließ mit Orslett die Schreibstube. Segalla blieb auf seinem Stuhl sitzen, was ihm äußerst schwer fiel. Nach einer Weile ging er in die Küche. Einige der Dienstboten hatten bereits den königlichen Haushalt verlassen und waren in die Stadt gegangen, um dort abzuwarten, was als nächstes geschah.

Am folgenden Vormittag kehrte Mary zurück und wurde in einer Sänfte in den Palast getragen. Segalla und ihr Gefolge kamen zur Begrüßung in die Halle. Segalla sank das Herz, als die Vorhänge der Sänfte zurückgezogen wurden. Mary lehnte an den Kissen, ihr Gesicht war grau wie Asche, die halbgeschlossenen Augen waren von schwarzen Schatten umgeben, und ihre Haut sah ledrig und straff gespannt aus. Sie bewegte den Kopf, wollte etwas sagen, aber dann hob sie nur matt die Hand. Jane Dormer machte den Eindruck, als hätte sie seit Tagen nicht geschlafen. Als die Königin in ihre Gemächer gebracht wurde, blieb Jane zurück. Sie zupfte Segalla am Ärmel und führte ihn in einen dunkleren Win-

kel. Eine Weile standen sie schweigend nebeneinander und sahen zu, wie die livrierten Lakaien die Sänfte die Treppe hinauftrugen.
»Es ist zu Ende«, flüstere Jane.
»Was ist geschehen?« fragte Segalla.
Jane Dormer schüttelte den Kopf. »Die erste Zeit war die Königin munter und beschwingt, vitaler als seit Monaten, doch vor fünf Tagen klagte sie beim Aufwachen über starke Leibschmerzen. Wir hatten Doktor Cesars Heilmittel, und ein Arzt aus der Gegend wurde gerufen. Der Bursche hat nur den Kopf geschüttelt und das Weite gesucht. Sie hat innere Blutungen. Ich wünschte, sie wäre in Sinistrel geblieben, aber sie bestand darauf, hierherzukommen.«
»Wo ist Sir Henry Grantchester?«
Lady Jane lächelte bitter. »Er hat uns begleitet, ist aber in der Stadt geblieben, weil er, wie er sagte, dort etwas zu erledigen hätte. Es fängt schon an, Nicholas. Die Königin stirbt, und mit jedem Tag wird ihr Gefolge kleiner. Oh, Grantchester wird wiederkommen, davon bin ich überzeugt, sobald er sich mit Master Cecils Agenten einig geworden ist. Nach dem Tod der Königin«, fuhr Lady Jane fort, »bleibe ich nicht in England.«
Segalla machte Anstalten, sich zu entfernen, aber Lady Jane hielt ihn zurück.
»Bleibt«, raunte sie. »Laßt die Königin sehen, daß wenigstens Ihr in ihrer Nähe seid.«
Segalla erklärte sich einverstanden. In den nächsten Tagen verwandelte sich Greenwich in ein Mausoleum. Grantchester kehrte zurück, war jedoch augenscheinlich mit den Gedanken schon weit weg, und obwohl er sein Bestes tat, konnte er die Desertationen der Dienstboten und auch seiner eigenen Wachmannschaft nicht verhindern.
»Ich kann nichts tun«, sagte er zu Segalla.
»Ich nehme an, auf der Straße nach Hatfield herrscht reger Verkehr«, versetzte Segalla unfreundlich.
Grantchester hob den Kopf. »Beurteilt uns nicht zu hart, Master

Segalla. Ihr seid ein Fremder, aber wir müssen in die Zukunft sehen, genau wie es Master Orslett getan hat.«
Orslett war jetzt wie ein Schatten; er verbrachte mehr Zeit außerhalb des Palastes als im Palast. Mittlerweile hatte sich eine große Distanz zwischen ihnen gebildet. Orslett kam nie mehr zu Segalla und zeigte keinerlei Interesse an der Königin. Er schien sehr viel in der Stadt zu tun zu haben, ging früh am Tage weg und kam spät zurück.
Wie versprochen besuchte Segalla die Königin regelmäßig. Er zelebrierte sogar die Messe in ihrem Schlafgemach. Auch Doktor Cesar ließ in seinen Bemühungen, der Königin das Leiden zu erleichtern, nicht nach, und am 12. November gelang es ihm, ihr ein wenig Linderung zu verschaffen. Sie wurde agiler und ließ den königlichen Befehl an den Geheimen Kronrat ergehen, sich in Greenwich einzufinden. Im Palast herrschte wieder einmal reges Treiben, als etliche Lords mit ihren Lakaien eintrafen – grimmige Männer, die ihre Wünsche schon sehr bald deutlich aussprachen. Die Königin sei so krank, erklärten sie, daß es das beste wäre, wenn sie ihren Letzten Willen unterzeichnete und versiegelte und Elizabeth offiziell zu ihrer Nachfolgerin erklärte. Mary sträubte sich dagegen. Einige katholische Bischöfe, denen bewußt war, daß sie alle aus ihren Ämtern entfernt werden würden, sobald Elizabeth Königin würde, stellten sich auf Marys Seite.
Segalla nutzte den allgemeinen Trubel, um den Palast zu verlassen und am nebeligen Flußufer nach Lambeth zu gehen. Die Residenz des Erzbischofs war beinahe verlassen. Die Räume waren schmutzig und verstaubt, und nur wenige Lakaien und Diener waren geblieben. Segalla fand den Kardinal in seinem großen Bett liegend vor. Sein Gesicht war grau vor Erschöpfung. Er hielt den Rosenkranz in den Händen.
»Warum seid Ihr gekommen, Segalla?« erkundigte sich der alte Mann. »Habt Ihr nicht gehört, daß ich im Sterben liege? Meine Königin steht auch auf der Schwelle des Todes, und meine Diener können Euch den Weg nach Hatfield ganz genau in eine Landkarte einzeichnen.«

»Mark 15, 34«, sagte Segalla. »›Eloi, Eloi, lamma sabacthani?‹«
Poles Lachen endete in einem Hustenanfall.
»Was ist das für ein Unsinn?« keuchte er.
»Das ist kein Unsinn, Eure Eminenz. Es geht um ein Geheimnis, das Ihr seid fünf Jahren kennt – seit damals, als Ihr Euch heimlich unter dem Namen Clarence nach London geschlichen und ein Abkommen mit den Vier Evangelisten geschlossen habt.«
Pole wedelte abwehrend mit der Hand.
»Eure Eminenz, lügt mich nicht an. Ihr seht dem Tod ins Antlitz, und ich bin Priester.«
»Ja, und beides trifft auch auf Carafa zu.« Pole fletschte die Zähne.
»Ihr habt diese Briefe geschrieben, habe ich recht?« fuhr Segalla ungerührt fort. »1536 wurde Mark Smeaton, ein Hofmusikant, verhaftet und im Tower gefangengesetzt. Man warf ihm vor, eine ehebrecherische Beziehung zu Anne Boleyn unterhalten zu haben. Nachdem er gestreckt und gefoltert worden war, wurde Smeaton von dem Arzt im Tower, John Gresham, behandelt, den wir als Theophilus kennen. Theophilus war mit drei anderen Männer, die ebenfalls Posten im Tower bekleideten, befreundet: mit Kennet, Dalrymple und Savage. Diese vier kamen einem furchtbaren Geheimnis auf die Spur. Anne Boleyn war Heinrich nicht nur untreu, sondern das Kind, das sie unter dem Herzen trug, hatte Mark Smeaton gezeugt. Der arme Musikant, dessen Geist nach der Folter wohl ein wenig verwirrt gewesen sein muß, hat das Geheimnis im Vers Markus, 15, 34 verschlüsselt weitergegeben. Mark war sein Vorname; 1534 war das Jahr, in dem Prinzessin Elizabeth durch ein Erbfolgegesetz zur rechtmäßigen Erbin Heinrichs VIII. bestimmt wurde. Schließlich das Zitat: ›Eloi, Eloi, lamma sabacthnai‹ – es enthält die Buchstaben, aus denen sich Smeatons Nachname zusammensetzt.«
Pole wischte sich den Speichel aus den Mundwinkeln.
»Gerissener Jesuit«, murmelte er.
»Die Evangelisten bewahrten das Geheimnis«, fuhr Segalla fort. »Wer wagte es schon, zu Lebzeiten des großen Tyrannen darüber

zu tuscheln, was sie wußten? Dasselbe galt für die Regierungszeit von Edward VI. Niemand wollte mit einem solchen Skandal in Verbindung gebracht werden. Edward war noch ein Junge, er hätte gut noch fünfzig Jahre König sein können, während Elizabeth mit irgendeinem ausländischen Prinzen als Gemahl weit weg von England weilt. Aber 1553 veränderte sich alles. Der junge Edward starb ziemlich plötzlich, und drei Bewerber konkurrierten um den englischen Thron: Mary, die rechtmäßige Erbin, Elizabeth, ihre angebliche Halbschwester, und Lady Jane Grey. Der Herzog von Northumberland, der während Edwards Regierungszeit ganz allein die Macht in den Händen hielt, entschied sich, Marys und Elizabeths Ansprüche zu ignorieren und Lady Jane Grey zu unterstützen.«

Segalla schwieg, solange Pole von einem weiteren Hustenanfall erschüttert wurde.

»Die Wahl des Herzogs erwies sich als verhängnisvoll für ihn«, erzählte Segalla weiter. »Er war wie ein Spieler, der alles riskiert und die falschen Karten bekommt; Lady Jane Grey war kein Sprößling von Heinrich Tudor. Unsere Evangelisten, oder zumindest drei von ihnen, taten den ersten Schritt: Sie boten ihr Wissen um das Geheimnis sowohl dem Herzog von Northumberland als auch Prinzessin Mary an.«

»Und wieso hätten sie das tun sollen?« unterbrach Pole.

»Oh, dafür gab es mehrere Gründe. Northumberland wußte, daß er auf die falsche Karte gesetzt hatte. Es wäre immerhin denkbar gewesen, daß er sich nach dieser Erkenntnis Prinzessin Mary zuwandte. Solche Informationen, wenn sie im In- und Ausland der Öffentlichkeit bekanntgegeben worden wären, hätten Elizabeths Hoffnungen auf die Krone für immer zerstört. Falls Northumberland mit diesem Wissen bei Mary vorgesprochen hätte... wer weiß? Vielleicht hätte sie ihm verziehen. Oder er hätte sich zumindest bei ihr einschmeicheln können, bevor ihre Truppen in London einmarschierten. Doch Northumberland war verwirrt und hatte die Lage nicht mehr unter Kontrolle. Er stellte Haftbefehle auf diese Männer aus und zwang sie auf diese

Weise, andere Maßnahmen zu ergreifen und mit Mary selbst in Verhandlungen zu treten.«

Segalla sah dem Kardinal ins Gesicht und wußte, daß er ins Schwarze getroffen hatte. Die Augen des alten Mannes hatten einen entrückten Ausdruck, als würde er im Geiste die turbulenten Zeiten vor fünf Jahren noch einmal durchleben.

»Mary war geschickter und entschlossener als Northumberland«, setzte Segalla hinzu. »Sie besprach alles mit ihrem engen Freund Reginald Pole, einem großen, meisterhaften Ränkeschmied. Wer weiß? Vielleicht hatte Pole einen Verdacht? Er befand sich bereits auf dem Rückweg nach England, um sich Mary anzuschließen. Jetzt schleicht er sich in London ein, nennt sich Master Clarence, nach seinem Großvater George Herzog von Clarence.«

Poles spröde Lippen verzogen sich zu einem Lächeln.

»Ihr habt Verhandlungen mit diesen Männern geführt. Ihr habt Euch ihr Geheimnis angehört, und Gott allein weiß, was sie Euch sonst noch erzählt haben. Und Ihr habt die Gesetzeshüter alarmiert. Ich vermute, Ihr dachtet, die Evangelisten würden entweder auf dem Schafott sterben oder in irgendeinem Gefängnis verrotten. Doch gab es für sie einen Hoffnungsschimmer: In London herrschte das reinste Chaos. Sie boten den Männern, die sie verhaften sollten, das Geld an, das Ihr ihnen gegeben habt, als Gegenleistung für ihre Freiheit. Habe ich recht, Eure Eminenz?«

Pole seufzte.

»Ihr seid der Verfasser dieser Briefe, nicht?« beharrte Segalla. Dann schwieg er und beobachtete, wie die Flamme der Kerze, die auf der anderen Seite des Bettes stand, im Luftzug vom Fenster größer und kleiner wurde.

»Ich liege im Sterben«, begann Pole. »Meine Königin liegt im Sterben. Alles bricht zusammen, Segalla. Heinrich VIII., Gott verfluche ihn, hat eine giftige Saat gesät, und jetzt trägt sie Früchte. Die katholische Kirche in England ist zerstört. Die rechtmäßige Erbin, deren Geist und Seele nach Jahren der Qualen erschöpft sind, wird bald vor den Thron Gottes treten. Das ist Heinrichs Werk. Er hat Katharina von Aragonien ins Grab gebracht. Er quälte sein eigenes Kind Mary Tudor. Oh, er folterte sie nicht im Tower auf der Streckbank oder mit den Daumenschrauben, sondern durch Gleichgültigkeit, Beleidigungen und Verachtung. Heinrichs Wollust hat die Kirche zerstört. Gute Männer wie More und Fisher landeten auf dem Schafott. Er verfolgte meine Familie, weil wir aus York stammen. Ja, ich bin ein Enkel von George, dem Herzog von Clarence. Einige behaupten sogar, ich hätte eher Anspruch auf die Krone von England gehabt als Heinrich Tudor.« Pole hustete und räusperte sich. »Heinrich haßte meine Familie. Meine eigene Mutter, Margaret Pole, Gräfin von Salisbury, wurde enthauptet wie eine gemeine Verräterin. Und was diese Hure Boleyn betrifft ...!« In Poles Augen blitzte blanker Haß auf. »Ja sie war eine Hure«, stieß er hervor. »Sie wußte mehr über die Kunst der Liebe als alle Freudenmädchen der Stadt zusammengenommen. Soll ich Euch was erzählen, Segalla? Heinrich hatte Angst vor ihr. Er konnte sie nicht zufriedenstellen – in ihrem Bett war er impotent wie ein Eunuch. Oh, er war ein jämmerlicher Versager. Ihr haltet das für einen Scherz, Segalla?« Pole schluckte schwer. »Seht in den Chroniken und Aufzeichnungen nach. Ihr werdet Briefe von Boleyn finden, die sie nur Stunden vor ihrer Hinrichtung im Tower geschrieben hat. Sie hat ihm die Demütigungen und Beleidigungen heimgezahlt. Sie schreibt ziemlich offen von der Impotenz des Königs, das war ihr letzter Schlag, die schlimmste Erniedrigung, die sie ihm beibringen konnte.« Pole lächelte. »Kein Wunder, daß sich der König an dem Tag, an dem sie starb, auf die Jagd begeben hat. Er wollte sie zum Schweigen bringen, sie ein für allemal loswerden. Er glaubte nicht, daß sie ihn vor aller Welt zum Hahnrei machen würde, aber er wollte eben ganz sichergehen. Boleyn muß sich ins Fäustchen gelacht haben. Heinrich hatte jetzt Prinzessin Elizabeth, um die er sich kümmern, die er versorgen mußte. Was hätte er jetzt noch unternehmen können? Sie verstoßen? Öffentlich eingestehen, daß ein gewöhnlicher Musikant im Bett mehr leisten konnte als der große Heinrich von England? Ich habe das alles aus der Ferne beobachtet. Heinrich suchte seine dritte Frau mit mehr Sorgfalt aus. Die kleine, fügsame Jane Seymour war das ruhigste Fohlen in seinem Stall. Sie gab dem König die Kraft und das Gefühl der Macht zurück.« Pole verstummte und keuchte nach einer Weile: »Wasser!«

Segalla stand auf, füllte einen Becher und hielt ihn an die Lippen des Kardinals. Pole trank vorsichtig.

»Oh, es kursierten Gerüchte«, fuhr der Kardinal fort und wischte sich den Mund mit dem Handrücken ab. »Gleich bei der Geburt tuschelte und spekulierte man, wer Prinzessin Elizabeths wahrer Erzeuger war. Aber die Boleyn und alle, die ihr nahestanden, waren tot, und Prinz Edwards Geburt brachte die Klatschmäuler für immer zum Schweigen. Ich war im Ausland – Ihr wißt, warum?«

Segalla nickte.

»Wenn mich Heinrich gefunden hätte, wäre ich denselben Weg gegangen wie meine Mutter und meine Brüder. Oh, ich habe viel gehört – ich hatte mein Ohr immer am Schlüsselloch des englischen Hofes. Ich erkannte Katharina von Aragonien als meine wahre Königin an, und deshalb war für mich Mary die rechtmäßige Erbin der Krone von Edward dem Bekenner. Ich hoffte, daß Mary eines Tages einen ausländischen Prinzen heiraten würde, aber dann starb der kleine Edward, und das Spiel nahm eine dramatische Wendung.« Pole kicherte krächzend. »O ja, und was für eine Wendung! Während Edwards letzter Krankheit, begann Mary, Gott segne sie, erste Schritte zu unternehmen. Ich selbst bereitete meine Rückkehr nach England vor. Ich ging in einem kleinen Fischerhafen in der Nähe von Ipswich an Land, traf mich mit Mary und reiste in Verkleidung weiter nach London. Mary hatte mir von diesen Evangelisten erzählt und davon, daß sie ein großes Geheimnis verkaufen wollten. Unter gewöhnlichen Umständen hätten wir sie ignoriert, aber sie hatten Ämter im Tower inne und machten Andeutungen auf Anne Boleyn.« Pole sah zu dem rotgoldenen Baldachin über dem Bett, dann schloß er die Augen.

Segalla glaubte schon, er wäre eingeschlafen, aber dann ließ der Kardinal den Rosenkranz durch seine Finger gleiten und fuhr fort:

»London war in Aufruhr. Northumberland hatte die Kontrolle verloren. Die Evangelisten gaben mir Nachricht und nannten einen Treffpunkt. Den Rest kennt Ihr.«

»Aber welche Beweise boten sie Euch an?« fragte Segalla.

Pole kicherte wieder. »Ein Dokument werdet Ihr nicht mehr finden. Smeatons Geständnis enthielt Zeitangaben und Daten sowie die Erklärung, daß Heinrich und Anne Boleyn... na ja.« Er winkte ab. »Der König konnte seine Lust nicht bei ihr befriedigen. Gott verfluche ihn!«

»Und Königin Mary weiß von alledem?«

»Ja.«

»Aber wieso hat sie ihr Wissen nicht genutzt? Sie empfindet doch nicht die geringste Zuneigung für ihre sogenannte Halbschwester. Warum hat sie ihre wahre Herkunft nicht öffentlich gemacht?«

Pole lachte und schüttelte den Kopf.

»Ihr werdet das nie verstehen, wie? Königin Mary mag die Tochter von Katharina von Aragonien und die katholische Gemahlin von Philip von Spanien sein, aber in erster Linie ist sie eine Tudor.« Pole deutete mit dem Finger auf Segalla. »Vergeßt das nicht. Mary Tudor bewunderte ihren Vater. Habt Ihr das nicht bemerkt? Was er ihrer Mutter oder ihr selbst auch angetan hat, tief in ihrem Herzen liebte Mary ihren Vater mit einer Inbrunst, die über jedes Verständnis hinausgeht. Man muß mit ganzem Herzen, ganzer Seele und ganzem Verstand lieben, Segalla, bevor man hassen kann.« Pole verfiel in Schweigen, aber seine Lippen bewegten sich. »Es gab noch andere Gründe«, fügte er schließlich hinzu. »Anne Boleyn bat Mary um Vergebung, ehe sie starb. Nur wenige Menschen haben unsere Königin um Verzeihung gebeten, und Mary hat das nie vergessen. Zudem glaube ich, daß Mary trotz der Rivalität unter angeblichen Schwestern der kleinen Elizabeth wirklich zugetan ist, und Elizabeth erwidert diese Gefüh-

le. In Wahrheit würde Elizabeth niemals ein Mordkomplott gegen Mary schmieden.«
»Glaubt Ihr, die Königin wurde vergiftet?«
»Ja, aber ich weiß nicht, wie, warum oder von wem. Mary hätte Philip von Spanien nie heiraten dürfen – er ist ein Wolf im Schafspelz. Und ich würde niemals einen Lakai dieser französischen Königin auch nur in die Nähe von Mary lassen. Er könnte weiß Gott wer sein!«
»Es gibt noch einen anderen Grund dafür, daß Mary ihr Wissen nicht genutzt hat, oder?« mutmaßte Segalla.
»Natürlich.« Pole seufzte. »Sobald man ein solches Gerücht in Umlauf setzt und den ersten Tropfen Gift aus dem Fläschchen träufelt, kann man nichts mehr aufhalten. Wenn Elizabeth nicht Heinrichs Tochter war, war dann Edward sein Sohn...?«
»Oder Mary seine Tochter?« vervollständigte Segalla den Satz.
»Ganz recht.« Pole richtete sich auf.
»Aber Ihr denkt anders, nicht?« hakte Segalla nach. »Um Euch zu zitieren, Eure Eminenz: Das Spiel ist vorbei. Ihr habt Heinrich VIII. ebensosehr gehaßt wie Anne Boleyn. Eure Königin liegt im Sterben, und deshalb wurde Master Clarence zu den Vier Evangelisten.«
Segalla deutete auf den Schreibtisch in der Ecke des dunklen Raums. »Ihr habt diese Briefe geschrieben und Elizabeth gepeinigt, indem Ihr ihr und anderen Abschriften davon zukommen habt lassen. Ihr habt sie daran erinnert, daß ihre Thronbesteigung nach Marys Tod nicht so leicht vonstatten gehen würde, wie sie dachte. Ihr habt Geld verlangt, aber Ihr hattet nie die Absicht, es Euch zu holen. Es war ein amüsantes Spiel für Euch, es hat Euch gefallen, Qual und Schmerz zu verursachen. Ich nehme an, die Königin hat dagegen protestiert, aber Ihr habt weitergemacht.«
»Und ich werde auch nicht aufhören, solange ich mich noch rühren kann«, gab Pole zurück. »Seht mich an, Segalla!« zischte er. »Seht Mary an! Seht Euch unsere Kirche an! Alles ist zerstört. Geht zurück nach Rom. Sagt Carafa, er soll sich in seine Gebete

vertiefen, denn ihm bleibt wie mir bestimmt nicht mehr viel Zeit. Ich frage mich ...« Pole kniff die Augen zusammen.
»Was, Eure Eminenz?«
»Wieso Euch Carafa nichts erzählt hat.« Der Kardinal lachte, als er die Überraschung in Segallas Gesicht sah. »Da staunt Ihr, was? Unser Heiliger Pontifex, Gottes Stellvertreter auf Erden, Papst Paul IV., weiß alles über Markus 15, 34, die Evangelisten und Master Clarence. Ich selbst habe es ihm erzählt.«
»Wann?« Segalla spürte, wie ihm der Schweiß ausbrach.
»Vor Jahren, als Mary den Thron bestieg und alles golden und rosig aussah. Meine Briefe sind in Rom, dort gebe ich Kapitel und Vers und eine ausführliche Erklärung ab. Ich dachte, das würde Carafa gefallen. Ich war der Meinung, es würde ihn dazu bringen, Mary noch mehr Unterstützung zu bieten, wenn er weiß, daß Elizabeth nicht nur eine protestantische Ketzerin, sondern auch von niederer Geburt ist.«
»Und was wißt Ihr sonst noch?«
»John Gresham, der Arzt, der sich Theophilus nannte, hatte ein Empfehlungsschreiben von Carafa bei sich, als er nach England zurückkehrte. Ich bin überzeugt, daß John Gresham in Rom war. Der Preis für die päpstliche Empfehlung bestand darin, Carafa alles zu bestätigen, was ich ihm schon vorher erzählt hatte.«
»Aber die Königin muß gewußt haben, daß Gresham einer der Vier Evangelisten war.«
»Er hat sich vor ihr gerechtfertigt, und es stimmte ja auch, daß er sich nicht ganz so schuldig gemacht hat wie die anderen.« Pole grinste. »Er war ein guter Arzt, und Mary konnte ihn im Auge behalten.«
»Die Königin war sicher dagegen, daß Ihr diese Briefe verschickt, oder?«
»Die Königin kann mir nichts abschlagen«, stieß Pole hervor. »Es ist die Rache eines Sterbenden.«
Segalla sah den gewieften Prälaten forschend an. Pole stand auf der Schwelle des Todes und hatte nichts mehr zu verlieren. Wieso sollte er jetzt noch lügen? Segalla wurde sich bewußt, wie

geschickt er hinters Licht geführt worden war. Verzweiflung machte sich breit, als er begriff, was Poles Geständnis in Wahrheit beinhaltete. Er stand auf und verbeugte sich vor dem Kardinal.

»Eure Eminenz, ich muß gehen.«

Pole hob die Hand zum Segen. »Ich auch, Master Segalla. Wir werden uns nicht wiedersehen.«

Segalla verließ den Palast. Erst an dem in dichten Nebel gehüllten Kai blieb er stehen, atmete tief durch und versuchte, seine wirbelnden Gedanken zu ordnen. Er mietete ein Fährboot, das ihn nach Greenwich brachte. Sein erster Gang dort führte ihn in die Küche, wo er etwas aß, dann ging er in die Schreibstube und setzte seine Nachforschungen fort. Von Doktor Cesar und Orslett war keine Spur zu sehen. Hin und wieder unterbrach Segalla seine Arbeit, um der Königin einen Besuch abzustatten. Ein Blick auf ihr fahlgraues Gesicht, die tief eingesunkenen Augen, die trockenen, aufgesprungenen Lippen und ihre Brust, die sich bei jedem mühsamen Atemzug schwerfällig hob, genügte ihm, um zu wissen, daß die Königin nicht mehr lange leben würde.

Lady Jane Dormer erzählte ihm Neuigkeiten vom Hof.

»Vor vier Tagen«, flüsterte sie, »wurden der Oberarchivar und der Hofschatzmeister nach Hatfield gesandt, um Elizabeth in Kenntnis zu setzen, daß sie Mary auf den Thron folgen wird. Mary hat ihre Halbschwester gebeten, ihr zwei Dinge zu versprechen: die alte Religion beizubehalten und die königlichen Schulden zu bezahlen. Elizabeth ließ sich zu keiner Antwort herab. Der spanische und der französische Gesandte machten ebenfalls ihre Aufwartung in Hatfield.«

Am 16. November verlor die Königin das Bewußtsein. Segalla war am Abend zugegen, als Mary zu sich kam. Sie tröstete Lady Jane, die an ihrem Bett saß und schluchzte. Sie sagte ihr, daß sie nicht um sie trauern sollte und daß sie gute Träume gehabt hatte: Sie hatte viele Kinder gesehen; sie waren wie Engel, spielten zu ihren Füßen und sangen schöne Melodien. Die Königin fiel erneut in tiefen Schlaf. Segalla zelebrierte die Messe im Gemach

der Königin. Nur Lady Jane, ein paar Zofen und Sir Henry Grantchester waren anwesend.
Danach kehrte Segalla zu seinen Schriften zurück und fand endlich, wonach er gesucht hatte. Er begann, seine eigene Theorie zu entwickeln. Er listete alle Morde auf: Theophilus, Nicolette, Savage, Kennet und Dalrymple. Beim Nachdenken döste er ein, und ein lautes Klopfen an der Tür weckte ihn.
Ein Diener mit tränenüberströmtem Gesicht kam herein. »Lady Jane wünscht Euch zu sehen. Die Königin ...« Er schluckte. »Die Königin stirbt.«
Segalla nahm seinen Umhang und eilte hinunter. Es war unerträglich heiß im Schlafgemach der Königin. Im Kamin brannte Feuer, im ganzen Raum waren Kohlebecken verteilt und die Fenster fest geschlossen. Man hatte alle verfügbaren Kerzen angezündet. Auf der einen Seite des königlichen Bettes kniete ein Priester. Er hatte das Gesicht in den Händen vergraben und sprach leise das Totengebet. Auf der anderen Seite kniete Lady Jane auf Kissen und betete im stillen mit. Segalla ging neben ihr auf die Knie. Der Kopf der Königin war auf die Seite gerollt, und ihr schweißdurchtränktes Haar lag auf dem Kissen ausgebreitet. Man hatte ihr den Schleier abgenommen. Ihre Augen waren halb geöffnet, und Speichel rann aus ihrem Mundwinkel. Nur der schwache Pulsschlag an ihrem Hals zeigte, daß sie noch am Leben war. Segalla stimmte in das Gebet mit ein. Segalla hatte etwa eine halbe Stunde am Bett der Sterbenden gekniet, als die Palastglocken die sechste Stunde ankündigten. Lady Jane erhob sich.
»Sie hat uns verlassen«, sagte sie mit erstickter Stimme. »Die Königin ist tot.«
Segalla beugte sich vor und berührte die trockene, kalte Haut. Er fühlte keinen Puls mehr, aber die Augen waren immer noch halb offen.
»Gott gebe ihrer Seele Frieden«, sagte er. »Die Königin ist tot.«
Doktor Cesar wurde gerufen. Er bat alle Anwesenden, sich zurückzuziehen, solange er den Leichnam untersuchte. Er

brauchte nicht lange. Cesar bedeckte das Gesicht der Königin mit einem Tuch, und Lady Jane ordnete an, daß die Bettvorhänge zugezogen werden sollten. Danach versammelten sich alle im Vorraum des Sterbezimmers. Grantchester hatte verdünnten Wein, Brot, Käse und Dörrfleisch auftragen lassen. Lady Jane nippte an ihrem Becher. Sie weinte nicht, sondern machte viel eher einen gefaßten und entschlossenen Eindruck.
»Ich habe getan, was ich konnte«, sagte sie und stellte den Becher weg. »Meine Königin ist nicht mehr, meine Freundin ist tot. Ich möchte nicht einmal an ihrem Begräbnis teilnehmen. Ich will nicht sehen, wie die Heuchler Tränen vergießen. Ich fahre nach Sinistrel und breche sobald wie möglich nach Spanien auf.« Sie holte tief Luft. »Pater Segalla, ich gebe Euch einen guten Rat. Ihr solltet ebenfalls an Eure Abreise denken. Jeder Auftrag, den Euch der Heilige Vater gegeben hat und der von der Krone bestätigt wurde, ist mit dem Tod der Königin beendet. Cecils Männer werden bereits in der Stadt wüten. Ihr solltet gut auf Euch achtgeben.«
Segalla gab keine Antwort. Er warf einen Blick auf Doktor Cesar, der, nach dem Letzten Willen der Königin, jetzt um hundert Pfund in Gold reicher war.
»Lady Jane hat recht«, sagte der Arzt und warf sich seinen pelzgefütterten Umhang um die Schultern. »Hier gibt es für uns nichts mehr zu tun.«
»Wird Philip von Spanien Schritte unternehmen?« fragte Segalla. »Oder Caterina de' Medici von Frankreich?«
Lady Jane ging zu einem der Fenster. Sie schob die Läden beiseite.
»Dort«, sagte sie und deutete auf den brodelnden Nebel. »Dort drüben in der Stadt. Die werden entscheiden, wer in Westminster gekrönt wird. Sie haben sich auf diesen Tag vorbereitet. Die großen Kaufleute in ihren Giebelhäusern, die Lehrlinge von Cheapside, der Mob um Whitefriars. Geht hinaus aufs Land, Master Segalla; die großen Lords und ihre Gefolge treffen eine Entscheidung. Das habe ich Philip von Spanien klargemacht.«

»Wir sollten abreisen«, beharrte Cesar.

»Bald«, erwiderte Segalla, »das verspreche ich. Wir sollten nicht mehr lange warten. Aber bevor ich England verlasse, würde ich Euch gern einen Besuch in Sinistrel abstatten, Lady Jane. Wäre das möglich?«

Lady Jane nickte. Segalla zog sich in sein Zimmer zurück, zerschnitt mit der scharfen Klinge seines Dolchs alle Notizen, die er sich während seiner Nachforschungen gemacht hatte, und verbrannte die Fetzen im Kamin. Cesar kam zu ihm, um nach dem genauen Zeitpunkt ihrer Abreise zu fragen, aber Segalla hielt ihn hin und erklärte, er habe noch eine Angelegenheit zu regeln, aber die würde nicht viel Zeit in Anspruch nehmen. Später, als die Lakaien und Diener, die auf ihrem Posten geblieben waren, die Trauerfeier für die Königin vorbereiteten, verkleidete sich Segalla und machte sich auf den Weg in die Stadt. Er zog Erkundigungen ein, tätigte einige Einkäufe und besuchte Tavernen an der Cheapside. Er fand alles, was Lady Jane gesagt hatte, bestätigt. Man bedauerte Marys Tod aufrichtig, war jedoch auch erfreut darüber, daß Elizabeth ihr auf den Thron folgen würde. Cecils Männer waren ausgesprochen fleißig gewesen. Proklamationen waren an der Kathedrale und am Kreuz in der Cheapside angeschlagen worden. Die königlichen Schiffe auf der Themse hatten sich unter Elizabeths Befehl gestellt, und was noch Stunden zuvor eine stetige Flut von möglichen Befürwortern gewesen war, hatte sich zum Triumphzug nach Hatfield entwickelt. Tatsächlich gab Elizabeth bereits Erklärungen ab. Die Wachmannschaft im Tower hatte sich ihr ebenfalls unterstellt, und Gerüchte besagten, daß ein Heer von mindestens zwanzigtausend Mann vor der Stadt lagerte, um sicherzustellen, daß Heinrichs Tochter die Krone von England bekam.

Als Segalla zum Fluß zurückkehrte, hatte man an vielen Straßenkreuzungen Freudenfeuer entfacht. Junge Burschen ließen Elizabeth hochleben und verfluchten die Spanier. In Greenwich hatten sich Mitglieder von Elizabeths Garde zu den Wachen am Tor gesellt, aber man gewährte Segalla Zugang zum Palast. Er ging in sein Zimmer und packte in aller Eile seine Habseligkeiten zusam-

men. Danach machte er sich auf die Suche nach Corporal Tipping, steckte ihm eine großzügig bemessene Summe zu und bat ihn, Pferde und Lastponies für ihn und Doktor Cesar bereitzuhalten. Als er wieder in sein Zimmer kam, hatte Orslett eine Kerze angezündet und rekelte sich in einem Sessel.
»Seid Ihr gekommen, um mich zu verhaften, Stephen?«
»Noch nicht.« Orslett lächelte schwach. »Aber der Befehl dazu wird bald erlassen, wenn Ihr noch lange zögert.«
»Also habt Ihr den Sprung vollzogen?«
»Natürlich! Königin Mary ist tot, lang lebe Königin Elizabeth!« Orslett stand auf und schloß die Tür, dann lehnte er sich dagegen. »Ihr habt das Geheimnis aufgedeckt, nicht wahr?«
»Mit wem spreche ich? Mit einem von Elizabeths Leuten oder mit Stephen Orslett?«
»Mit Stephen Orslett, Nicholas. Ich mag es mit der Treue nicht immer allzu genau nehmen, aber meine Freunde betrüge ich nicht. Die Königin möchte es wissen.«
Im ersten Moment glaubte Segalla, daß Orslett von Mary sprach, aber dann fing er an zu lachen.
»Ich will Euch einen guten Rat geben, Stephen«, erwiderte er. »Und, glaubt mir, ich sage die Wahrheit. Wenn die Königin und Cecil wissen wollen, ob ich das Geheimnis kenne, dann solltet Ihr mit ›Nein‹ antworten. Ihr dürft mit keinem einzigen Wort andeuten, daß ich erfolgreich gewesen sein könnte. Wenn Ihr diesen Rat nicht befolgt, kann ich nicht für mich bürgen, und ich würde mir ernsthafte Sorgen um Euch und Eure Familie machen.« Segalla nahm das Kreuz, das um seinen Hals hing, in die Hand. »Ich schwöre, Stephen, bei allem, was mir heilig ist: Ihr dürft dieses Geheimnis nicht kennen.«
»Ihr verlaßt London innerhalb eines Tages«, sagte Orslett, »und England innerhalb einer Woche. Wie Ihr reist und wohin, ist nicht meine Angelegenheit.« Er streckte die Hand aus. »Betet für mich, Nicholas. Betet – nicht um meiner selbst, sondern um meiner Frau und Kinder willen –, daß ich in Zukunft niemals zu spät den Sprung wagen möge«, sagte er mit einem Lächeln.

Kapitel 13

Am folgenden Morgen erreichte Segalla die Nachricht, daß Kardinal Pole zur selben Stunde gestorben war wie die Königin. Segalla hätte dem Kardinal gern die letzte Ehre erwiesen: Pole war ein Kirchenfürst gewesen, und das Protokoll mußte eingehalten werden. Aber er hatte sich Orsletts Warnung zu Herzen genommen und nutzte den Tag, um letzte Vorbereitungen zu treffen. Der 12. Dezember wurde für das Begräbnis der Königin festgesetzt. Lady Jane Dormer änderte ihre Pläne und sagte, sie würde nach London zurückkommen, um an der Trauerfeier teilzunehmen und ihre Freundin auf ihrem letzten Gang zu begleiten. Aber sie war nicht imstande zuzusehen, wie Elizabeths Lakaien und Diener im Palast von Greenwich Einzug hielten und die wichtigsten Posten besetzten. Deshalb machte sie sich unverzüglich auf den Weg nach Sinistrel. Doktor Cesar bedrängte seinen Reisegfährten, Lady Jane zu begleiten, aber Segalla hatte noch immer gewisse Dinge in der Stadt zu erledigen. Trotz der Proteste des Arztes mietete Segalla Zimmer in einer Taverne in der Nähe von St. Giles, und erst am 21. November ritten sie durch das wildromantische Essex nach Sinistrel.

Die Reise verlief ereignislos, das Wetter war schlecht und kalt. Der Nebel lichtete sich selten, trotzdem waren die Wege trocken und fest, und sie kamen gut voran. Cesar sprach davon, wie sehr er sich auf die Rückkehr ins warme Italien freute, bejammerte lautstark Marys Tod und lobte ihre Großzügigkeit, mit der sie ihn entlohnt hatte. Segalla ließ ihn reden. Nach drei Tagen kamen sie durch ein kleines Dorf und bogen in den Weg nach Sinistrel ein. Das Herrenhaus machte einen einladenden Eindruck mit den roten Ziegelmauern im Erdgeschoß, dem mit weißem Putz gefüllten Fachwerk im oberen Stockwerk und den funkelnden Bleiglasfenstern. Das Dach war mit Schiefern gedeckt, und riesige, mit Steinskulpturen verzierte Kamine ragten in den grauen Himmel von Essex.

Segalla hätte sein Pferd selbst zu den Ställen geführt, die sich hinter dem Hauptgebäude befanden, aber die Eingangstür öffnete sich, und Lady Jane, der einige Diener vorangingen, kam heraus, um sie willkommen zu heißen. Obwohl sie sich erst vor wenigen Tagen getrennt hatten, freute sich Lady Jane sichtlich über ihre Ankunft. Sie war wunderschön wie immer. Das lange schwarze Samtkleid, zu dem sie nur ein silbernes Kreuz an einer silbernen Kette trug, betonte ihren elfenbeinfarbenen Teint, und ihr üppiges, glänzendes Haar war unter einem dünnen Schleier verborgen.

»Ich bin froh, daß Ihr gekommen seid«, rief sie. »Ich konnte es in Greenwich nicht länger aushalten. Sollen die Ärzte den Leichnam der Königin einbalsamieren, danach werde ich zurückkehren. Kommt herein, Ihr seht aus, als wäre Euch kalt.«

Sie führte sie in die warme, mit Eichenholz getäfelte Halle, dann durch einen Flur in ihren Salon. Die Reste vom letzten Besuch der Königin waren noch da: Kissen mit den königlichen Insignien, Truhen und Schatullen. Lady Jane bemerkte Segallas Blick und lächelte traurig.

»Das alles werde ich nach London schicken müssen.« Sie schaute sich in dem behaglichen Raum um. »Und den Rest werde ich zurücklassen.«

»Ihr wollt nach Spanien reisen?« fragte Segalla.

»O ja, ich möchte nicht unter Elizabeths Herrschaft in England leben. Sagt mir«, sie führte sie zu den Sesseln vor dem Kamin, »habt Ihr jemals herausgefunden, wer dieser anonyme Briefeschreiber ist oder was die Botschaften zu bedeuten haben?«

Segalla schüttelte den Kopf. »Nein, Mylady. Was spielt das jetzt noch für eine Rolle? Cecils Männer haben inzwischen in Greenwich das Sagen. Wir haben keine Befugnis mehr, die Schriftstücke durchzusehen, die die Königin aus Westminster kommen ließ.« Er sah Cesar mit einem Lächeln an. »Und unser guter Doktor möchte in die Wärme von Rom zurückkehren.«

Sie saßen eine Weile zusammen, tranken heißen gewürzten Wein und plauderten über das bevorstehende Begräbnis und über das, was Elizabeths Thronbesteigung zur Folge haben würde. Dann brachte ein Diener die Gäste zu ihren Zimmern im Obergeschoß. Alles war sauber, frisch und komfortabel. Segalla sah, wie Lady Jane sich bemühte, ihnen den Aufenthalt so schön und bequem wie möglich zu machen. Sie war sich auch bewußt, daß Gefahren drohen könnten, und hatte einige ihrer Bediensteten losgeschickt, damit sie die Wege zum Dorf beobachteten, für den Fall, daß Cecil ihnen Männer nachgeschickt hatte. Am Morgen nach ihrer Ankunft las Segalla die Messe in der kleinen Kapelle und nahm anschließend Lady Jane beiseite.

»Wir müssen bald aufbrechen«, sagte er. »Aber heute abend, Lady Jane, muß ich ein privates Wort mit Euch sprechen. Ist es möglich, daß Ihr das Mahl servieren laßt und die Diener aus dem Raum schickt?«

Lady Jane sah ihn erschrocken an.

»Es ist wichtig«, beharrte Segalla.

Lady Jane erklärte sich widerstrebend einverstanden und fügte scherzend hinzu, ihr zukünftiger Bräutigam, der Graf von Feria, der viel Wert auf Etikette lege, würde größte Bedenken äußern, wenn er wüßte, daß sie allein mit zwei Gentlemen zu Abend aß. Dennoch hielt sie Wort. Als die Dunkelheit hereingebrochen war und alle Kerzen brannten, führte sie Segalla und Cesar in den kleinen Salon. Die Köche servierten gebratenes Huhn in Zitronensauce mit Gemüse und Brot und Minzetörtchen. Schüsseln und Platten wurden auf einem kleinen Tischchen bereitgestellt, denn Lady Jane bestand darauf, daß sie ihre Gäste selbst bedienen würde, während Segalla den Wein ausschenkte.

Eine Weile aßen sie schweigend, dann beantwortete Segalla Lady Janes und Cesars Fragen so rasch und präzise, wie es ihm möglich war. Er lauschte auf die Geräusche in den verschiedenen Teilen des Hauses, als die Diener alles für die Nacht vorbereiteten und schließlich gingen, um den Rest des Abends bei ihren Familien im Dorf zu verbringen. Schließlich kehrte Ruhe ein. Segalla bemerkte, daß Lady Jane ihm einen eigenartigen Blick zuwarf. Er erhob sein Glas.

»Auf Euch, Mylady, auf Euren künftigen Gemahl. Auf daß Ihr ein langes und erfolgreiches Leben in Spanien führt. Möge Gott Euch mit Gesundheit und vielen Kindern segnen.«

Cesar schloß sich Segallas guten Wünschen an, und Lady Jane lächelte.

»Und auf das Andenken an die Königin«, fügte Segalla hinzu. »Möge Gott ihr viel Licht und Frieden schenken und Rache an ihrem Mörder üben.«

Lady Jane rutschte der Becher beinahe aus der Hand; Rotwein spritzte wie Blut auf das weiße Tischtuch. Cesar sah Segalla scharf an, stellte seinen Becher ab und rieb sich den Bauch. Lady Jane tupfte mit der Serviette die Weinflecken ab.

»Nicholas, was wollt Ihr damit sagen?«

Segalla schob seinen Stuhl zurück und stand auf. Dann ging er zur Tür, drehte den Schlüssel im Schloß um und steckte ihn in die Tasche. Schließlich schlenderte er zum Fenster und sah in die Nacht.

»Tenebrae factae«, zitierte er aus den Evangelien. »Und Dunkelheit brach hernieder. Ein dramatischer Vers, nicht wahr, Mylady? Wir haben das Wort Christi.« Segalla schwieg, als eine Eule im Obstgarten schrie, der sich seitlich des Gebäudes erstreckte. »Wir haben das Wort Christi«, wiederholte er, »daß die bei Nacht verübten Taten bei Tageslicht gerichtet werden. Mary Tudor, Gott gebe Ihrer Seele Frieden, wurde vergiftet: Ihr Mörder sitzt hier in diesem Raum.« Er hörte, wie seine Zuhörer scharf die Luft einsogen. »Mary Tudor wurde vergiftet«, sagte er noch einmal, ohne sich umzudrehen, »langsam, heimtückisch, und ihr Mörder steht in keinem Zusammenhang mit diesen anonymen Briefen.« Er ging zurück zum Tisch. Cesar und Lady Jane starrten ihn an. Segalla schaute in das flackernde Kaminfeuer; die tanzenden

Flammen schienen die Schlangen, die zu beiden Seiten des Kamins in den Stein gehauen waren, zum Leben zu erwecken.
»Was ist das für ein Unsinn?« stammelte Lady Jane.
»Oh, es ist kein Unsinn, Mylady. Habe ich recht, Doktor Cesar?«
Der Arzt stieß seinen Stuhl zurück.
»Doktor Cesar«, fuhr Segalla fort, »Arzt und ein von seiner Heiligkeit Papst Paul IV. gedungener Mörder.«
»Das ist Schwachsinn!« stieß Cesar hervor.
Segalla fiel auf, daß jede Farbe aus dem ansonsten so fröhlichen Gesicht gewichen war.
»Nicholas, ich fühle mich nicht gut. Ich sollte mir diesen Humbug nicht anhören.«
Lady Jane umklammerte ihren Becher und starrte Cesar voller Entsetzen an.
»Die Zeit ist knapp«, fuhr Segalla fort. »Der Gerechtigkeit muß Genüge getan werden, und ich bin gezwungen, bei Tagesanbruch aufzubrechen. Cecils Männer könnten Sinistrel bald einen Besuch abstatten. Ich möchte nicht, daß sie mich hier aufgreifen, deshalb fasse ich mich kurz und komme zum Kern der Sache. Papst Paul IV. schätzte, aus weiß Gott welchen Gründen, Mary Tudor nicht als Königin von England. Seine Heiligkeit haßt, glaube ich, die gesamte Tudor-Familie. Daß Mary einen Spanier heiratete und England auf diese Weise unter Philips Herrschaft bringen könnte, erregte ebenfalls sein größtes Mißfallen. Doktor Theophilus, den wir auch als John Gresham kennen, wurde bestochen und dazu überredet, nach England zurückzukehren. Langsam und sehr behutsam verabreichte er Mary Gift. Gresham hatte selbst eine Menge zu verbergen und tat das nicht nur, indem er seinen Namen änderte, sondern er sicherte sich auch noch den päpstlichen Schutz. Allerdings erwies er sich nicht als besonders effektiv – er war ein ängstlicher, zaghafter Mann und bekam Skrupel, daher mußte er durch unseren guten Doktor Cesar ersetzt werden.«
Der Arzt machte Anstalten, sich zu erheben, aber Segalla schüttelte entschieden den Kopf.

»Die Tür ist verschlossen, Cesar« sagte er. »Ich weiß, daß Ihr nicht bewaffnet seid; ich bin es, und Lady Jane ist auf der Hut. Ihr kamt mit mir nach England. Eure erste Tat war, Doktor Theophilus zu beseitigen, und das habt Ihr äußerst geschickt zu Werke gebracht. An dem Tag, an dem er starb, habt Ihr ihm Gift eingeflößt – irgendwann am Nachmittag –, ein langsam wirkendes Gift. Dann habt Ihr es so aussehen lassen, als hätte er die tödliche Dosis bei dem Bankett zu sich genommen.«
»Aber der Becher?« rief Lady Jane.
»Ja, das war mir zunächst auch ein Rätsel: Sowohl der Wein in dem Krug als auch der in Theophilus' Becher war vergiftet. Aber dann fiel mir ein, daß ich selbst davon getrunken und keine Beschwerden verspürt hatte. Und zwar, weil das Gift erst später in den Krug und den Becher geschüttet wurde, als sich Doktor Cesar zu uns in die Halle gesellte. Erinnert Ihr Euch, wie er an dem Becher roch und den Krug in Grantchesters Begleitung in die Küche brachte?« Segalla deutete auf die dicken Ringe an Cesars Fingern. »Ich frage mich, wie viele davon hohl sind und Gift enthalten.«
»Aber die Ratten starben sofort«, wandte Lady Jane ein.
»Oh, er hat ein anderes Gift verwendet als das, mit dem er Theophilus getötet hat. Ein Pulver, das rascher wirkte. Doktor Cesar konnte den Unschuldigen spielen. Er hielt sich mit voller Absicht von dem Bankett fern; es dürfte ihm nicht schwergefallen sein, eine Krankheit zu simulieren. Er konnte sich ausrechnen, wann die tödliche Wirkung des Giftes eintreten würde, und sicherstellen, daß er sich zu diesem Zeitpunkt nicht in Theophilus' Nähe aufhielt. Theophilus liebte die leiblichen Genüsse, und ich vermute, es war einfach, sich am Nachmittag in seine Gemächer zu schleichen und in den Krug Gift zu mischen.«
»In was für einen Krug?« höhnte Cesar.
»Oh, das ist der andere Grund, warum Ihr nicht bei dem Bankett erschienen seid«, setzte Segalla hinzu. »Ihr habt die Zeit genutzt, um noch einmal in Theophilus' Zimmer zu gehen und nicht nur den vergifteten Wein, sondern auch alle Schriftstücke und Dokumente zu entfernen. Als ich mich selbst später in Theophilus'

Suite umsah, waren alle Aufzeichnungen, Briefe und Schriftstükke verschwunden. Zu diesem Zeitpunkt ahnte ich, daß noch etwas fehlte, aber mir wurde erst sehr viel später klar, was das war. Theophilus liebte, wie gesagt, die leiblichen Genüsse, und ich fand nirgendwo Wein. Also ...«

Segalla sah, daß Schweißperlen auf Cesars Stirn traten. Der Arzt tupfte sein Gesicht mit der Serviette ab, blinzelte und leckte sich über die Lippen.

»Theophilus hatte noch ein Zimmer in der Stadt, und Ihr, Cesar, wart bestens unterrichtet und hattet genaue Anweisungen. Nach Theophilus' Tod eiltet Ihr in die Stadt. Es war alles ganz leicht: ein bißchen Öl auf die Holztreppe gießen, die zu der Kammer führte, in der Theophilus seine Mätresse untergebracht hatte, und eine Flamme daranhalten. Dabei war Euch die Frau gleichgültig. Ihr wolltet nur all das vernichten, was Theophilus in der Kammer aufbewahrte, besonders die verräterischen Briefe und Dokumente.«

Cesar richtete sich auf. »Ich nehme an«, spottete er, »Ihr beschuldigt mich jetzt auch noch, Philip Savage vergiftet zu haben.«

»O nein, Savage habt Ihr nicht umgebracht. Das hat Theophilus getan, und zwar auf Befehl Seiner Heiligkeit.«

»Ich verstehe das alles nicht«, schaltete sich Lady Jane ein. Sie war kreidebleich geworden.

Segalla sah, daß sie einen Dolch unter dem Tisch hervorgeholt hatte.

»Ihr habt nichts zu befürchten, Mylady«, beschwichtigte Segalla. »Ich versichere Euch, Euch droht keine Gefahr, bestimmt nicht von mir oder Doktor Cesar. Theophilus hat Savage getötet, und Ihr, Doktor Cesar, wart nach allem, was Ihr in Rom gehört und in Greshams Papieren gelesen habt, in der Lage, gedungene Mörder auf Kennet und Dalrymple anzusetzen. Dieselben Raufbolde habt Ihr dafür bezahlt, daß sie Orslett und mich am Flußufer überfielen, als wir von der Taverne nach Greenwich zurückgingen. Es muß jemand im Palast gewesen sein, der die Nachricht weitergab, wann wir am angreifbarsten sein würden.«

»Ich war an dem Tag nicht zugegen, an dem Dalrymple...«
»O doch, das wart Ihr«, fiel ihm Segalla ins Wort. »Ihr seid ein Meister der Verkleidung, Doktor Cesar. Ihr habt einen alten Umhang mit Kapuze übergeworfen, einen schlurfenden Gang angenommen, vielleicht den Bart mit ein bißchen Staub aufgehellt und ein Bündel auf den Rücken genommen, und schon wart Ihr ein Diener. Ihr habt den Palast nicht verlassen, Ihr wurdet nur ein anderer. Ihr seid in die Vorratskammer geschlichen und habt mit Hilfe von Blasebälgen, Öl, Schießpulver und einem Fidibus einen Mord begangen. Das alles hat Euch nicht mehr als ein paar Minuten gekostet. Die Wachen waren schläfrig und achteten nur auf Dalrymples Zelle. Alle anderen Bediensteten hatten ihre Arbeit unterbrochen, um das Mittagsmahl einzunehmen. Als der Tumult losbrach, habt Ihr die Vorratskammer verlassen und wart einer von vielen Dienern, die aufgeregt durch die Flure liefen.« Segalla klopfte mit seinem Messer auf den Tisch. »Ich habe Euch Kopfzerbrechen bereitet, weil ich mich als weit weniger willfähriger und gefügiger Reisegenosse erwiesen habe, als Ihr dachtet. Hattet Ihr vor, mich mit dem Armbrustpfeil zu töten, oder sollte das nur eine Warnung sein?«
»Ihr habt keine Beweise!« versetzte Cesar.
»Ihr seid Arzt und kennt Euch sehr gut mit giftigen Substanzen aus. Wenn ich Eure Satteltaschen durchsuchen würde, hätte ich Beweise genug. Ich brauche das nicht zu tun. Ihr habt behauptet, Ihr seid an diesem bewußten Tag nicht im Palast gewesen und hättet in der Apotheke eingekauft. Als ich den Apotheker befragte, sagte er, Ihr hättet ihm schon am Tag zuvor einen Besuch abgestattet, und zeigte mir sogar die Einträge in seiner Liste, welche Gifte Ihr wann bei ihm erstanden habt.«
»Gifte!« rief Lady Jane aus.
»O ja, Doktor Cesar hat das Werk des Schurken Theophilus fortgesetzt und der Königin weiterhin giftige Tränke verabreicht... Lady Jane!«
Segalla sprang auf, als die schöne junge Frau mit wutverzerrtem Gesicht und einem Schrei den Dolch erhob und gegen Doktor Cesar richtete. Der Arzt schien keiner Regung fähig zu sein.

Segalla lief zu Lady Jane, wand ihr die Waffe aus der Hand und brachte sie dazu, wieder Platz zu nehmen.
»Doktor Cesar hat also fortgesetzt, was Theophilus begonnen hatte, und die Königin langsam vergiftet.« Segalla ging zur Tür. »Zuerst sorgte er dafür, daß sie sich besser fühlte, dann vollendete er das Werk, das ein anderer begonnen hatte.«
»Warum?« rief Lady Jane. »In Gottes Namen, warum?«
»Die Antwort auf diese Frage findet Ihr in Rom.«
Cesar sank nach vorn, seine Hände umklammerten die Tischkante, sein Gesicht war grau und schweißgebadet.
»Ich habe Schmerzen«, keuchte er.
»Selbstverständlich habt Ihr Schmerzen«, erwiderte Segalla ungerührt. »Der Wein, den ich Euch gab, enthielt genügend Belladonna, um uns alle zu töten.«
Cesar schob den Stuhl zurück. Seine Atemzüge hatten sich beschleunigt, und seine Haut war leichenblaß.
»Mörder, Bastard«, ächzte er. »Ausgerechnet Ihr, Segalla ...«
»Hier schilt ein Esel den anderen Langohr«, erwiderte Segalla. »War das der wahre Grund für unseren Besuch bei Caterina de' Medici in Frankreich? Habt Ihr Euch mit der Meisterin der Gifte beraten? Mit der Königin der Nacht, die Elixiere und Gifte braut, Pulver und Tränke mischt? Hat sie Euch mit einer ganz besonderen Substanz ausgestattet? Als ich die Schriftstücke in Greenwich durchsah, fiel mir auf, daß Theophilus nicht nur Empfehlungsschreiben vom Papst, sondern auch von Caterina de' Medici mit sich führte. Cesar, Ihr werdet den Tod schneller finden als die Königin. Ihr seid so erfahren, daß Ihr das Gegengift kennt. Doch die Fenster sind geschlossen und zu schmal, die Tür ist abgesperrt und verriegelt. Kommt, Lady Jane.«
Die fassungslose Gastgeberin ließ sich von Segalla hinausführen und drehte sich nicht einmal um, als sich Cesar vor Schmerzen krümmte. Als Segalla die Tür zuzog und verschloß, stellte er sich taub gegen das verzweifelte Stöhnen und Ächzen des sterbenden Arztes. Lady Jane ließ sich auf eine Stufe am Fuß der Treppe sinken und vergrub ihr Gesicht in den Händen.

»Es wäre ein Gnadenakt, ihm eine Kugel in den Kopf zu schießen«, flüsterte sie.
»Er wird mit seinen eigenen Mitteln geschlagen. Denkt an das grausame Leid, das er und Theophilus verursacht haben. Ihretwegen fand Mary keine Ruhe und keinen Frieden, und Dalrymple, Kennet und Savage starben schreckliche Tode. Und es gab noch ein Opfer.«
»Wen?«
»Reginald Pole, Kardinal der katholischen Kirche. Blättert in Euren Tagebüchern, Lady Jane. Der Kardinal wurde zur selben Zeit krank wie die Königin. Niemand kann es als bloßen Zufall ansehen, daß die beiden an ein und demselben Tag starben.«
»Aber wieso? Der Papst, ein Priester, ein Mann Gottes. Der Stellvertreter Gottes auf Erden!«
»Carafa ist Aristokrat und durchdrungen von den komplizierten, unbarmherzigen politischen Ränken der italienischen Staaten. Er selbst ist überzeugt, Gottes Werk zu tun, und Cesar und Theophilus sieht er als seine Werkzeuge an.«
»Weshalb sagt Ihr mir nicht die ganze Wahrheit?« fragte Lady Jane flehend. »Warum war es so wichtig, Männer wie Dalrymple zu töten? Ihr habt ein furchtbares Geheimnis entdeckt, nicht wahr?«
Segalla kauerte sich neben sie.
»Ja, aber ich kann und darf nicht mit Euch darüber sprechen. Wenn ich es tun würde und Cecil auch nur für einen Moment den Verdacht hätte, daß Euch die wahre Bedeutung von Markus 15, 34 bekannt ist, würdet Ihr England nicht lebend verlassen!«
Ein Geräusch drang aus dem Raum.
»Morgen verlasse ich Euch und nehme das Geheimnis mit.«
Er ging zur Tür und öffnete sie. Cesar war vom Stuhl gesunken und kniete halb. Sein Kopf lehnte am Tisch, die Augen waren blicklos, und Speichel tropfte aus seinen Mundwinkeln. Segalla stieß die Leiche mit der Stiefelspitze an. Der tote Arzt fiel mit einem dumpfen Knall auf den Boden.
»Das ist Mord.« Lady Jane stand hinter Segalla in der Tür. »Haben wir beide uns nicht eines Mordes schuldig gemacht?«

»Cesar war ein Verbrecher und Giftmischer«, erwiderte Segalla. »Ich handle im Auftrag des Heiligen Vaters. Ich bin sein mit allen Vollmachten ausgestatteter Gesandter und muß tun, was immer nötig ist. Zudem bin ich von der Königin in ähnlicher Weise beauftragt.«

»Sie ist tot.«

»Elizabeth ist noch nicht gekrönt, und nach englischem Recht sind Marys Befehle noch gültig.« Segalla ging zum Fenster, öffnete es und betrachtete den Sternenhimmel. »Ich habe keinen Mord begangen, sondern nur die Gerechtigkeit Gottes und der Menschen ausgeübt.«

»Und Carafa?«

Segalla schaute über die Schulter. »Wie Ihr bereits sagtet, Carafa ist der Stellvertreter Gottes auf Erden. Er wird sich Gott gegenüber verantworten müssen, und zwar vielleicht früher, als er erwartet.«

»Und was wird aus Cesars Leichnam?«

Segalla kaute auf seiner Unterlippe. »Ich könnte ihn im Wald vergraben.«

»Nein, nein, es gibt einen anderen Ort«, eröffnete ihm Jane.

Segalla folgte ihren Anweisungen und brachte eine große, alte Kiste aus dem Keller, in der einmal Pfeile aufbewahrt worden waren. Sie legten Cesars Leichnam hinein, und Segalla schloß mit Hammer und Nägeln den Deckel. Dann holte er einen Handkarren aus dem Stall. Lady Jane führte ihn in die Küche und tastete den Kaminsims ab, bis sie gefunden hatte, was sie suchte. Segalla stieß einen leisen Schrei des Erstaunens aus, als die Wand zur Rechten des Kamins zurückschwang.

»Eine Erfindung meines Urgroßvaters«, erklärte Lady Jane.

Segalla zerrte den Handkarren über die wenigen Stufen in einen Durchgang. Der Boden bestand aus festgestampfter Erde. Keuchend folgte er Lady Jane, die mit einer Fackel vor ihm herging. Der Gang wurde breiter, und im nächsten Moment standen sie vor einer roten Ziegelmauer. Wieder machte sich Lady Jane auf die Suche. Segalla hörte ein metallisches Klicken und erkannte, daß die Wand in Wahrheit aus bemaltem Holz bestand und sich öffnen ließ. Er schob den Karren durch die Lücke. Lady Jane bat ihn zu warten. Segalla gehorchte und setzte sich im Stockfinstern auf den Sarg des Mannes, den er gerade hingerichtet hatte. Eine schauerliche Erfahrung. Im Haus herrschte Totenstille, und Lady Jane hatte ihm kein Licht dagelassen. Segalla geriet in Panik: Dies war sein Alptraum – eingekerkert und lebendig begraben in einem Verlies. Er streckte die Hand aus, um die Wand zu berühren, und zwang sich, nachzudenken und die Panik zu verdrängen. Offenbar war dies ein geheimer Schacht, eine Kammer, die sich hinter dem Küchenherd befand. Er vernahm ein Geräusch. Lady Jane kam mit einer Hacke und einer Schaufel zurück.

»Hier unten ist blanke Erde«, erklärte sie. »Besser, wir begraben ihn.«

Sie hatte auch ein paar Lumpen aus der Küche und Kerzen mitgebracht. Segalla wickelte sich die Lumpen um die Hände und begann, die Erde aufzuhacken. Er arbeitete Stunden, trank hin und wieder einen Schluck Ale und aß einen Bissen von dem Dörrfleisch, das Lady Jane geholt hatte. Als ein flaches Grab ausgehoben war, schob er den Sarg hinein, häufte die Erde wieder darüber und darum herum. Die Kerzen wurden gelöscht, und Segalla und Lady Jane gingen in die Küche zurück.

»Es wird bald hell«, stellte Lady Jane fest. »Die Diener werden in Kürze hiersein.«

Segallas Hände waren wund, und seine Muskeln schmerzten. Er legte sich für eine Weile zum Schlafen hin, stand jedoch kurz nach Tagesanbruch auf, holte sein Pferd und verabschiedete sich von Lady Jane.

»Wir werden uns nicht wiedersehen.« Segalla nahm ihre Hand und küßte sie – ihre Finger waren eiskalt. »Was ich getan habe«, fuhr er fort, »war angemessen und gerecht. Cesar hat nichts anderes verdient.«

Lady Jane stellte sich auf die Zehenspitzen und drückte ihm einen Kuß auf die Wange.

»Der Königin ist Gerechtigkeit widerfahren«, flüsterte sie. »Aber es ist besser, wenn Ihr jetzt geht. Cecils Männer werden bald hier eintreffen. Ich kümmere mich um Cesars Pferd. Wie Ihr bereits sagtet, wir werden uns nicht wiedersehen.«

Peter Carafa, durch Gottes weisen Ratschluß höchster Pontifex der katholischen Kirche, kniete in der kleinen Kapelle in der Engelsburg und starrte auf die Bienenwachskerzen, die so lebhaft vor der Statue der Jungfrau Maria flackerten. Carafa spürte den Schmerz in seinen alten Knochen und betete mit geschlossenen Augen darum, daß der Winter kurz sein und der Frühling bald wieder in Rom Einzug halten möge. Er war nicht nur hier, weil heute Mariä Lichtmeß war, sondern er wollte auch seinen Gesandten treffen, der kürzlich aus England zurückgekehrt war. Die Schweizer Garde, die die Tür und jede andere davor bewachte, hatte strikte Order, niemanden außer Segalla einzulassen. Carafa ließ die Rosenkranzperlen durch seine Finger gleiten. Die Dinge waren nach Plan verlaufen. Mary Tudor war tot und unter den kalten Steinplatten in der Westminster Abtei begraben. Aber Elizabeth hatte sich als ernstzunehmende Gegnerin erwiesen. Die schlaue, falsche Elizabeth wurde auf einer Welle der Begeisterung getragen, als sie ihren Anspruch auf die Krone geltend machte: Sie führte den protestantischen Glauben wieder ein, öffnete die Gefängnistore und vertrieb die katholischen Bischöfe. Und Elizabeth war geschickt. Oh, sie hatte dies und jenes versprochen – Freundschaft mit Frankreich, Schottland, Spanien und, durch geheime Kanäle, auch mit dem Vatikan. Die kleine, rothaarige Elizabeth, Anne Boleyns Balg! Sie hielt die Fäden in der Hand und ließ alle zappeln. Carafa hörte das Knarren der Tür und dann Schritte. Er wartete drei Ave Maria, dann öffnete er die Augen und bekreuzigte sich, drehte sich aber nicht um.
»Nicholas, Nicholas!« murmelte er. »Willkommen in Rom.«
»Danke, Eure Heiligkeit.
»Hattet Ihr eine sichere Reise?«
»Eine sichere, aber strapaziöse.«

»Gott lenkt die Auserwählten.«
»Zweifellos, Eure Heiligkeit, dennoch könnten wir darüber debattieren, wer auserwählt ist.«
Carafa kicherte fröhlich und erhob sich keuchend und ächzend von dem Betschemel. Er nahm in dem hohen Stuhl an der Wand Platz und bedeutete Segalla, sich auf die Bank davor zu setzen.
»Und der gute Doktor Cesar?«
»Er ist tot, Eure Heiligkeit; ich habe ihn getötet.«
Carafa verzog das Gesicht. »Du sollst nicht töten, Nicholas!«
»Ist das eine Mahnung, die Ihr Euch selbst gebt, Eure Heiligkeit, oder tadelt Ihr mich dafür, daß ich einen überführten Mörder rechtmäßig hingerichtet habe?«
Carafa hielt einen dicken Finger hoch. »Touché, Segalla.« Er studierte das ausdruckslose Gesicht des Jesuiten. »Und Ihr wollt die Wahrheit erfahren?«
»Ich weiß, was geschehen ist«, erwiderte Segalla, »nur nicht, warum.«
Carafa holte tief Luft. »Welches Jahr schreiben wir?«
»1559.«
»Seit einem und einem halben Jahrtausend«, sagte Carafa, »hat die Kirche hier in Rom ihren Platz. Königreiche entstehen und gehen unter.« Er wedelte mit der Hand. »Herrscher kommen und gehen.« Er schnippte mit den Fingern. »Nichts als Staubkörnchen unter der Sonne. Die katholische Kirche war in England, Messen wurden zelebriert, lange bevor die Legionen Britannia verließen.« Er kratzte sich die Wange, dann drückte er die Hände auf den Magen, als er sich verkrampfte. Es tat ihm leid, daß Cesar gestorben war, aber Carafa konnte sich auf niemanden voll und ganz verlassen, und wie lange hätte Cesar den Mund gehalten?
»Eure Heiligkeit, Mary Tudor war eine rechtmäßige katholische Herrscherin.«
»Die katholische Kirche«, fuhr Carafa fort, »hatte ihre Wurzeln in England, als die Tudors noch in ihren Höhlen hausten. Es waren die Tudors, die das Gefüge zerstört haben, nur weil Heinrich seine Frau loswerden wollte.«

»Mary Stuart«, konterte Segalla, »ist auch ein Abkömmling der Tudors.«
Carafa lachte – es klang wie ein scharfes Bellen – und beugte sich vor. Dabei stützte er die Ellbogen auf die Knie, und seine Augen blitzten.
»Glaubt Ihr, mich kümmert Mary Stuart? Ich hasse die Tudors, und ich hasse Spanien.« Er atmete durch. »Vor Jahren, als wir noch Freunde waren, erzählte mir Reginald Pole von dem großen Geheimnis der Vier Evangelisten.« Carafa rieb sich die Hände. »Doch zuerst möchte ich Euch ein Bild von dieser Welt vermitteln. Spanien unter Philip ist kein Freund der katholischen Kirche oder des Papsttums. Die spanischen Bischöfe erhalten ihre Weisungen aus Madrid, nicht aus Rom. Spanien ist ein mächtiges Reich, das auch die wohlhabenden Niederlande bis zum Norden Frankreichs kontrolliert. Und die Niederlande sind ein Sprungbrett nach England. Die spanische Flotte segelt bis zu den großen westlichen Meeren und bringt Truhen voller Gold und Silber aus der neuen Welt. Europa war immer sicher, solange Gleichgewicht zwischen Frankreich und Spanien herrschte und sich England zwischen den Lagern hin und her bewegte. Aber, Segalla, könnt Ihr Euch eine Welt vorstellen, in der Spanien England und möglicherweise sogar Schottland regiert? Philip hätte Frankreich umzingelt. Seine Flotte würde den Kanal kontrollieren. Er würde Frankreich einschüchtern, und was dann, Segalla? Sein gieriger Blick würde sich auf Italien richten. Es ist erst vierunddreißig Jahre her, daß die spanischen Truppen seines Vaters Rom geplündert haben. Philips Eheschließung mit Mary war Teil des großen Plans. Wenn Mary ein Kind zur Welt gebracht hätte, wären die Tudors von einer spanischen Dynastie abgelöst worden.«
»Aber Mary war eine fromme Katholikin!«
»Oh, um der Liebe Gottes willen, Segalla, seid nicht so naiv!« Carafa seufzte. »Mir war klar, daß Mary sterben mußte. Es gelang mir, Doktor Theophilus oder Gresham, wie er sich in seinem früheren Leben nannte, auf meine Seite zu bekommen. Er war einer der Vier Evangelisten und ein schwacher, korrupter

Mensch, der zuviel auf Wein, gutes Essen und parfümierte Haut gab. Ich habe ihm Empfehlungsschreiben ausgestellt und geheime Instruktionen gegeben, ehe ich ihn nach Paris schickte. Caterina de' Medici verfuhr ebenso wie ich. Theophilus hatte die strikte Anweisung, dafür zu sorgen, daß Mary keine Kinder in die Welt setzte und daß ihre Regierunszeit so kurz wie möglich blieb.«

»Und nach Marys Tod wolltet Ihr Frankreich unterstützen?«

»Ich unterstütze niemanden. Ich ermutigte Frankreich, den Anspruch von Mary Stuart geltend zu machen. Caterina de' Medici ist keine Närrin und fürchtet ebenfalls eine Übermacht der Spanier. Wir wußten, daß Philip von Spanien nach Marys Tod nicht zögern würde, Elizabeth Angebote zu unterbreiten und um ihre Hand anzuhalten, und dann hätte der Tanz von neuem begonnen.« Carafa schnalzte mit der Zunge und richtete den Blick auf die Decke der Kapelle.

»Chaos!« bemerkte Segalla. »Ihr wolltet nichts als Chaos verursachen.«

Carafa hob die Hand und lächelte.

»Jetzt habt Ihr es begriffen, Nicholas. Mary stirbt, Philip ist noch ihr Gemahl. Er wird Anspruch erheben, Elizabeth die Verlobung und seinen Schutz anbieten. Elizabeths Thronansprüche stehen, auch ohne das Geheimnis der Vier Evangelisten, auf tönernen Füßen.«

»Und natürlich«, fügte Segalla hinzu, »würde Frankreich intervenieren.«

»Ganz recht, Nicholas – ein Kampf unter drei Gegnern. Elizabeth, Philip und die Franzosen. Alle umkreisen einander. Jeder erhebt Ansprüche. Schottland steht bereits unter dem Einfluß der Franzosen. Caterina de' Medici wird sich das Spiel nicht so leicht aus der Hand nehmen lassen ...«

»Aber wieso der Mord an den Vier Evangelisten?«

»Ah.« Carafa lehnte sich zurück und stützte die Hände auf die geschnitzten Lehnen des päpstlichen Stuhls. »Das hatte ich nie vorausgesehen. Zuerst dachte ich, Theophilus sei der Erpresser,

aber er hatte die Courage einer Maus. Diese Briefe waren sehr gefährlich, Nicholas. Wenn bekanntgeworden wäre, daß Elizabeth nicht die wahre Erbin Heinrichs VIII. ist, wäre nicht nur Philip, sondern auch Mary Stuart gestärkt aus dem Skandal hervorgegangen.« Er lachte über Segallas erstauntes Gesicht. »Mary Stuart auf dem Thron in Westminster – das würde Frankreich, England und Schottland unter eine Herrschaft bringen. Damit wäre das Gleichgewicht gestört.«
»Ihr wolltet also nur«, gab Segalla zurück, »daß sich alle gegenseitig an die Kehle gehen. Wenn außerhalb Englands bekanntgeworden wäre, daß Elizabeth ein Bastard ist, wären Philips Aussichten auf den Thron gestiegen.« Segalla beugte sich zu dem alten Papst. »Deshalb mußten also die Vier Evangelisten sterben?«
Carafa schnaubte und winkte ab.
»Ihr verdient es, die ganze Wahrheit zu erfahren, Nicholas. Ich hätte sie Euch ohnehin gesagt.«
Segalla ignorierte die Lüge.
»Ich kannte das Geheimnis der Vier Evangelisten und habe, wie ich bereits sagte, Theophilus nach England geschickt. Seine Anweisungen waren klar: Er sollte sowohl Mary als auch Kardinal Pole, ihren ersten Minister und Ratgeber, mit seiner besonderen Medizin behandeln.« Carafa spreizte die Hände. »Ich versicherte Mary, daß Theophilus ein vertrauenswürdiger Arzt sei. Immerhin hatte er mit seinen drei Mitverschworenen versucht, Elizabeth zu diskreditieren. Er wäre der letzte gewesen, der sich von Cecil zu irgend etwas hätte anstiften lassen.«
»Natürlich«, stimmte Segalla zu. »Cecil muß das Geheimnis, das hinter Markus 15, 34 steckt, ebenfalls ergründet haben. Und jeder, der davon wußte, stand auf seiner Liste derer, die vernichtet werden mußten.«
»Ganz recht.« Carafa lächelte. »Theophilus war eine exzellente Wahl, aber entweder hatte er ein empfindsames Gewissen, oder er bekam es mit der Angst zu tun. Als der erste anonyme Brief verschickt wurde, wies ich ihn an, sich um seine ehemaligen

Kumpane zu kümmern. Er tötete Savage, aber er war nicht mit dem Herzen bei der Sache. Ich argwöhnte, daß Theophilus entweder ein Geständnis ablegen oder die Flucht ergreifen würde.«

»Und das war der eigentliche Grund für meine Mission in England. Ich gab Doktor Cesar sicheres Geleit und führte ihn bei Hofe ein. Er sollte den großen Wohltäter, den Retter der Königin spielen und gleichzeitig Theophilus und die restlichen Evangelisten für immer zum Schweigen bringen.«

Carafa nickte. »Ihr und Eure angebliche Mission, die Königin vor Schaden zu bewahren, dienten als Tarnung. Sie war bereits dem Tode geweiht.« Er drohte mit dem Finger. »Ihr seid scharfsinniger, als ich dachte. Ah, gut.« Er seufzte. »Cesar besuchte Caterina, um gewisse giftige Substanzen in Empfang zu nehmen und sicherzustellen, daß Theophilus nicht lange überleben würde, falls er nach Frankreich fliehen sollte.«

Segalla verzog die Lippen zu einem dünnen Lächeln. »Aber eines wußtet Ihr nicht – nicht Theophilus oder seine früheren Kumpane haben diese Briefe verschickt, sondern Pole.«

»Pole?« Carafa schlug die Hand vor den Mund. »Ah!« Er grinste. »Ich verstehe. Mein alter Freund lag im Sterben. Er haßte Anne Boleyn und ihr Balg noch mehr als ich.«

»Er wollte sie quälen«, erwiderte Segalla. »Pole fügte sich zwar in das Unvermeidliche, wollte aber doch seine Seitenhiebe anbringen.«

»In das Unvermeidliche?« hakte Carafa mit einem spöttischen Lächeln nach.

»Trotz all Eurer Ränke und Intrigen kommt es niemals zu einem Kampf unter den drei Gegnern Frankreich, Spanien und England. Elizabeth ist raffinierter und klüger, als es Mary jemals war, und Cecil ist eine wahre Schlange. Sie werden beide lügen und betrügen, aber ihre Absichten immer für sich behalten und ihrem Weg unbeirrt folgen. Sie werden vom Volk, den Kaufleuten und der Flotte unterstützt. Ich nehme an, Elizabeth wird den reformierten Glauben in einer weit moderateren Form einführen,

wenn der Vatikan sich nicht einmischt.« Segalla hatte Mühe, seinen Zorn im Zaum zu halten. »Ihr sagt, die katholische Kirche sei seit Jahrhunderten in England zu Hause. Dann, Eure Heiligkeit, hättet Ihr wissen müssen, daß es das englische Volk nicht schätzt, wenn fremde Truppen aufmarschieren und ihm einen ausländischen Herrscher aufzwingen.«
»Ich kann immer noch Markus 15, 34 ins Spiel bringen.«
»Wer würde Euch jetzt noch glauben?« versetzte Segalla höhnisch. »Eine solche Behauptung würde als durchtriebene Intrige der katholischen Verlierer abgetan.« Er erhob sich. »Es war alles nur Lug und Trug.«
Carafa zuckte mit den Schultern. »Aber Ihr bleibt bei mir, nicht, Nicholas?«
»Nein. Ich werde in eines unserer Häuser in Paris gehen. Ich bin überzeugt, daß Ihr andere Dinge zu tun habt, Eure Heiligkeit.«
Segalla ging zur Tür, drehte sich aber noch einmal um. »Wie schlaft Ihr, Eure Heiligkeit?«
»Sehr gut, Segalla.« Carafa rührte keinen Muskel. »Was ich getan habe, geschah nur um der Kirche willen.«
Segalla kam wieder auf ihn zu. »Aber Ihr habt den Mord an einer katholischen Monarchin und an ihrem ersten Minister, einem katholischen Kardinal, befohlen. Ihr seid verantwortlich für Cesars Tod und die Tode derer, die er und Theophilus gemeuchelt haben. Und wozu das alles? Um etwas zu planen, was niemals geschehen wird?«
Carafa lächelte und leckte sich die Lippen. »Aber am Ende, Segalla, am Ende ... Philip hat England verloren, und eines Tages wird die Kirche zurückkehren.«
Segalla verbeugte sich und näherte sich der Tür. Er sah sich um. Carafa kniete wieder auf dem Betschemel, hatte die Hände vors Gesicht geschlagen und betete vor dem Kruzifix, das über dem Altar hing.

Epilog

Segalla und Ann Dukthas stiegen aus dem Taxi, das sie über die Landstraßen von Essex und den vom Laub verdeckten Weg nach Sinistrel gebracht hatte. Ann kam dies alles unwirklich vor. Es war eigenartig, einen Ort zu besuchen, der, wie sie erst in der Nacht zuvor gelesen hatte, vor vierhundert Jahren stummer Zeuge dramatischer Ereignisse gewesen war. Sinistrel war ein vornehmes Tudor-Herrenhaus mit hohen Schornsteinen aus Ziegeln, verzierten Giebeln und Erkerfenstern mit Butzenscheiben.

»Es hat sich ein wenig verändert«, stellte Segalla fest, als er Anns Ellbogen umfaßte und sie zum Portal führte.

»Was wurde aus Jane Dormer? Bitte«, Ann griff nach seiner Hand, »das möchte ich noch wissen, bevor wir hineingehen.«

Segalla schaute auf seine Taschenuhr. »Wir sind ein bißchen zu früh, und die Beamten vom englischen Kultur- und Denkmalschutzamt sind vielleicht noch gar nicht für uns bereit.« Er deutete auf eine Holzbank auf der anderen Seite des Kieswegs. »Genießen wir noch ein wenig die Sonne und die frische Luft.«

Sie setzten sich. Segalla holte seinen Flachmann aus der Tasche und bot Ann einen Schluck an, aber sie schüttelte den Kopf. Er trank und blinzelte mit verträumtem Blick zum Haus.

»Was wurde aus Jane Dormer?« wiederholte Ann.

Segalla verschloß die Flasche wieder. »Sie hat die Liebe ihres Lebens geheiratet, den Grafen de Feria, und lebte in Spanien. Dort schrieb sie ihre Memoiren. Sie sollten sie lesen, Ann. Diese ausgezeichnete Londoner Bibliothek am St. Jame's Square hat ein Exemplar. Jane blieb Katholikin und setzte sich noch vierzig Jahre nach den Ereignissen, die ich in meinem Manuskript beschrieben habe, vehement für Mary und das Andenken an sie ein. Jane hat sich niemals mit der Behauptung abgefunden, daß Mary eines natürlichen Todes gestorben sei. Sie verbrachte einen Großteil ihres Lebens damit, gegen Elizabeth zu intrigieren – das kostete sie viel Energie und Geld.«

»Aber ist das alles wahr?«

»Überprüfen Sie die Tatsachen.« Segalla streckte die Beine aus. »Mary Tudor wurde 1516 geboren. Sie war immer robust und bei guter Gesundheit, aber sobald sie Königin wurde, litt sie unter einer ganzen Reihe von Beschwerden und Krankheiten. Gleichzeitig wurde auch ihr engster Freund und Berater, Kardinal Reginald Pole, krank. Zufall?« Segalla schüttelte den Kopf. »War es Zufall, daß sie an ein und demselben Tag starben? Diese Tatsache wird in jedem gewöhnlichen Geschichtsbuch erwähnt, das sich mit dieser Zeit befaßt.«

»Und Carafa?« fragte Ann.

»Er starb, kurz nachdem ich meinen Dienst bei ihm quittiert hatte. Carafa war ein skrupelloser, arglistiger Politiker und haßte die Tudors. Er verabscheute Elizabeth und war Kardinal Pole nicht gerade zugetan. Carafa war besessen von der für ihn schrecklichen Vision, daß Spanien Europa, also auch Italien und besonders Rom beherrschen könnte. Er wendete viel Zeit und Kraft auf, um Philips Ambitionen entgegenzuwirken.«

»Aber hätte er auch gemordet?«

»Ja, ganz bestimmt«, antwortete Segalla trocken. »Priester, besonders solche, die hohe Ämter bekleideten, waren nie müde, Haß in den Herzen der Menschen zu säen. Und Carafa konnte wirklich hassen.«

»Aber die Geschichte von den Vier Evangelisten?«

Segalla rieb sich die Nase. »Eine Menge Beweise sind verschwunden. Aber im Archiv in der Chancery Lane liegt ein Brief von Mary an ihren Gemahl Philip, in dem sie ihm gesteht, daß sie ein großes Geheimnis ihrer Halbschwester Elizabeth kannte. Im selben Archiv befinden sich Papiere aus dem Stadtstaat Venedig.

Die Venezianer hatten das beste Spionagenetz des sechzehnten Jahrhunderts. Auch die Venezianer deuten an, daß Mary etwas über ihre Halbschwester wußte, was nie bekanntgeworden ist. Und Reginald Pole, Beichtvater und Ratgeber der Königin, wußte es zweifellos auch.«

»Aber Mary haßte Anne Boleyn«, wandte Ann ein. »Hat Anne Boleyn in einem ihrer letzten Briefe vor ihrer Hinrichtung nicht zugegeben, daß sie versucht hat, der jungen Mary Schaden zuzufügen?«

Segalla schüttelte den Kopf. »Es stimmt, Mary mochte Boleyn nicht, aber sie empfand aufrichtige Zuneigung für Elizabeth. Mary hätte ihre Halbschwester hinrichten lassen können, aber sie tat es nicht. Obwohl Mary die Tochter von Katharina von Aragonien war, war sie doch eine Tudor durch und durch. Sie verehrte ihren Vater und hätte niemals geduldet, daß sein Name in den Schmutz gezogen wird.«

»Aber Sie haben darauf hingewiesen, daß Heinrich impotent war.«

»Er war es, und er war es auch wieder nicht«, entgegnete Segalla. »Als Heinrich Katharina von Aragonien heiratete, war er zweifellos ein kraftvoller Mann und Weiberheld. Mary war sein Sprößling. Außerdem hatte er mit seiner Mätresse Bessie Blunt einen Sohn, Fitzroy. Aber als er Anne Boleyn zur Frau nahm, litt er unter Syphilis und vielen anderen Infektionen, die seine Potenz sicherlich negativ beeinflußten. Außerdem war er fünfundzwanzig Jahre älter als Anne.«

»Aber hatte er wirklich Angst vor ihr?«

»Ja. Boleyn war eine lebensprühende, junge, charismatische Frau. Den Berichten zufolge verströmte sie Sexappeal wie andere Parfüm. Möglicherweise war Heinrich nicht der große Liebhaber, den er ihr zu Anfang vorgespielt hatte. Sehen Sie sich in den Archiven um. Lesen Sie den letzten Brief an Heinrich, den Boleyn am Abend vor ihrer Hinrichtung geschrieben hat. Er enthält einen deutlichen Hinweis darauf, daß Heinrichs Impotenz ein Problem zwischen ihnen war.«

»Aber hätte sie ausgerechnet mit einem Musikanten von niederer Herkunft wie Mark Smeaton Ehebruch begangen?«

»Anne hat das selbstverständlich immer abgestritten. Eine von Heinrichs anderen Gemahlinnen, die kleine Catherine Howard, wußte, welches Schicksal ihre entfernte Cousine Anne Boleyn erlitten hat, und unterhielt dennoch eine Beziehung zu Thomas Culpepper. Catherine hauchte seinen Namen, als sie starb. Anne Boleyn machte vielleicht einen ähnlichen Fehler. Kein Wunder, daß Heinrich zum Schlag gegen ihre ganze Familie ausgeholt hat. Er muß sich wie ein Hahnrei vorgekommen sein, aber er hätte schlecht ganz Europa verkünden können, daß seine Frau ihn betrogen hat, oder? Er hatte keine andere Wahl, als Elizabeth als seine Tochter anzuerkennen. Ich bezweifle, daß ihn das besonders belastet hat. Immerhin hat ihm Jane Seymour einen männlichen Erben geschenkt, und da war immer noch Mary. Ich nehme an, Heinrich konnte sich in seinen schlimmsten Alpträumen nicht vorstellen, daß Elizabeth jemals den Thron besteigen würde. Anne Boleyn mochte ihre Unschuld beteuert haben, aber es würde mich nicht wundern, wenn sie tatsächlich eine Beziehung zu Mark Smeaton gehabt hätte.« Segalla stand auf, trat von einem Fuß auf den anderen und sah dabei wieder auf seine Taschenuhr. »Von allen Kindern Heinrichs erwähnte Elizabeth ihre Eltern nur sehr selten, ganz anders als die anderen beiden.« Er spähte zu einem der Fenster und winkte der Person zu, die dort stand. »Wir müssen bald hinein.«

»Und das Mordkomplott gegen Mary?« fragte Ann.

»Oh, da waren Doktor Theophilus und ein gewisser Doktor Cesar. Mary vermachte diesem Cesar in ihrem Letzten Willen hundert Pfund. Mary wurde definitiv vergiftet. Der Historiker J. M. Stone zitiert in seinem Buch über Mary, das 1953 publiziert wurde, einen venezianischen Brief, in dem behauptet wird, daß Mary ›von einem italienischen Arzt‹ vergiftet wurde.« Segalla zog seine Handschuhe an. »Aber wenn Sie im Archiv in der Chancery Lane stöbern, finden Sie den Namen Cesar nicht mehr in den Berichten über die Zeit nach Marys Tod.« Er deutete mit dem Kinn zum Haus. »Das hier ist seine letzte Ruhestätte.«

Das Portal des Herrenhauses öffnete sich. Ein älterer Herr in grauem Anzug mit dem Emblem des englischen Kultur- und Denkmalschutzamtes auf dem Revers trat heraus und winkte sie zu sich.
»Doktor Segalla, wir sind bereit.«
»Wir kommen sofort«, rief Segalla zurück.
»Haben sie Cesars sterbliche Überreste gefunden?«
»Sie haben eine Kiste gefunden, in der früher Pfeile aufbewahrt wurden«, antwortete Segalla. »Sie bringen sie jetzt herauf.«
»Wie haben Sie das arrangiert?«
Segalla lachte. »Ich bin ein ausgesprochen eifriger Förderer des englischen Denkmalschutzes und Kulturerbes. Aber kommen Sie, ich werde Ihnen später erzählen, warum ich bei diesem Ereignis dabeisein muß.«
Sie gingen zum Haus. Segalla machte Ann mit James Broadway, der die Bergung und Öffnung der Kiste beaufsichtigen sollte, bekannt. Ann schüttelte ihm die Hand, dann wurden sie hineingebeten. Ann erinnerte sich an Segallas Beschreibung der Räumlichkeiten und verbarg ihre Aufregung.
»Sie waren noch nie zuvor hier, nicht wahr?« fragte Broadway.
»Nicht wirklich«, erwiderte Segalla vage.
»Und Sie, Miss Dukthas?«
»Oh, ich habe davon geträumt, einmal an einem solchen Ort zu sein.« Sie zwinkerte Segalla zu.
Broadway führte sie in einen kleinen Vorraum, wo die anderen warteten und Kaffee tranken. Broadway brachte auch Ann und Segalla einen Kaffee, dann stellte er sie den anderen Herren vor, einem Repräsentanten des Innenministeriums und dem Pathologen einer Londoner Klinik. Kurze Zeit später wurden sie in den Raum gebracht, der früher die Küche gewesen sein mußte und jetzt vollkommen leer war, mit kahlen Wänden und Steinboden. Nur ein mit einem Plastiktuch abgedeckter Tisch stand in der Mitte, und darauf hatte man die ebenfalls mit durchsichtiger Folie zugedeckte Kiste gestellt. Die Luft roch modrig, und es war dunkel. Broadway erklärte, daß man Licht und frische Luft von

dem Fund fernhalten mußte. In einer der Wände war eine große Lücke; dort hatte man Ziegelsteine herausgebrochen. Broadway schwenkte eine hell leuchtende Taschenlampe und ging Ann und Segalla voran durch den Gang hinter der Lücke. Ann fühlte sich unbehaglich auf dieser Reise in die Vergangenheit. Sie betraten die finstere Kammer. Segalla hielt Anns Hand fest.
»Hier drin ist nicht viel«, erklärte Broadway und deutete auf das flache Grab. »Wir haben die meiste Erde wieder in das Loch geschaufelt, weil es sonst zu gefährlich wäre. Der Sarg stand nur einen guten halben Meter tief in der sehr festen Erde.«
»Wissen Sie, wie dieser Mensch gestorben ist?« fragte Ann.
»Das«, meinte Broadwy, »wollen wir ja herausfinden. Doktor Segalla, ich möchte Ihnen für den äußerst großzügigen Beitrag für die Renovierung von Sinistrel und diese Exhumierung danken.«
Sie gingen zurück in die Küche. Mittlerweile hatte man den Dekkel vom Sarg genommen und das gelbliche Skelett vorsichtig auf den Tisch gelegt. Die Kleidung und das Fleisch waren längst verrottet. Nur kleine Stoffetzen und Stücke von einem Ledergürtel und von Stiefeln hatten die Zeiten überdauert. Ann betrachtete das Skelett eingehend: die sterblichen Überreste von Doktor Cesar, dem freundlichen und doch skrupellosen Arzt aus dem sechzehnten Jahrhundert, der so viel getan hatte, um den Verlauf der englischen Geschichte zu beeinflussen. Segalla machte einen kühlen, unbeteiligten Eindruck. Er schien mehr Interesse an dem zu haben, was der Sarg sonst noch enthielt, als an dem Skelett an sich. Der Pathologe sah sich den Fund genauer an.
»Nichts«, verkündete er. »Aber ich muß noch eine Knochenanalyse machen. Es gibt keinen Hinweis auf gewaltsame Einwirkung, wie eine Verletzung mit dem Dolch, einer Pistole oder einer Garotte, aber der Leichnam wurde heimlich verscharrt. Vielleicht war er das Opfer eines Giftmordes.«
Der Pathologe trat zurück, damit die anderen einen besseren Blick auf den Fund hatten. Segalla schwieg, bis das Taxi sie in ihr Hotel zurückgebracht hatte. Sie gingen in Anns Zimmer,

wuschen sich die Hände und machten sich bereit für den Lunch. Segalla kam aus dem Badezimmer und wischte sich die Hände an einem Handtuch ab.

»Sie hatten offenbar kein großes Interesse an Ihrem alten Reisegefährten.«

Segalla verzog das Gesicht. »Ein Skelett sieht wie das andere aus.«

»Hat Caterina de' Medici nie mehr nach ihrem guten Freund gefragt oder Nachforschungen angestellt? Zu Beginn Ihres Manuskripts kam es mir vor, als hätten ihre großen Pläne mindestens ebensoviel Gewicht wie ihre mörderische Verbindung zu Cesar.«

»Großes Gewicht hatte bei Caterina de' Medici immer alles, was sie persönlich oder ihre Macht betraf«, gab Segalla zurück. »Sie glaubte wirklich, daß Mary Stuart die englische Krone bekommen würde. Caterinas Mann Heinrich hatte sogar schon ein Viertel seines Heeres für Marys Schutz bereitgestellt. Wenn Heinrich II. länger gelebt hätte, hätten die Franzosen vielleicht versucht, etwas gegen Elizabeth zu unternehmen, aber Heinrich kam ein Jahr später bei einem Turnier ums Leben – in einem Kampf mit einem jungen Adeligen namens Montmorency.«

»Ah ja, der junge Löwe, der den älteren tötet. Und der Hinweis auf den Käfig?«

»In Heinrichs Wappen war ein brüllender Löwe, in Montmorencys ein silberner Löwe. Bei dem fatalen Turnier durchbohrte Montmorency Heinrichs Helm, den goldenen Käfig, und stach ihm ein Auge aus. Der König starb wenige Wochen später unter großen Qualen.«

»Also traf Nostradamus' Prophezeiung ein?«

»Prophezeiungen erfüllen sich stets von selbst. Ich frage mich oft, ob Caterina de' Medici beim Tod ihres wollüstigen Ehemanns nicht ein bißchen nachgeholfen hat. Jedenfalls konnte Caterina ihre Ambitionen nach Heinrichs Tod nicht wie erhofft befriedigen. Ihre Söhne erwiesen sich als inkompetent. Die Auseinandersetzung mit den Hugenotten weitete sich zum Bürgerkrieg aus, und Caterina hatte genügend Probleme, auch ohne daß sie noch in Englands trüben Gewässern fischte.«

»Aber Sie haben Caterina wiedergesehen?«

»Natürlich!« Segalla ging wieder ins Badezimmer, um das Handtuch wegzubringen, dann nahm er sein Jackett von der Stuhllehne. »Dieser Besuch in Sinistrel war sehr wichtig für mich«, sagte er. »Carafa war ein rachsüchtiger, bösartiger alter Mann. Ich vermute, er kannte mein Geheimnis. Ein paar Tage nachdem ich mich aus seinen Diensten verabschiedet hatte, schrieb er mir, er hoffe, daß ich Cesars Leichnam gründlich durchsucht hätte. Cesar soll nämlich Informationen über mich gesammelt haben.« Segalla setzte sich.

»Und jetzt hatten Sie Angst, daß zusammen mit Cesar irgendwelche Geheimnisse in Sinistrel begraben lagen?«

»Es wäre möglich gewesen. Ich habe Cesars Kleidung nicht durchsucht. Ich war zu sehr in Eile. Ich fragte mich oft, ob Cesar wohl geheime Informationen über mich erhalten und Beweise bei sich getragen hat. Aber was hätte ich tun können? Ich bin oft in England gewesen, aber«, er grinste, »ich konnte ja schlecht an die Tür von Sinistrel Manor klopfen und darum bitten, den Leichnam, der bei Nacht und Nebel in dem geheimen Keller begraben worden war, untersuchen zu dürfen.« Er stand auf. »Ah, gut, sie sind alle von uns gegangen. Widmen wir uns doch dem Essen, Ann«, er ging zur Tür, »und tun das einzige, was wir können: ›den blutroten Wein trinken und die Toten grüßen‹, wie der Dichter sagt.«